So hässlich die Lüge

Thriller

Melisa Schwermer

E-Mail: melisa.schwermer@gmail.com
www.melisa-schwermer.com
Lektorat: Simona Turini
Korrektorat: Jasmin Krieger, Sandra Bethke
HollandDesign, Bruchköbel
Coverabbildung: shutterstock @Elvira Tursynbayeva
Imprint: Independently published

Nicht verzweifeln, auch darüber nicht, daß du nicht verzweifelst. Wenn schon alles zu Ende scheint, kommen doch noch neue Kräfte angerückt, das bedeutet eben, daß du lebst. Kommen sie nicht, dann ist hier alles zu Ende, aber endgültig. (Franz Kafka)

Über die Autorin:

Mehr auf: www.melisa-schwermer.com

Melisa Schwermer, geb. 1983 in Offenbach, verschenkte schon als Kind lieber selbst Verfasstes anstatt selbst Gebasteltes an die Verwandtschaft. Nach einer Lehre als Industriekauffrau und dem Abitur am Abendgymnasium studierte sie Germanistik und Philosophie. 2015 erschien ihr Thriller „Abgewiesen", der es bis auf Platz 2 der Kindle-Charts schaffte und sich wochenlang in den Top 10 hielt. „So bitter die Schuld" war sechs Wochen lang in den Top 10 der BILD-Bestsellercharts und mehrere Wochen an der Spitze der Kindle-Charts und wurde außerdem unter die fünf Finalisten des Storyteller-Awards gewählt.

Weitere lieferbare Titel:

So bitter die Schuld
So dunkel die Angst
So kalt der Zorn
So tödlich die Stille
So einsam der Tod
So verdorben das Blut
So mörderisch die Gier
So düster die Rache
Gequälte Seelen
Aus dem Verborgenen
Abgewiesen
Der Tod uns scheidet
Düsterhof

Über das Buch:

Ein abscheuliches Geheimnis, verborgen in einem dunklen Herzen. Kommt die Wahrheit ans Licht, bedeutet das den Tod.

»Bestimmt hast du großen Hunger und Durst«, sagte das Monster bei der Tür. Es war das erste Mal, dass es zu ihr sprach. Die Stimme klang nett und freundlich, aber genau das war ja der Trick bei Monstern. Man durfte nicht darauf reinfallen.

Für Elena wird der Albtraum aller Eltern zur bitteren Realität. Als sie von einer Feier nach Hause kommt, findet sie die blutüberströmte Leiche der Babysitterin in ihrer Küche. Von Elenas Tochter fehlt jede Spur, nur eine grauenhafte Botschaft wurde vom Täter zurückgelassen. Bei der Suche nach dem Mörder stößt Hauptkommissar Fabian Prior auf einen erschütternden Hinweis, der sein Weltbild ins Wanken bringt. Während die Ermittler der Wahrheit hinter dem furchtbaren Verbrechen immer näher kommen, hat der Täter bereits sein nächstes Opfer im Visier. Ein zweites Mädchen verschwindet und ein erbitterter Wettlauf gegen die Zeit beginnt, der kaum zu gewinnen ist ...

1. Kapitel

Kim war guter Dinge gewesen, bis sie in dieser Nacht dem Teufel begegnete. Das Verhängnis begann mit einem ganz normalen Anruf am Nachmittag. Zugegeben, sie war bei der Anfrage der Familie Siebenäuger nicht gerade in Begeisterungsstürme ausgebrochen. Freitagabends auf eine Vierjährige aufzupassen, darin bestand nicht unbedingt der Spaß ihres Lebens und sie war eigentlich schon mit ihrem Freund verabredet. Aber sie brauchte das Geld und die Eltern kannte sie bereits, die waren nett und zahlten gut. Deshalb hatte sie den Job angenommen.

Als sie pünktlich um 18 Uhr vor der Tür stand, erwarteten die beiden sie schon. Sie hatten sich aufgebrezelt, ihnen schien ihr Auftreten an diesem Abend wichtig zu sein. Lutz Siebenäuger trug nicht wie sonst, wenn die beiden ausgingen, Jeans und Hemd, sondern einen Anzug in Dunkelblau, das Hemd mit einem wilden Muster, aber ohne Krawatte. Seine Frau Elena hatte ein petrolfarbenes Kleid an, das ihr bis knapp über die Knie reichte und eng anlag. Ihre Figur sah bombe darin aus und Kim spürte direkt, wie ihre zu enge Jeans an den Hüften kniff. »Muffintop« hatte ihr Freund die Speckröllchen mal genannt und seitdem achtete Kim darauf, keine bauchfreien Shirts mehr zu tragen. Heute Abend würde sie die Finger vom Süßigkeitenschrank der Familie lassen. Konnte ja nicht angehen, dass eine über Dreißigjährige eine bessere Figur hatte als sie mit ihren 16 Jahren.

»Sie sehen ja hammer aus«, sagte Kim, in der Hoffnung, dass der Lohn am Ende des Abends dank des Kompliments noch etwas höher ausfallen würde. Die Chance darauf stand angesichts des stolzen Lächelns von Elena wohl nicht schlecht. »Wo geht's denn hin?«

»Jahrgangstreffen«, sagte Lutz, der bereits ungeduldig mit dem Autoschlüssel herumklimperte. »Fünfzehn Jahre Abitur. Kaum zu glauben, dass das schon so lange her ist.«

»Ich habe dir einen Zettel mit den wichtigsten Infos geschrieben. Du kennst dich ja aus. Wenn was ist, rufst du mich an, alles klar?« Elena beugte sich zu ihrer Tochter Amelie herunter und gab ihr einen Kuss, sodass sich der rote Lippenstift an der Wange des Mädchens abzeichnete. »Sei brav und schlaf gut.«

Amelie nahm den Abschied, anders als viele andere Vierjährige, ohne großes Theater hin. Sie wusste genau, dass sie bei ihrer Babysitterin im Bett so lange ihre Toniebox hören durfte, bis sie vor Erschöpfung einschlief und dass Kim es beim Zähneputzen auch nicht so genau nahm wie ihre Mutter.

Kim nahm das Mädchen auf den Arm und winkte den Eltern noch hinterher, als diese aus der Einfahrt fuhren, dann gingen sie ins Haus. Um sich die Zeit bis zum Schlafengehen zu vertreiben, schauten die beiden noch eine Folge *Paw Patrol,* spielten eine Runde Memory und machten ein Puzzle. Nachdem Kim Amelie bettfertig gemacht hatte, brachte sie das Mädchen ins Kinderzimmer und schaltete ihr ein Hörspiel ein.

Zurück im Wohnzimmer schrieb Kim mit ihrem Freund auf WhatsApp. Da sie ihm abgesagt hatte, waren ein paar Freunde zu ihm gekommen, mit denen er Playstation spielte. Wenn die Siebenäugers nicht allzu spät nach Hause kamen, wollte sie noch bei ihm vorbeischauen und ihren Eltern einfach sagen, sie wäre so lange babysitten gewesen. Das war neben der Kohle ein weiterer Vorteil an diesem Job. Sie konnte ihn als Ausrede benutzen, um länger, als eigentlich erlaubt, draußen unterwegs zu sein.

Als ihr Freund nicht mehr antwortete, weil er mit einem Match bei *Fifa* dran war, schaltete Kim den Fernseher ein und zappte sich durch die Programme.

So weit verlief alles wie ein normaler Abend, bis sie das Poltern hörte. Es war wie ein Schlag, als hätte jemand ein Fenster oder eine Tür mit voller Wucht zugeworfen. Kim sprang vom Sofa auf und umklammerte das Smartphone in ihrer Hand. Sie schaltete den Ton vom Fernseher aus. Das Geräusch war aus der Richtung des Schlafzimmers gekommen. Mittlerweile war die Sonne untergegangen und sie hatte kein Licht eingeschaltet, sodass die Diele vor ihr im Dunkeln lag. Nur aus Amelies Zimmer drang ein schwacher Lichtschein.

Kim stutzte. Warum war die Tür überhaupt offen? Normalerweise machte sie sie zu, damit sie im Wohnzimmer in Ruhe fernsehen konnte. Falls etwas war, hatte sie ja das Babyfon, das sich aber nicht gemeldet hatte. Vielleicht war Amelie aufgestanden, um aufs Klo zu gehen, und dabei hingefallen? Aber dann hätte sie doch sicher geweint oder zumindest gerufen. Und so laut wäre das Poltern auch nicht gewesen.

Geh einfach nachsehen, es wird schon nicht der Empty Man auf dich warten, sagte sie sich und bereute den Gedanken sofort. Jetzt, wo sie an diesen verdammt gruseligen Film von David Prior gedacht hatte, ging ihr der Arsch auf Grundeis.

Dennoch fasste sie sich ein Herz, denn Horrorfilmfiguren gab es schließlich nicht in echt. Sie schaltete das Licht in der Diele ein und ging auf das Kinderzimmer zu. Das Kinderbett kam in ihr Sichtfeld. Amelie lag darin und schlief, das Hörspiel hatte sich ausgeschaltet. Erleichtert atmete Kim auf, doch das mulmige Gefühl kehrte gleich wieder zurück. Wenn nicht Amelie, wer hatte dann die Tür aufgemacht und woher war dieses Geräusch gekommen? Hatten die Eltern das Fenster im Schlafzimmer offen gelassen und es war vom Wind zugeschlagen worden?

Kim schaute auf ihr Handy. Es war bereits nach elf. Sie entsperrte das Display und wählte die Nummer von Elena Siebenäuger. Immerhin hatte sie ihr gesagt, dass sie sich melden sollte, wenn etwas war, und im Augenblick wollte Kim nur noch nach Hause und nicht mehr allein in dieser Wohnung sitzen. Sie hörte einmal das Freizeichen, dann wurde es still. Erst im nächsten Augenblick merkte sie, dass jemand hinter ihr stand und ihr das Telefon aus der Hand gerissen hatte.

Die Bedeutung dieses Ereignisses kam nur langsam in ihrem Hirn an, während ihr Körper schon instinktiv reagierte. Kim rannte los, wurde jedoch sofort an den Haaren gepackt und zurückgerissen. Wie automatisch schossen ihre Hände nach vorn, um sich am Türrahmen festzukrallen, doch sie konnte den Sturz nicht aufhalten.

Ungebremst knallte sie auf den Rücken, ihr Kopf schlug auf den Boden. Der Aufprall presste ihr die Luft aus der Lunge. Sie wollte schreien, doch dafür hätte sie atmen müssen.

Das Licht in der Diele wurde ausgeschaltet und der Eindringling nahm sich die Zeit, die Tür zu Amelies Zimmer zu schließen. Kim hörte das Vibrieren ihres Handys, doch es lag außerhalb ihrer Reichweite.

»Hilfe!«, japste sie – vergeblich. Niemand würde sie hören.

Sie rollte sich herum, um aufzustehen, noch immer nach Luft schnappend, doch die Gestalt war schon über ihr, griff erneut in ihre Haare und schleifte sie hinter sich her in Richtung Wohnzimmer und weiter zur Küche. Ihre Kopfhaut brannte wie Feuer und verzweifelt versuchte sie, auf die Füße zu kommen. Das gelang ihr erst auf Höhe der Couch. Die Person zerrte sie nach oben und stellte sich hinter sie. Während sie Kims Oberkörper umklammerte, legte sie ihr eine Hand über Mund und Nase, sodass sie kaum noch atmen konnte.

Verzweifelt strampelte Kim, schlug um sich und trat dabei einen Beistelltisch um. Eine massive Glasvase fiel krachend zu Boden und zerbrach.

Ja, weiter, mach zumindest Lärm, wenn du schon nicht schreien kannst, dachte sie, doch ihr wurde bereits schwindelig. Wenn sie noch mehr zappelte, hätte sie bald überhaupt keinen Sauerstoff mehr übrig. Das Festnetztelefon klingelte. Es lag auf dem Wohnzimmertisch. Zu weit weg.

Der Angreifer hinter ihr drängte sie nun in die Küche auf den Messerblock zu.

»Nein«, brüllte sie unter der Hand, doch es kam nicht viel mehr als ein ersticktes Brummen heraus.

In der schwachen Spiegelung der Fensterscheibe sah sie die Gestalt hinter sich. Sie trug eine schwarze Kapuze, unter der wutverzerrte Gesichtszüge hervorschauten. Der Teufel. Das hier war der Teufel.

Die Klinge des Messers blitzte auf, als es aus dem Block gezogen wurde. Kim sammelte ihre verbliebenen Kräfte und streckte ihre Hände nach dem ersten Gegenstand aus, der in ihrer Reichweite war, um sich damit zu wehren. Als ihre Finger die Obstschale berührten, fuhr die Klinge in ihren Oberkörper. Sie wunderte sich noch, dass es nicht mal wehtat, sah das Blut, das fast sofort ihr Shirt durchtränkte. Die Schale fiel ihr aus der Hand. Das Messer wurde erneut in ihren Körper gerammt. Die Hand gab ihren Mund frei.

»Nein, bitte nicht«, wisperte sie noch, doch sie wusste, dass es vorbei war.

2. Kapitel

15 Jahre zuvor

»Sollen wir heute noch was starten?«

Alex setzte sich auf und schaute durch das blaue Glas der fast leeren Flasche V+Energy in die Sonne, die langsam zum Horizont wanderte. Gemeinsam mit ihrer besten Freundin Sina lag sie auf dem Klettergerüst der Grundschule.

»Geht nicht«, sagte sie. »Ich soll um zehn daheim sein.« Sie rollte demonstrativ mit den Augen. Es waren Ferien, sie war endlich 16 und ihre Mutter behandelte sie wie ein Kleinkind. Alle ihre Freundinnen durften bis Mitternacht unterwegs sein. Wovor hatte ihre Mutter Angst?

»Frag doch, ob du heute bei mir pennen darfst«, schlug Sina vor und nahm den letzten Schluck ihres Mixgetränks. »Ich hab bis ein Uhr Ausgang und außerdem ist mein Vater auf einem Lehrgang und meine Mutter hat Nachtdienst. Da merkt niemand, wenn wir erst um drei oder so kommen. Wir könnten auf der Abiparty bei Katrin vorbeischauen.«

Alex verzog das Gesicht. Katrin, die reiche, verwöhnte Zicke, die auch noch mit einem blendenden Aussehen gesegnet war. Diese Tussi konnte Alex, im Gegensatz zu den meisten anderen von der Schule, überhaupt nicht leiden. Und ganz bestimmt wollte sie nicht auf eine Party bei ihr gehen. Wobei sie nicht so sicher war, ob die anderen Katrin tatsächlich nett fanden oder nur mit ihr befreundet sein wollten, weil sie als eine der Coolen galt und außerdem einen Pool hatte.

»Ach, ich weiß nicht«, sagte sie ausweichend, denn sie wusste, dass Sina das ältere Mädchen zumindest bewunderte. »Da haben wir doch gar nichts verloren und wir kennen auch niemanden.«

»Komm schon, das hat dich doch noch nie davon abgehalten, eine Party mitzunehmen. Dann lernen wir die Leute eben kennen.« Sina holte aus und warf ihre Flasche in hohem Bogen in Richtung Mülleimer. Sie verfehlte ihn und das Glas zerschellte auf dem Boden. »Außerdem stimmt das gar nicht. Gerrit ist nämlich auch da.« Sie zwinkerte verschwörerisch.

Schnell wandte Alex den Blick ab, da sie merkte, wie sie rot anlief. Dass sie in Gerrit verliebt war, hatte sie bislang niemandem erzählt, nicht mal Sina, die es anscheinend von selbst gemerkt hatte. Alex kannte ihn neben der Schule, wo man sich hin und wieder begegnete, vom Schwimmverein und hatte vor und nach dem Training ein paar Worte mit ihm gewechselt. Er war nett zu ihr, weshalb sie ihn irgendwann nach einem Date gefragt hatte, doch er war vergeben und hatte ihr gesagt, dass sich das so bald nicht ändern würde. Einer der peinlichsten Momente in ihrem Leben.

Gerrit hatte die unangenehme Situation schnell aufgelöst und seitdem waren sie so etwas wie Freunde geworden. Jedenfalls redete sie sich das ein. Gerrit sah das womöglich völlig anders. Trotzdem war die Aussicht, ein paar Stunden auf einer Party mit ihm zu verbringen, nicht zu verachten. Vielleicht würde sich ja sogar etwas ergeben, denn mit Sicherheit würde dort der Alkohol in Strömen fließen und bei Katrin gab es einen Pool ...

Jetzt hör auf, dich da reinzusteigern und dir alle möglichen Situationen auszumalen, rief Alex sich zur Ordnung. Doch zu spät, ihr Herz klopfte schon wie wild. Vermutlich war es besser, die ganze Sache zu vergessen. Zumal die Chancen nicht besonders gut standen, dass ihre Mutter diese spontane Übernachtung erlauben würde.

»Also, was ist?«, bohrte Sina weiter nach. »Wir gehen an der Tanke vorbei und kaufen einen Sixer, damit wir was zum Mitbringen haben. Dann gehen wir zu mir und brezeln uns so richtig auf. Irgendwo hab ich auch noch einen alten Bikini, der klein genug für deine Dinger ist.« Sina grinste und Alex trieb es direkt den nächsten Schwall Schamesröte ins Gesicht.

Sie konnte ja auch nichts dafür, dass ihre Brüste einfach nicht wachsen wollten. Die hatte sie wohl von ihrer Mutter geerbt, denn deren Oberweite ließ ebenfalls zu wünschen übrig. »Blöde Kuh«, murmelte sie und schlug spielerisch mit ihrer Flasche nach Sina.

»Rufst du deine Ma jetzt an, oder was? Überleg doch mal, Gerrit, betrunken, du im kurzen Rock.« Sina verteilte alberne Küsse in die Luft.

»Okay, okay, überredet. Aber ich glaub nicht, dass sie das erlaubt.« Alex zückte ihr Handy und wählte die Nummer von zu Hause.

Es dauerte einen Moment, bis ihre Mutter abnahm. »Was gibt's?«, brummte sie missmutig in den Hörer. Entweder ahnte sie schon, was Alex gleich fragen würde, oder sie schaute gerade einen Krimi und wollte nicht gestört werden.

»Ich bin's, Mama.«

»Ja, das hab ich an der Nummer gesehen. Und nein, du darfst nicht länger raus, zehn war abgemacht und dabei bleibt es.«

O Mann, das ging ja gut los. Bei der Laune brauchte sie eigentlich gar nicht erst fragen. Bisher hatte Alex wenig Lust gehabt, zu dieser Party zu gehen, aber jetzt, wo es unerreichbar schien, war sie davon überzeugt, dass sie heute Abend dorthin *musste.* »Eigentlich wollte ich fragen, ob ich heute bei Sina übernachten darf.«

»Warum?«

»Ehm.« Mit dieser Frage hatte Alex nicht gerechnet. »Einfach nur so?«

»Einfach nur so? Dann kannst du ja auch nach Hause kommen, wenn es keinen besonderen Anlass gibt.«

Enttäuschung machte sich in Alex breit. Die Vorstellung, dass Sina sich allein bei Katrin amüsieren würde, am Ende sogar mit Gerrit. Nein, sie konnte sich nicht so einfach abspeisen lassen. »Wir wollten halt noch einen Film schauen. Es sind Ferien, da braucht es doch keinen besonderen Anlass. Nun komm schon! Mein Zeugnis war gut.«

Ihre Mutter zögerte. Das mit dem Zeugnis war ein guter Einfall gewesen, dafür hatte sich Alex auf jeden Fall eine Belohnung verdient. »Das stimmt allerdings. Aber ihr bleibt zu Hause, ja?«

»Klar, wo sollten wir sonst einen Film schauen?« *Wir erleben unseren eigenen Film!*

»Wenn ich anrufe ...« *Wirst du nicht!* »... erreiche ich dich?«

»Natürlich!«, beteuerte Alex.

»In Ordnung. Morgen bist du zum Mittagessen zu Hause.«

Alex musste sich zusammenreißen, nicht laut loszujubeln. »Versprochen. Danke, Mama.«

»Schon gut. Viel Spaß.« Ihre Mutter legte auf und Sina reckte eine Siegerfaust in den Himmel.

»Yeah, richtig geil«, rief Alex. »Das wird die Nacht der Nächte. Auf geht's!«

3. Kapitel

Gelangweilt hörte Elena zu, wie ihr Mann Lutz zum x-ten Mal vor seinen ehemaligen Schulkameraden ausbreitete, was für ein perfektes Leben sie doch hatten. Eine wunderbare Scheinwelt. Nicht, dass es ihnen schlecht ging, aber sie führten eben eine normale Ehe mit all den normalen Problemen.

Die anderen hingen begeistert an seinen Lippen, er war wegen seiner wohlhabenden und einflussreichen Eltern schon damals beliebt gewesen und an der Bewunderung hatte sich bis heute anscheinend nichts geändert. Dabei sollte doch allen klar sein, dass hier jeder der Anwesenden zu dick auftrug und sich erfolgreicher und glücklicher machte, als er eigentlich war. Genau aus diesem Grund verabscheute Elena solche Treffen. Es gab meist einen Grund, warum man sich in den Jahren nach dem Abschluss aus den Augen verloren hatte.

»Auf dem Weg nach Bali haben wir uns einen Aufenthalt in Singapur gegönnt«, erzählte Lutz gerade von ihrem letzten Urlaub. »Die *Gardens by the Bay* sind wirklich der Wahnsinn. Schon dafür hat sich der Zwischenstopp gelohnt. Das müsst ihr euch mal vorstellen, eine riesige Fläche mit Supertrees. Das sind künstliche Bäume, an denen Pflanzen ...«

Elena schaltete ab. Natürlich erwähnte er bei seinen Schwärmereien nicht, dass Amelie fast den gesamten Flug über quengelig gewesen war und Elena ihre liebe

Mühe damit gehabt hatte, das Kind zu beruhigen. Im Gegensatz zu Lutz, der sich eine Schlaftablette eingeworfen und die zwölf Stunden Flugzeit schlafend rumgebracht hatte, war Elena mit ihrer Tochter beschäftigt gewesen. Anstatt an die *Gardens by the Bay* erinnerte sie sich eher daran, wie unangenehm ihr die Blicke der anderen Fluggäste gewesen waren, oder an die Mittelohrentzündung, die sie aus Bali mitgebracht hatte.

Aber Elena wurde nicht gefragt, für sie interessierte sich niemand. Die meiste Zeit redete nicht mal jemand mit ihr. Sie fragte sich, warum er sie letzten Endes doch mitgenommen hatte, obwohl sie nicht gerade scharf auf diesen Abend gewesen war. Keiner der Anwesenden zählte zu ihrem Freundeskreis, die wenigsten Gesichter hatte sie vorher überhaupt schon mal gesehen.

Lutz beachtete sie kaum, legte nur den Arm besitzergreifend um ihre Schulter, um allen zu zeigen, dass sie zu ihm gehörte. So langsam kam sie sich vor, als hätte er sie lediglich als hübsches Anhängsel mitgenommen, um zu prahlen, was für eine tolle Frau er doch hatte. Dafür hatte er ihr sogar dieses teure Kleid gekauft, in dem sie sich so gar nicht wohlfühlte, weil es für ihren Geschmack viel zu eng saß. Sie trug lieber Hosen, selbst wenn sie sich schick machte.

Spätestens seit Lutz vorhin mit einem seiner früheren Klassenkameraden in Streit geraten war und sie sich beinahe geprügelt hätten, war Elena die Lust auf die Party endgültig vergangen. Lutz hatte sich viel zu schnell mit Alkohol vollgeschüttet und mittlerweile ordentlich einen sitzen, weshalb er überhaupt erst mit dem Kerl aneinandergeraten war. Es ging um irgendeine alte Fehde, Elena hatte es nicht verstanden.

Zum Glück wurden die beiden schnell von anderen Gästen getrennt und der Kontrahent hatte die Feier wutschnaubend verlassen. Seitdem war Lutz noch bemühter, allen zu zeigen, wie gut es das Leben mit ihm meinte. Deshalb war sie auch nicht undankbar, als sie das Vibrieren des Handys in ihrer Handtasche spürte.

Sie löste sich aus Lutz' Umklammerung. »Du, da muss ich rangehen«, sagte sie, obwohl das Handy schon wieder verstummt war. Dennoch entfernte sie sich ein Stück und zog das Gerät hervor.

Ein verpasster Anruf der Babysitterin. Sie verließ die Aula von Lutz' ehemaliger Schule, rief zurück und lauschte dem Freizeichen. Das Mädchen nahm nicht ab. Seltsam, es waren doch seit ihrem Anruf erst zwei Minuten vergangen. Sie versuchte es erneut und erreichte wieder nur die Mailbox, nachdem es einige Zeit geklingelt hatte. Ein mulmiges Gefühl breitete sich in ihr aus. Es war doch hoffentlich nichts passiert? Elena wählte die Nummer ihres Festnetzanschlusses. Auch dort nahm niemand ab. Jetzt war sie sich sicher, dass etwas nicht stimmte.

Das Handy in der Hand, damit sie direkt rangehen konnte, falls Kim sich doch melden sollte, lief sie zurück in die Aula und suchte nach Lutz. Sie fand ihn an der aus Schultischen improvisierten Bar, wo er sich gerade von einem der als Kellner eingesetzten Schüler einen neuen Drink mixen ließ.

Sie trat hinter ihn und er drehte sich mit seinem aufgesetzten Lächeln um. »Da ist ja meine wundervolle Frau.«

»Wir müssen los«, sagte sie. »Zu Hause ist irgendwas nicht in Ordnung.«

Das Lächeln erstarb. »Jetzt schon? Es fängt doch gerade erst an, Spaß zu machen.« Er klang wie ein beleidigter Teenager.

»Hast du mir nicht zugehört? Kim hat angerufen.«

Lutz seufzte, als würde sie etwas Unmögliches von ihm verlangen. »Was ist denn passiert?«

»Das weiß ich nicht, sie geht nicht ans Handy und auch nicht ans Haustelefon.« Jetzt, wo sie es aussprach, klang es gar nicht so dramatisch. Vielleicht war der Anruf nur ein Versehen gewesen und Kim hatte ihr Handy auf lautlos. Vom Festnetz konnte der Akku leer sein, das passierte öfter, weil Lutz es nie zurück auf die Station stellte. Oder Amelie war aufgewacht und Kim war damit beschäftigt, sie dazu zu bringen, sich wieder hinzulegen. Trotzdem wollte sie ganz sichergehen, und da sie sich hier ohnehin nicht sonderlich amüsierte ...

»Deswegen musst du doch nicht gleich vom Schlimmsten ausgehen. Dass ihr Mütter aber auch immer so eine Panik schiebt, wenn es um eure Kinder geht.« Er lachte und legte den Arm wieder um ihre Schulter, um sie von der Bar wegzuführen. »Komm, wir mischen uns unter die Leute. Du wirst sehen, dass du es ganz schnell vergessen hast.«

Ja, genau. Weil sie sich hier ja so gut unterhielt. »Ich würde lieber fahren.« Elena blieb hart.

»Also gut, wenn du meinst. Du hast hoffentlich nichts dagegen, wenn ich noch bleibe. Ich komme dann später mit dem Taxi nach.« Für ihn war es offenbar selbstverständlich, dass sie sich allein auf den Weg machte.

Es wäre ihr zwar lieber gewesen, wenn er mitkommen würde, aber sie hatte keine Lust, eine Ewigkeit mit ihm darüber zu diskutieren. Also verabschiedete sie sich und eilte zu ihrem Wagen.

Während der ganzen Heimfahrt versuchte sie es abwechselnd auf Kims Handy und dem Festnetz, doch nirgends nahm jemand ab. Ihr ungutes Gefühl wuchs mit jedem vergeblichen Anruf und gipfelte in Panik, als sie den Hausflur betrat und sah, dass ihre Wohnungstür offen stand.

Sie stürmte die drei Stufen nach oben und in den Eingangsbereich der Wohnung. Das Licht brannte. »Kim? Ich bin wieder da«, rief sie. Alles blieb still. »Kim? Was ist los?«

Die zweiflüglige Tür zum Wohnzimmer war angelehnt. Von der Diele aus erkannte sie, dass der Fernseher lief, der Ton war abgeschaltet. Langsam schob sie die rechte Seite der Tür auf, ihre Hand zitterte. Ihr Blick fiel auf den umgekippten Beistelltisch, die Scherben der Kristallvase daneben.

War das etwa Blut? Hatte Kim sich verletzt und den Notarzt gerufen? Dann hatten sie doch wohl hoffentlich nicht Amelie allein zurückgelassen! Tief in ihrem Inneren ahnte sie schon, dass es viel schlimmer war als das.

Voller Sorge um ihre Tochter betrat sie das Wohnzimmer, umrundete vorsichtig die Scherben. Mehr Blut, größere Tropfen, je weiter sie ging. Neben dem Raumtrenner zur Küche kam eine ganze Lache in ihr Sichtfeld. Überall an den Schränken und Wänden und auf allen Oberflächen hingen Blutspritzer.

Und dann sah Elena sie. Kim lag leblos auf dem Boden, das Shirt blutdurchtränkt, der Oberkörper mit zahlreichen Stichwunden übersät, neben ihr das Messer aus Elenas Messerblock, mit dem man sie angegriffen hatte. Das Mädchen atmete nicht mehr.

Entsetzt schlug Elena sich die Hand vor den Mund. Dann drehte sie sich um und rannte, nein, sie flog zum Zimmer ihrer Tochter, stieß die Tür auf, stürzte aufs Bett zu und riss die Decke herunter. Die Matratze war leer. Amelie war nicht hier. Erst jetzt bemerkte sie den Schriftzug an der Wand und ein lauter Schrei entrang sich ihrer Kehle.

4. Kapitel

Fabian stand vor dem Spiegel und bearbeitete seine Zahnzwischenräume mit Zahnseide. Nach der letzten professionellen Reinigung vor ein paar Tagen hatte er sich vorgenommen, mehr Sorgfalt bei seiner Mundhygiene walten zu lassen. Vermutlich würde dieser Vorsatz, wie jedes Mal, nur wenige Wochen anhalten, aber so lange wollte er zumindest konsequent sein. Angeblich hatte er bereits kleinere Zahnfleischtaschen, die zu einer Parodontitis und in der Folge zum Abbau des Kieferknochens führen konnten.

Allerdings war er sich nie so ganz sicher, wie viel von diesen Aussagen Panikmache der Zahnärzte war, um ihre Zusatzleistungen zu verkaufen. Früher hatten die Leute auch nicht regelmäßig Zahnreinigungen durchführen lassen und seine Oma hatte bis zu ihrem Tod bis auf zwei noch alle ihre eigenen Zähne gehabt.

Er war gerade fertig, da hörte er aus der Diele den Klingelton seines Diensthandys und seufzte. Nachdem er bereits die letzten drei Nächte rausgeklingelt worden war, hatte er naiverweise gehofft, zumindest am Freitag, dem letzten Tag seiner Rufbereitschaft, etwas mehr Schlaf zu bekommen. Dabei wusste er es doch eigentlich besser. Am Wochenende, wenn der Alkoholpegel stieg und sich die Leute wegen Kleinigkeiten in die Haare bekamen, liefen die Leitungen erst so richtig heiß.

Er öffnete die Badezimmertür und rannte beinahe in seine Freundin Josi, die ihm das Telefon entgegenhielt.

Da sie dabei gewesen waren, ins Bett zu gehen, hatte sie bereits ihr Nachthemd an und die blonden Locken fielen ihr auf die Schultern. Es war selten, dass sie ihre Haare offen trug, obwohl Fabian das liebte. Er hatte große Lust, sich mit ihr hinzulegen, anstatt diesen verdammten Anruf anzunehmen, der aller Voraussicht nach nichts Gutes zu bedeuten hatte.

»Dein Typ ist gefragt.« Josi schenkte ihm ein mitfühlendes Lächeln. Zum Glück war sie keine von den Frauen, die sich ständig über seine unkonventionellen Arbeitszeiten beschwerte.

Fabian nahm den Anruf der Kollegin vom Kriminaldauerdienst an. »Guten Morgen«, begrüßte sie ihn, was sich so eingebürgert hatte, wenn man nach Mitternacht anrief. »Wir haben hier ein Tötungsdelikt in Bockenheim nahe dem Palmengarten. Unschöne Sache. Ein Teenager.« Sie gab ihm die Adresse durch und Fabian beendete das Gespräch.

Er zog die Kleidung wieder an, die er gerade erst abgelegt hatte, und ging in die Küche, um sich einen Kaffee für den Weg zu kochen. Das hatte Josi bereits erledigt, der Thermobecher stand auf der Anrichte. Fabian umarmte seine Freundin und küsste sie auf den Nacken. »Du bist ein Goldstück.«

»Mach nicht so lang«, murmelte sie in seine Schulter. Er wusste, dass sie das nicht ganz ernst meinte und es schon gar nicht sagte, um ihn unter Druck zu setzen. Solche Einsätze dauerten eben so lange, wie sie dauerten.

Lumpi, Josis Jack-Russel-Terrier, der so langsam in die Jahre kam, tingelte neben Fabian durch die Diele.

»Wir gehen jetzt nicht spazieren«, sagte er und tätschelte dem Hund den Kopf.

Der wedelte nur fröhlich mit dem Schwanz und stellte sich an die Haustür, bereit, rauszustürmen, sobald diese geöffnet wurde. Da sollte noch mal einer behaupten, dass Hunde einen verstehen würden. Das taten sie nur, wenn es ihnen in den Kram passte. Fabian nahm den Beutel mit Leckerchen vom Sideboard, raschelte damit, um Lumpis Aufmerksamkeit zu erlangen, und warf ihn dann quer durch die Diele in Richtung Wohnzimmer. Sofort gab der kleine Hund die Tür frei und flitzte hinterher.

»Bis später«, rief Fabian und schlüpfte rasch ins Freie.

Er stieg in sein Auto und klickte die Adresse an, die ihm die Kollegin vom KDD zusätzlich noch geschickt hatte, um sich die Route anzeigen zu lassen.

Keine zehn Minuten später parkte er vor einem pompösen dreistöckigen Altbau aus dem Neoklassizismus. Um sich hier im Westend in unmittelbarer Nähe zum Palmengarten eine Wohnung leisten zu können, musste man zu den Besserverdienern gehören, was man nicht nur an den repräsentativen Mehrfamilienhäusern aus der Jahrhundertwende, sondern auch an den Autos am Straßenrand ablesen konnte.

Vor der Tür wartete bereits sein Kollege Thomas Wendtner auf ihn. Neben ihm standen ein Mitarbeiter des Kriseninterventionsteams sowie ein Mann und eine Frau in den Dreißigern, vermutlich die Eltern des Opfers. Der Mann schwankte leicht, schien betrunken und stützte sich auf der Frau ab, die eine Rettungsdecke um sich gewickelt hatte und abwesend ins Leere starrte.

Als Fabian sich näherte, entdeckte ihn Thomas, löste sich aus der Gruppe und kam ihm entgegen. »Na, ausgeschlafen?«, fragte er mit einem Augenzwinkern. Thomas war eine Art Vampir, der keinen Schlaf zu brauchen schien, weshalb ihm Einsätze wie dieser nur wenig Probleme bereiteten.

»War zum Glück noch nicht im Bett, nur auf dem Weg dorthin«, entgegnete Fabian. »Was ist passiert?«

»Ich war noch nicht drin, von daher kann ich dir noch keine Details geben. Das Opfer heißt Kim Czernik, sechzehn Jahre alt und war heute Abend die Babysitterin für die vierjährige Tochter von Elena und Lutz Siebenäuger. Die beiden waren auf einem Jahrgangstreffen vom Abiturjahrgang des Mannes, als das Mädchen anrief, aber gleich wieder auflegte. Da sie anschließend nicht rangegangen ist, fuhr Frau Siebenäuger sofort nach Hause und fand sie tot in der Küche vor.«

»Und die Tochter der beiden?« Fabian schluckte heftig. Er rechnete mit dem Schlimmsten, auch wenn die Kollegin vom KDD nur von einem Tötungsdelikt gesprochen hatte.

Thomas machte ein betroffenes Gesicht. »Ist spurlos verschwunden. Wenn sie nicht vom Tatort geflohen ist, was bei einer Vierjährigen mitten in der Nacht unwahrscheinlich ist, hat sie der Täter wohl mitgenommen. Es wurden bereits Verkehrskontrollen in der Umgebung veranlasst, bislang allerdings ohne Erfolg.«

»Scheiße«, murmelte Fabian. Es bestand zwar durchaus Hoffnung, das Kind noch lebend zu finden, aber er wollte sich gar nicht vorstellen, wie die Eltern sich fühlen mussten. »Und niemand hat was bemerkt?«

»Bislang sieht es danach aus. Die Kollegen vom Streifendienst haben schon die Nachbarn im Haus befragt, da hat niemand was gesehen oder gehört.«

Fabian seufzte. Immer wieder machte es ihn fassungslos, wenn jemand mitten in einem Wohngebiet gewaltsam zu Tode kam und es keine Zeugen gab, weil sich die Leute einfach nicht für ihr Umfeld interessierten. Nur selten zeigte mal jemand Zivilcourage.

»Gehen wir rein?«, fragte Thomas und deutete auf das hell ausgeleuchtete Erdgeschoss. Die Vorhänge waren teilweise zugezogen, um die Arbeit der Kriminaltechniker vor neugierigen Blicken der Nachbarn zu schützen, die überall an ihren Fenstern hingen. Ein derartiges Polizeiaufgebot war in einem der besseren Viertel Frankfurts eher die Seltenheit.

Die beiden zogen sich Schutzkleidung über und betraten das großzügige Treppenhaus, das mit sandfarbenem Marmor ausgelegt war und einen Handlauf aus kunstvoll geschnitztem Ebenholz hatte. Im Eingangsbereich der Wohnung, die sich über das gesamte Erdgeschoss erstreckte, führte die Spurengasse der KTU – ein Weg für die Begehung durch die Ermittler und den Rechtsmediziner – sowohl geradeaus in den Wohntrakt als auch nach links, wo sich vermutlich die Schlaf- und Arbeitszimmer der Familie befanden.

Auf dem Fischgrätparkett im Wohnzimmer waren erste Blutanhaftungen zu erkennen, die teils wahrscheinlich durch die Bewohner bei ihrer Ankunft, teils durch die herbeigerufenen Sanitäter verschmiert worden waren. In der offenen Küche hockte der Rechtsmediziner Dietmar Gering am Boden und war über den Leichnam gebeugt.

Das jugendliche Opfer lag auf dem Rücken, um sie herum Unmengen von Blut. Die Hände waren bereits in Plastikbeutel verpackt, um zu verhindern, dass mögliche Hautpartikel unter den Fingernägeln verloren gingen.

Als Gering Fabian und Thomas bemerkte, schaute er auf. »Guten Abend, die Herren. Sie haben also die Bereitschaft heute. Fundort, das brauche ich Ihnen bei diesem Anblick wohl nicht zu sagen, ist auch der Tatort.« Er wandte sich ihnen zu und gab so den Blick auf das Opfer frei.

Der Oberkörper des Mädchens wies tiefe Stichwunden auf und das T-Shirt war blutdurchtränkt, ebenso wie der Rest ihrer Kleidung. Durch einen Riss im Stoff war ein klaffender Schnitt in ihrer Bauchdecke zu sehen. Fabians Blick wanderte nach oben. Anders, als man bei einer derartigen Gewalttat erwarten würde, sah ihr Gesicht fast friedlich aus. Die Augen waren zwar geöffnet und starrten an die Decke, der Rest der Mimik war aber erschlafft, was bei Verstorbenen die Regel war, egal wie heftig der Todeskampf zuvor abgelaufen war. Neben ihr lag eine zerbrochene Obstschale, die teils blutverschmierten Früchte waren in der ganzen Küche verteilt.

»Der Täter muss sich ihr von hinten genähert haben«, erklärte Gering und hob ihren Kopf leicht an. »Er hat sie wohl niedergeschlagen, am Hinterkopf hat sie eine Platzwunde, außerdem fehlen Haare. Vermutlich sollte sie der erste Angriff bewusstlos machen, was aber augenscheinlich nicht funktioniert hat. Sie weist diverse Abwehrwunden unter anderem an den Händen auf. Um sich zu schützen, hat sie in die Klinge gegriffen und sich dabei die Handflächen aufgeschnitten. Anhand der Stichführung würde ich vermuten, der Täter stand hinter ihr, als er auf sie eingestochen hat, aber das kann ich erst nach der Obduktion verifizieren. Jedenfalls würde ich davon ausgehen, dass seine Kleidung bis auf die Schuhe weitgehend unbeblutet geblieben ist, falls er tatsächlich hinter ihr stand.«

Was Zeugen, denen er nach der Tat irgendwo aufgefallen sein könnte, ziemlich unwahrscheinlich macht, dachte Fabian. »Nicht zu fassen, dass niemand etwas mitbekommen hat. Sie muss doch geschrien haben wie am Spieß«, sagte er betrübt. War es wirklich schon so weit mit der Ignoranz der Menschen, dass sich sogar in einem Viertel wie diesem niemand um die Hilferufe eines jungen Mädchens scherte?

»Vermutlich war sie dazu nicht in der Lage«, entgegnete Gering. »An der Innenseite ihrer Unterlippe befindet sich eine Quetschwunde. Man hat ihr wohl den Mund zugehalten, damit sie nicht um Hilfe rufen kann.«

»Wie lange ist sie schon tot? Hat sie den Anruf selbst abgesetzt?«, fragte Thomas.

»Das kann ich Ihnen natürlich nicht sagen, ob sie ihr Telefon noch benutzt hat. Die Körpertemperatur liegt bei

37,3 Grad, ich würde also sagen, unverändert. Die Totenstarre hat eingesetzt, ist aber nicht annähernd vollständig. Sie liegt hier meiner Meinung nach weniger als drei Stunden.«

»Können Sie schon etwas zur Tatwaffe sagen?«, fragte Fabian, nachdem er sich umgeschaut, aber nirgends ein passendes Werkzeug entdeckt hatte.

Gering nickte. »Lag direkt neben dem Leichnam. Der Täter hat sich nicht die Mühe gemacht, das Messer mitzunehmen. Es wurde schon von der Spurensicherung überprüft und eingetütet. Wie es aussieht, stammt es aus dem Messerblock hier. Aber die Kollegen der KTU können Ihnen da mehr zu sagen. Ich packe jetzt zusammen.«

Wenn ein Täter die Tatwaffe nicht mitbrachte, deutete das meist auf eine spontane Handlung hin, wie Fabian wusste. Das durften sie also nicht außer Acht lassen. Was hatte der Angreifer gewollt, wenn er nicht mit der Absicht hergekommen war, zu töten? War es ein Einbrecher, den die Babysitterin auf frischer Tat ertappt hatte? Das konnte Fabian sich kaum vorstellen, denn Kim Czernik hatte bestimmt nicht bei völliger Dunkelheit im Wohnzimmer gesessen. Der Fernseher lief sogar noch und in der Regel versicherten sich Einbrecher vorher, dass niemand zu Hause war.

Auch die Brutalität, mit der auf die junge Frau eingestochen worden war, sprach dagegen. Und hätte sie nicht die Polizei gerufen, anstatt die Nummer ihrer Auftraggeberin zu wählen? Oder war sie während des Anrufs überrascht worden?

Auch stellte sich die Frage, was mit dem Kind geschehen war. Womöglich war es durch den Tumult aufgewacht und Zeuge dieser Bluttat geworden. Hatte der Täter sich davor gescheut, ein kleines Kind zu ermorden und es deshalb mitgenommen? Oder hatte der Angriff auf die Babysitterin nur stattgefunden, damit das kleine Mädchen entführt werden konnte, um Geld von der Familie zu erpressen? Immerhin lebten hier augenscheinlich wohlhabende Menschen.

Fabian und Thomas ließen Gering allein und gingen den Trampelpfad zurück ins Wohnzimmer, wo sie auf Jürgen Remhof trafen, den Leiter der Kriminaltechnik.

»Ah, da sind Sie ja. Ich hab schon gedacht, Sie kommen gar nicht mehr«, sagte er nicht ganz im Ernst.

»Gibt es schon irgendwelche Erkenntnisse?«, fragte Fabian. Bei einem vermissten Kind durfte man keine Zeit verlieren, das wusste jeder der Anwesenden.

»Was das Verschwinden des Mädchens angeht, leider nicht«, sagte er bedauernd. »Zum Ablauf kann ich Folgendes sagen, kommen Sie mit.«

Er verließ den Eingangsbereich und ging die mit Strahlern ausgeleuchtete Diele entlang, Fabian und Thomas folgten ihm. Eine Spur aus verwischten Blutanhaftungen führte bis vors Kinderzimmer. Remhof deutete in den Raum gegenüber, in dem ein paar Geister, wie seine Kollegin Helga Kannengießer die Mitarbeiter der Spurensicherung wegen ihrer weißen Anzüge immer nannte, mit ihrer Arbeit beschäftigt waren.

»Der Täter hat im Schlafzimmer der Eltern das Fenster aufgehebelt. Es führt zum Garten raus, der nicht einsehbar ist, sodass er sicher sein konnte, dass ihn niemand beobachtet, auch wenn das bestimmt nicht geräuschlos vonstattengegangen ist. Die Schließmechanismen sind ziemlich gut.«

»Gibt es Fingerabdrücke?«, fragte Fabian.

»Leider nein, er hat also Handschuhe getragen. Fußabdrücke dürften ebenfalls schwierig werden bei der trockenen Erde. Das fällt alles sofort wieder in sich zusammen.«

»Verdammter Klimawandel«, murmelte Thomas. »Jetzt muss der sogar unsere Arbeit erschweren.«

Remhof ignorierte den Einwurf. »Daraufhin muss er sich ins Kinderzimmer begeben haben, dort wurden Erdpartikel sichergestellt. Die müssen von vor dem Tötungsdelikt stammen, denn es befindet sich kein Blut an ihnen.«

»Dann hatte der Täter es womöglich auf die Tochter der Familie abgesehen, wenn das Kinderzimmer sein erstes Ziel war. Dabei wurde er von der Babysitterin bemerkt«, spekulierte Fabian.

»Gut möglich.« Remhof wandte sich wieder in Richtung Eingangsbereich und deutete auf den Boden. »Hier vor der Tür ist eine Transferspur, die vom Kopf des Opfers stammt.«

Fabian betrachtete den Abdruck aus strichförmigen Musterungen. »Vermutlich wurde sie hier niedergeschlagen und ist auf dem Boden aufgeprallt.«

»Sieht ganz danach aus«, bestätigte Remhof. »Dort hinten wurde das Handy gefunden, es muss ihr bei dem Angriff aus der Hand gefallen sein. Der Täter hat sie dann in die Küche verbracht, wo er sie niedergestochen hat, und kam schließlich zurück ins Kinderzimmer. Dort enden die Spuren vor dem Bett. Die blutigen Fußabdrücke hat er mit einem Handtuch verwischt, das draußen vor der Tür neben der Treppe lag. Er ist demnach durchs Treppenhaus geflohen und nicht durchs Fenster, wie er reingekommen ist. Wir konnten einen Teilabdruck des Profils sicherstellen, allerdings dürfte es zu wenig sein, die Größe zu bestimmen. Da muss ein Spezialist drüberschauen.«

»Scheiße, so ein Mistkerl«, fluchte Thomas. »Wir müssen also davon ausgehen, dass sich das Mädchen nicht einfach vor Angst irgendwo versteckt, sondern sich in der Gewalt des Täters befindet.«

Remhof zuckte hilflos die Schultern. »Sofern sie es nicht geschafft hat, vorher aus der Wohnung zu fliehen, steht das zu befürchten.«

»Wir brauchen eine Hundertschaft, die die Umgebung absucht, außerdem Mantrailer«, sagte Fabian. »Und wir müssen mit den Eltern reden, ob ihnen jemand einfällt, der einen derartigen Groll gegen sie hegt, dass er sogar einen Mord begeht, um ihr Kind zu entführen.«

»Bevor Sie nach draußen gehen, sollten Sie sich noch etwas ansehen«, sagte Remhof und deutete auf das Zimmer der Tochter. »Der Täter hat etwas hinterlassen.«

5. *Kapitel*

»Mann, wie krank muss dieser Dreckskerl sein, den Eltern so eine Botschaft hinzuschmieren«, sagte Fabian, als Thomas und er sich vor der Tür ihrer Schutzkleidung entledigten.

Er bekam erneut eine Gänsehaut, wenn er an die mit Blut an die Wand geschriebenen Buchstaben dachte. *Lust*. Was hatte das zu bedeuten? War es ein Hinweis darauf, dass ein Kinderpornoring hinter diesem Angriff steckte? Oder handelte es sich um einen Einzeltäter, der das Mädchen zur Befriedigung seiner Triebe geholt hatte? Aber die brachen in der Regel nicht nachts in wildfremde Wohnungen ein, sondern in den meisten Fällen wurden sie spontan aktiv, wenn sich die Gelegenheit ergab.

»Was es auch zu bedeuten hat, es weist darauf hin, dass es hier um eine Kindesentführung ging und nicht primär um den Mord an der Babysitterin«, sagte Thomas.

Fabian nickte. »Entweder das oder das Schwein hat eine besonders seltsame Form von krankem Humor.«

Die beiden sahen sich nach den Eltern des verschwundenen Mädchens um. Sie fanden sie am Auto des Kriseninterventionsteams. Als Elena Siebenäuger die Kommissare entdeckte, löste sie sich aus dem Arm ihres Mannes und lief auf sie zu. Die Rettungsdecke um ihre Schultern blähte sich nach hinten auf und knisterte bei jeder Bewegung. Das Gesicht der Frau war aufgequollen und die Schminke verschmiert. Ihre Frisur glich einem Vogelnest, da sie sich vor lauter Verzweiflung wohl etliche Male die Haare gerauft hatte, wie sie es auch in diesem Moment tat.

»Sie sind hier die Verantwortlichen?«, fragte sie mit brüchiger Stimme. Ihr Mann blieb am Auto stehen und beäugte sie skeptisch.

Fabian hielt ihr seine Hand hin, was sie nicht zu bemerken schien. »Das ist richtig. Prior ist mein Name und das ist mein Kollege, Herr Wendtner. Es tut mir sehr leid, was Ihnen heute Abend widerfahren ist.«

»Wo ist meine Tochter?« Sie hob die Hände, als wollte sie ihn am Pullover packen, ließ sie jedoch unverrichteter Dinge wieder sinken. »Sie müssen Amelie finden. Bestimmt stirbt sie vor Angst. Glauben Sie, dieses Monster ...« Sie schluchzte laut auf, ihr gesamter Körper zitterte unkontrolliert. Ihr Gesichtsausdruck war eine Mischung aus Hilflosigkeit und Wut. »Diese Bestie, die Kim das angetan hat, hat sich meine Tochter gekrallt. Tun Sie doch etwas!«

»Noch besteht die Hoffnung, dass Ihre Tochter aus der Wohnung geflüchtet ist und sich irgendwo versteckt hält«, sagte Thomas, der mit Situationen wie dieser besser umgehen konnte. Fabian wusste nie, wie er sich verzweifelten Angehörigen gegenüber verhalten sollte, um sie nicht noch mehr aufzuregen. »Wir geben unser Bestes, Ihre Tochter so schnell wie möglich zu finden.«

»Ach ja?«, rief sie, für einen kurzen Moment nahm die Wut überhand. »Ich sehe nur Sie, wie Sie hier vor mir stehen und ein paar Leute, die unsere Wohnung auf den Kopf stellen. Da drin ist Amelie mit Sicherheit nicht.

Wann wollen Sie anfangen, nach ihr zu suchen?« Ihre Stimme brach, neue Tränen flossen über ihre Wangen. »Tut mir leid, ich werde wahnsinnig vor Sorge«, murmelte sie und drehte sich kurz zu ihrem Mann um, der noch immer regungslos zu ihnen herüberstarrte, die Stirn in Falten gelegt.

»Wir haben bereits verschiedene Maßnahmen in die Wege geleitet«, sagte Fabian, in der Hoffnung, sie dadurch etwas zu beruhigen, dass er sie auf dem Laufenden hielt. »Überall in der Umgebung finden Verkehrskontrollen statt und eine Suchmannschaft ist auf dem Weg hierher, außerdem wird ein Hundeführer mit einem Personenspürhund eingesetzt. Wenn Ihre Tochter hier draußen ist, dann finden wir sie.«

Elena Siebenäuger schüttelte den Kopf und wischte sich mit dem Handrücken die Tränen ab. »Was ist nur mit ihr passiert? Ich mache mir solche Sorgen!«

»Fühlen Sie sich dennoch in der Lage, uns ein paar Fragen zu beantworten?«, erkundigte sich Thomas. »Falls der Täter Ihre Tochter in seiner Gewalt hat, brauchen wir möglichst schnell Informationen von Ihnen.«

Diese Andeutung war zu viel für die Frau. Sie starrte Thomas mit aufgerissenen Augen an, schlug dann ihre Hände vors Gesicht und fiel auf die Knie. »Oh, mein armes Mädchen! Was hat man dir nur angetan?«

Ihr Mann und auch der Kriseninterventionsmitarbeiter setzten sich in Bewegung und kamen zu ihnen herüber. Während sich der Kollege jedoch allein um die Frau kümmerte, musterte Lutz Siebenäuger Fabian eindringlich. Er schwankte leicht, sein Blick war gläsern.

Anscheinend hatte er auf seinem Jahrgangstreffen etwas zu tief ins Glas geschaut.

»Ich kenne Sie«, sagte er und deutete vage auf Fabian.

Ja, ich war vorhin schon mal hier, dachte der resigniert. Offenbar waren beide Elternteile nicht gerade in einem Zustand, in dem sie noch in der Lage wären, Fragen sinnvoll zu beantworten. »Haben Sie eine Möglichkeit, irgendwo unterzukommen?«, erkundigte er sich deshalb. »Wir würden dann veranlassen, dass Sie dorthin gebracht werden und uns morgen früh bei Ihnen melden. Andernfalls kümmern wir uns darum, ein Hotel für Sie zu finden.«

»Ich gehe hier nicht weg«, kreischte Elena Siebenäuger sofort, während ihr Mann irgendwas Unverständliches vor sich hin murmelte. »Was, wenn Amelie hier auftaucht und dann ist ihre Mama nicht da? Oder wenn sich der Entführer meldet? Ich muss in die Wohnung, damit ich ans Telefon gehen kann!«

»Darum kümmern wir uns«, sagte Thomas und ging auf die Knie, um mit der Frau auf Augenhöhe zu sein. »Wir haben bereits veranlasst, dass eine Fangschaltung eingerichtet wird. Die eingehenden Anrufe auf der Festnetznummer werden auf Ihr Handy umgeleitet und ein Beamter wird bei Ihnen bleiben für den Fall, dass es eine Lösegeldforderung gibt. Sie können vor Ort rein gar nichts tun, außer uns unsere Arbeit machen zu lassen.«

»Ich gehe hier nicht weg«, wiederholte sie und verschränkte zur Verdeutlichung wie ein kleines Kind die Arme vor der Brust.

»In Ihre Wohnung dürfen wir Sie aber in der nächsten Zeit nicht lassen. Erst wenn die Spurensicherung den

Tatort freigegeben hat, und das kann unter Umständen Tage dauern. Wollen Sie so lange hier auf dem Bürgersteig sitzen?«

Lutz Siebenäuger berührte Fabian an der Schulter und lenkte so dessen Aufmerksamkeit auf sich. »He, ich weiß woher«, sagte er.

»Ach ja«, sagte Fabian und wich ein Stück zurück. Er konnte es gar nicht leiden, wenn ihn fremde Menschen einfach so angrabbelten.

»Sie sind doch der Bruder vom Gerrit, oder?«, fragte er mit verwaschener Stimme.

Fabian runzelte die Stirn und überlegte, ob er den Mann schon mal gesehen hatte. »Das ist korrekt«, sagte er.

»Den hab ich erst heute getroffen. Ich war mit ihm in einer Klasse.« Plötzlich verfinsterte sich seine Miene. »Moment mal! Das Jahrgangstreffen. Ich glaube, ich weiß, wer das war!«

»Du meinst doch nicht ...«, setzte seine Frau an, wurde aber sogleich von ihm unterbrochen.

»Der Maxim«, brüllte Lutz Siebenäuger Fabian an, als müsste der Name ihm etwas sagen. »Dieser verdammte Hurensohn hat sich meine Tochter gekrallt, um mir eins reinzuwürgen!«

6. Kapitel

Am nächsten Morgen steckte Helga mit ihrem Käfer im Berufsverkehr fest. Sie zündete sich eine Zigarette an und starrte aus dem Fenster der Beifahrerseite auf die Radfahrer, die sich problemlos durch die verstopften Straßen schlängelten. Thomas hatte sie vorab per Telefon über den neuesten Fall informiert. Die kleine Amelie Siebenäuger war bislang nicht wiederaufgetaucht. Eine Hundertschaft hatte noch in der Nacht die Umgebung in einem Radius von einem Kilometer um das Wohnhaus der Familie abgesucht und bis zum Morgen waren im gesamten Stadtgebiet Verkehrskontrollen durchgeführt worden. Beides ohne Erfolg.

Die Spurensicherung hatte den Tatort mittlerweile freigegeben, sodass das Ehepaar zurück in seine Wohnung konnte. Fabian war bei den Siebenäugers vor Ort und wartete auf die Hundeführerin, um gemeinsam mit ihr und ihrem Mantrailer nach einer Spur des Mädchens zu suchen. Später würde er den Vater dabei unterstützen, einen Tatortreiniger zu finden, und ihn und seine Frau nochmals befragen.

Da Lutz Siebenäuger mit Fabians Bruder zur Schule gegangen war und Fabian vom Sehen kannte, hofften sie, dass er ihm genug vertraute, um sich zu öffnen. Niemand gab gern zu, dass er Feinde hatte, aber wenn es sich tatsächlich um eine Entführung handelte, lag dieser Gedanke nah. In den seltensten Fällen wurden Kinder von geldgierigen Fremden geschnappt, wie damals bei Magnus Gäfgen, der den Bankierssohn Jakob von Metzler entführt hatte. Meist waren die Täter im näheren Umfeld der Opfer zu suchen.

Helga fluchte laut und hämmerte auf die Hupe. Der Typ vor ihr musste am Steuer vor Langeweile eingeschlafen sein und fuhr nicht weiter. Die Ampel sprang bereits wieder auf Rot, als er endlich das Gaspedal fand. Wenn das so weiterging, durfte sie sich von Thomas was anhören. Obwohl es noch nicht häufig vorgekommen war, hatte sie bei ihren Partnern den Ruf als Zuspätkommerin weg.

Der Vater des verschwundenen Mädchens hatte Fabian gegenüber einen Maxim Bobrow beschuldigt, für die Tat verantwortlich zu sein. Die beiden waren der Aussage von Lutz Siebenäuger zufolge auf dem Jahrgangstreffen am Abend zuvor in Streit geraten, der sogar so heftig gewesen war, dass sie sich beinahe geprügelt hätten. Nachdem man die beiden Kontrahenten getrennt hatte, war Maxim Bobrow wütend abgerauscht. Kurze Zeit später hatte die Babysitterin versucht, die Mutter des kleinen Mädchens zu erreichen. Ihr letzter Anruf.

Auch wenn das Motiv dürftig erschien, denn Lutz Siebenäuger hatte sich nicht weiter dazu äußern wollen, worum es bei dem Streit gegangen war, hatte noch in der Nacht eine Streife Maxim Bobrow einen Besuch abgestattet, um ihn zu befragen. Doch er hatte die Tür nicht geöffnet, also wollten Helga und Thomas es jetzt erneut versuchen.

Nach quälenden 20 Minuten Stop-and-go erreichte Helga endlich das Gallusviertel und stellte ihren Käfer im Parkhaus gegenüber der Adresse ab. Natürlich war Thomas schon da und wartete vor dem Eingang zu dem Gebäudekomplex auf sie.

»Sorry, zu viele Offenbacher unterwegs«, sagte sie entschuldigend, als sie neben ihn trat.

»Kein Ding, so lange bin ich noch nicht hier«, antwortete er, aber sie sah seinem Gesicht an, dass es eine Lüge war. Immerhin zog er sie nicht mit ihrer Verspätung auf.

Bobrows Wohnung lag in einem der WINGS-Gebäude, einem Neubauprojekt mitten im Gallus gegenüber den ehemaligen Adlerwerken, wo sich heute ein Theater befand. Die weiße Fassade mit den natürlich gehaltenen Holzbrüstungen an den Balkonen wirkte völlig fehl am Platz.

Sie betraten den Innenhof, eine Mischung aus Betonlandschaft und Grünanlage. Bobrows Wohnung lag in einem der hinteren Gebäude. Auf ihr Klingeln hin wurde ihnen, im Gegensatz zur Streife letzte Nacht, sofort geöffnet.

An der Wohnungstür erwarteten sie zwei Männer. Einer davon sah übernächtigt aus, der andere trug einen teuren Anzug und drängte sich nach vorn.

»Kannengießer mein Name, guten Tag«, sagte Helga und streckte ihre Hand zur Begrüßung aus. »Das ist mein Kollege Wendtner. Wir kommen von der Kripo. Sind Sie Herr Bobrow?« Sie bezweifelte zwar, dass der Kerl im Anzug ihr gesuchter Zeuge war, stellte sich dennoch unwissend.

»Becker mein Name«, antwortete der Anzugtyp und schüttelte ihr kurz die Hand. »Ich bin der Anwalt von

Herrn Bobrow und ich werde bei diesem Gespräch anwesend sein.«

»Ach«, entfuhr es Helga und sie wechselte einen verwunderten Blick mit Thomas. »Und Sie haben uns erwartet, wie es aussieht?«

»Vielleicht gehen wir zunächst mal rein, damit nicht die gesamte Nachbarschaft mitbekommt, dass mein Mandant von der Polizei befragt wird.« Ohne eine Antwort abzuwarten, stiefelte er vorweg in die Wohnung und Bobrow folgte ihm wie ein gescholtenes Kind mit hängenden Schultern und eingezogenem Kopf.

Auf dem Weg schaute sich Helga unauffällig um. Bis auf eine, wahrscheinlich die zum Badezimmer, standen alle Türen der großzügig geschnittenen Vierzimmerwohnung offen. Sie war nicht gerade liebevoll eingerichtet, sondern eher zweckmäßig und viel Technik stand herum, von einer Spielekonsole über eine teure Anlage bis zu einem Beamer. Spuren, dass sich irgendwann in letzter Zeit ein Kind hier aufgehalten haben könnte, waren auf den ersten Blick nicht zu entdecken. Wenn Bobrow das Mädchen entführt hatte, hielt er es zumindest nicht hier gefangen. Das war allerdings mit der Anwesenheit des Anwalts auch nicht zu erwarten gewesen.

»Also«, sagte Thomas, nachdem sie im Wohnzimmer Platz genommen hatten. »Wie kommt es, dass Sie unseren Besuch erwartet und sich gleich einen Anwalt dazugeholt haben, Herr Bobrow?«

Der Mann warf seinem Anwalt einen fragenden Blick zu, woraufhin dieser aufmunternd nickte. »Nach dem Anruf von Lutz gestern Nacht musste ich kein Hellseher sein, um zu wissen, dass er mir die Bu… Kripo auf den Hals hetzen würde, damit die mich einbuchtet.«

»Niemand hat uns Ihnen auf den Hals gehetzt und niemand wird hier verhaftet«, sagte Helga und lächelte ihn freundlich an. Sie wünschte, dieser Anwalt würde verschwinden. Wie sollte man so ein vernünftiges Gespräch führen? »Wir würden gern mit Ihnen über die Vorfälle gestern Abend reden, mehr nicht. Herr Siebenäuger hat Sie also in der Nacht bereits angerufen und mit seinen Vorwürfen konfrontiert?«

»Ich habe seine Tochter nicht entführt, egal, was dieser Wichser behauptet. Der spinnt doch, wenn er glaubt, er wäre mir wichtig genug, mich an seinem Kind zu vergreifen. Ich hab keine Ahnung, wer bei ihm eingebrochen ist und das Kindermädchen abgestochen hat.«

»Ganz langsam«, sagte Thomas, während der Anwalt neben Bobrow zusehends angespannter wurde. »Fangen wir doch erst mal mit Ihrem Jahrgangstreffen an. Laut Herrn Siebenäuger kam es dort zum Streit zwischen Ihnen.«

Wieder der Blick zum Rechtsverdreher, der keine Miene verzog. »Es war Alkohol im Spiel. Wir haben uns gegenseitig ein wenig provoziert, ein Wort gab das andere, und bevor mehr passieren konnte, gingen ein paar Leute dazwischen. Dann hab ich mich verpisst.«

»Möchten Sie uns den Grund verraten, warum Sie sich gestritten haben?« Soweit Helga von Thomas wusste, hatte sich Lutz Siebenäuger nur ausweichend geäußert. Irgendeine alte Geschichte, über die Fabian heute mehr herauszufinden hoffte.

»Dazu werde ich mich nicht äußern«, sagte Bobrow im Brustton der Überzeugung. Anscheinend hatte er diesen Punkt allerdings zuvor nicht mit seinem Anwalt abgesprochen, denn dieser räusperte sich.

»Sofern Sie sich mit der Antwort nicht selbst belasten oder Sie damit eine nicht beschuldigte Person der Strafverfolgung aussetzen würden, müssen Sie das beantworten, Herr Bobrow«, sagte Herr Becker förmlich, als hätte er es aus dem Gesetzbuch abgelesen.

Der Zeuge schnaufte und presste die Lippen aufeinander. »Eine alte Sache. Lutz hat vor fünfzehn Jahren was mit meiner damaligen Freundin angefangen. Wochenlang haben die beiden mich hintergangen, bis ich es rausgefunden habe.« Er ballte eine Faust, anscheinend machte ihn diese Sache noch immer wütend. »Gestern Abend fragt er mich dann ganz dumm, ob wir mittlerweile verheiratet seien und wo sie denn stecke. Dabei weiß er genau, dass wir uns damals wegen ihm getrennt haben, dieses Arschloch. Da ist mir halt der Kragen geplatzt. Ich wollte ihm endlich die Lektion erteilen, die er damals schon verdient hätte, aber dazu kam es nicht.«

Helga schaute kurz zu Thomas, der kaum merklich mit den Schultern zuckte. Vorerst würden sie da wohl nicht weiter nachbohren. Insgesamt klang das wirklich nicht danach, als würde man deshalb bei seinem ehemaligen Schulkameraden einbrechen, um dessen Tochter zu entführen. Andererseits war es bemerkenswert, dass Bobrow dieser alte Konflikt immer noch zu beschäftigen schien. Normalerweise waren die Beziehungen, die man in dem Alter führte, nicht sonderlich ernst und schon gar nicht so, dass man ihnen Jahre später noch hinterher trauerte.

»Und dann sind Sie gefahren«, sagte Helga. »Wohin? Und gibt es jemanden, der Ihre Aussage bezeugen kann?«

»Ich habe ein Taxi genommen, das mich hierhergebracht hat. Dann hab ich eine geschlagene Dreiviertelstunde auf den Schlüsseldienst gewartet, weil ich meinen Schlüsselbund anscheinend auf der Party verloren hatte.«

»Wo waren Sie, als heute Nacht eine Streife bei Ihnen geklingelt hat, um Sie zu befragen?«, fragte sie.

»Hier natürlich. Aber ich hab nicht aufgemacht, weil Lutz mich schon angerufen hatte, um mir an den Kopf zu werfen, dass ich seine Tochter entführt hätte. Da bin ich doch nicht so blöd, ohne Anwalt mit Ihren Kollegen zu sprechen.«

Das klang irgendwie einleuchtend. Helga zückte ihr Handy, um sich Notizen zu machen. »Also gut. Nennen Sie uns bitte, wenn möglich, die genaue Uhrzeit und das Taxiunternehmen sowie den Namen des Schlüsseldienstes. Haben Sie jeweils eine Quittung erhalten?«

Der Anwalt schob ihr einen Zettel über den Tisch. »Steht alles hier drauf, machen Sie sich keine Mühe.«

Ach, dachte Helga, *da hat sich aber jemand vorbereitet.*

»Gibt es jemanden, der bezeugen kann, dass Sie die Wohnung in der Nacht nicht mehr verlassen haben?«, erkundigte sich Thomas.

»Leider nein«, antwortete Bobrow, was Helga schon vermutet hatte. Es sah nicht danach aus, als würde hier ein Paar leben.

»Wenn Sie zu Hause waren, warum haben Sie nicht wenigstens die Tür geöffnet, um die Kollegen wegzuschicken?«, hakte Helga noch einmal nach. »Bestimmt verstehen Sie, dass wir so den Eindruck haben müssen, Sie wären gar nicht hier gewesen.«

»Wie ich schon sagte, weil ich nicht bescheuert bin. Bei solchen Vorwürfen will ich ganz bestimmt nicht ohne meinen Anwalt mit der Polizei reden, damit man mir am Ende einen Strick daraus dreht. Auch nicht, um sie nur wegzuschicken.«

»Was mein Mandant eigentlich sagen will: Natürlich versteht er, dass Sie ihn nach den Anschuldigungen von Herrn Siebenäuger befragen müssen. Aber jeder Zeuge hat das Recht darauf, bei einer Befragung als Beistand einen Rechtsanwalt hinzuzuziehen, und dieses Recht hat er in Anspruch genommen.« Herr Becker lächelte abschätzig, sodass Helga ihm am liebsten den Mittelfinger gezeigt hätte. »Sind wir hier fertig? Mein Mandant hat nichts von Relevanz beizutragen.«

Eigentlich waren sie das fürs Erste, aber aus purem Trotz war Helga nicht bereit, sich so einfach abspeisen zu lassen. Sie beendeten das Gespräch und nicht der feine Pinkel im Anzug. »Können Sie sich jemanden vorstellen, der einen Grund haben könnte, bei Ihrem ehemaligen Klassenkameraden einzubrechen, die Babysitterin zu ermorden und die Tochter zu entführen?«, fragte sie deshalb.

»Pff«, machte Bobrow und hob demonstrativ die Arme. »Nach der Sache mit meiner Freundin habe ich verständlicherweise den Kontakt zu Lutz abgebrochen. Wir haben uns zuletzt in dem Sommer gesehen, als wir Abi gemacht haben. Keine Ahnung, mit wem der sich so im Laufe der Jahre angelegt hat.«

»Nun«, sagte Thomas, klopfte sich auf die Oberschenkel und stand auf. »Dann halten Sie sich bitte zur Verfügung, falls wir noch weitere Fragen haben sollten.«

Helga hätte die beiden Männer gern ein wenig länger mit ihrer Anwesenheit gequält, aber sie tat es ihrem Kollegen gleich.

An der Tür drehte sie sich noch mal um. »Hätten sie was dagegen, wenn wir uns bei Ihnen kurz umschauen?«, fragte sie. »Nur, um sicherzugehen, dass die Tochter von Herrn Siebenäuger nicht hier ist.«

Bobrow hob die Schultern, anscheinend war er kurz davor, zuzustimmen, doch sein Anwalt schritt ein. »Haben Sie einen Durchsuchungsbeschluss?«

»Nein, aber den können wir besorgen«, gab Helga zurück, obwohl es höchst unwahrscheinlich war, dass sie bei dieser Faktenlage einen bekommen würden.

»Dann kommen Sie wieder, wenn Sie einen haben. Auf Wiedersehen.« Damit warf er ihnen die Tür vor der Nase zu.

Arschloch, dachte Helga, und nachdem sie sich ein paar Schritte entfernt hatten, sagte sie leise zu Thomas: »Wenn er das Kind haben sollte, redet ihm sein Anwalt jetzt hoffentlich gut zu, dass er es unversehrt wieder herausgibt.«

»Das hoffe ich auch«, murmelte Thomas. »Sofern es denn noch lebt.«

7. Kapitel

Es dauerte einen Moment, bis Gerrit realisierte, dass das Geräusch der Türglocke nicht aus seinem Traum stammte. Einen weiteren Augenblick benötigte er, bis er sich orientiert hatte. Er lag in seinem Bett, hatte aber keine Ahnung, wie spät es sein mochte, da er die Rollläden runtergelassen hatte und es stockfinster war. Auch konnte er sich nicht genau erinnern, wann und wie er ins Bett gekommen war. Er wusste nur, dass er das Jahrgangstreffen zu ihrem fünfzehnjährigen Abiturjubiläum gestern frühzeitig verlassen hatte, weil ihm schlecht gewesen war. Auch jetzt merkte er noch einen Rest der Übelkeit und fühlte sich ein wenig verkatert, obwohl er fast nichts getrunken hatte, nur einen Sekt zum Anstoßen.

Blind tastete er nach seinem Handy, während der Besucher vor der Tür erneut klingelte. Es war gerade mal neun Uhr. Wer konnte da so dringend etwas von ihm wollen, dass er einfach nicht aufgab, obwohl niemand öffnete? Der Paketbote sicher nicht, bei dem konnte man sich glücklich schätzen, wenn der überhaupt klingelte und das Paket nicht einfach vor die Tür stellte. Kurz dachte er daran, dass es Nicole sein könnte, doch das war unmöglich. Diese Erkenntnis schmälerte seine Motivation ungemein, aufzustehen und an die Tür zu gehen.

Als es erneut klingelte, überwand er sich doch und schälte sich umständlich aus der Bettdecke.

Er schwankte zum Lichtschalter und musste sofort gegen die Helligkeit seine Augen zusammenkneifen, ein dumpfer Schmerz schoss in seinen Kopf. Verdammt, hoffentlich war das keine Lebensmittelvergiftung. Oder brütete er vielleicht eine Grippe oder so was aus? Von dem einen Sekt konnte es ihm auf keinen Fall so mies gehen.

Langsam, damit die Übelkeit sich nicht verschlimmerte, tappte er durch den Flur und nahm den Hörer der Gegensprechanlage in die Hand.

»Na endlich«, sagte eine Frauenstimme, die ihm bekannt vorkam. In seinem aktuellen Zustand wusste er allerdings nicht, wo er sie einsortieren sollte.

»Wer ist da?«, fragte er.

»Oh, habe ich dich geweckt? Das tut mir leid.«

Gerrit rieb sich über das Gesicht und streckte den Rücken durch. »Nein, nein. Schon gut, ich war schon wach«, log er. Bei seinen Eltern war es wegen der Metzgerei ein Unding gewesen, wenn er samstags länger als bis acht Uhr geschlafen hatte und noch heute plagte ihn ein schlechtes Gewissen, wenn er es sich gönnte, am Wochenende lang im Bett zu bleiben.

»Was gibt es denn?«, fragte er, da er durch die Sprechanlage hörte, wie die Besucherin an der Tür rüttelte, offenbar in der Annahme, er würde ihr jeden Moment öffnen.

»Hier ist Mareike. Kann ich reinkommen?«

Seine Ex? Was wollte die denn um diese Uhrzeit so Dringendes von ihm? Und woher zum Teufel hatte sie überhaupt seine Adresse? Erst jetzt fiel ihm ein, dass die Einladung zum Jahrgangstreffen von ihr gekommen war.

Wahrscheinlich wollte sie nachsehen, wie es ihm ging, nachdem er sich gestern so früh verabschiedet hatte.

»Es ist wichtig«, fügte sie hinzu, als sie sein Zögern bemerkte.

»Also gut«, murmelte Gerrit. »Aber ich bin noch im Pyjama.«

»Ach, ich hab dich auch schon ohne ...« Der Rest des Satzes ging im Geräusch des Türsummers unter, den Gerrit schnell drückte.

Er öffnete die Wohnungstür und ging ins Bad, um sich wenigstens etwas kaltes Wasser ins Gesicht zu spritzen. Kurz darauf verriet ihm ein leises Klopfen, dass Mareike im zweiten Stock angekommen war.

»Komm rein. Die erste Tür rechts ist das Wohnzimmer. Ich bin gleich da«, rief er, schloss die Badezimmertür und erleichterte sich. Nachdem er sich die Hände gewaschen und noch eben die Haare ein wenig in Ordnung gebracht hatte, musterte er sich im Spiegel. Warum hatte er sich gestern eigentlich nicht rasiert? Und ein Friseurbesuch war auch mal wieder angebracht, seine braunen Schnittlauchlocken fielen ihm schon fast in die Augen. »Siehst du scheiße aus«, murmelte er sich zu, dann ging er zu Mareike.

»Guten Morgen«, sagte er und erschrak beinahe, als er sie sah. Ihr Gesicht war leichenblass und tiefe Augenringe zeichneten sich darin ab, als hätte sie letzte Nacht keine Minute Schlaf bekommen.

»Das kann man so nicht sagen«, entgegnete sie.

»Ist irgendwas passiert? Du siehst ja schlimmer aus als ich«, entfuhr es ihm, was er anhand ihres pikierten Gesichtsausdruckes sogleich bereute. Er dachte an

Nicole, die ihm für so einen Spruch vermutlich einen Faustschlag auf die Schulter versetzt hätte. Was würde er dafür geben, wenn sie jetzt hier wäre! Auch wenn sie sicher nicht begeistert über den Besuch von Mareike sein würde. »Tut mir leid, so war das nicht gemeint.«

»Schon gut, ist ja nur die Wahrheit. Du hast anscheinend noch nicht mitbekommen, was los ist, oder?« Mareike zog die Mundwinkel noch weiter nach unten und starrte ihn mit großen Augen an.

»Hoffentlich nichts Schlimmes«, sagte Gerrit, aber so, wie sie aussah, war das wohl eher nicht der Fall. Er setzte sich neben sie aufs Sofa, auch wenn er lieber in die Küche gegangen wäre, um sich einen Kaffee zu machen.

»Bei Lutz und seiner Frau. Siebenäuger, weißt du?«

Gerrit nickte. Als könnte irgendjemand den beliebtesten Kerl des Jahrgangs vergessen, mit dem jeder hatte befreundet sein wollen, auch Gerrit, und dem die Mädels in Scharen hinterhergelaufen waren. Gestern Abend hatte es nicht den Eindruck gemacht, als hätte sich diesbezüglich etwas geändert, jedenfalls nicht für die kurze Zeitspanne, die Gerrit auf der Party gewesen war.

»Was ist denn mit ihm?«, fragte Gerrit, der langsam ungeduldig wurde. Er brauchte Kaffee, eine Zahnbürste, eine ausgiebige Dusche und dann ganz viel Ruhe auf der Couch.

»Seine Tochter ist gestern Abend verschwunden. Irgendjemand ist während des Abitreffens in die Wohnung eingedrungen, hat die Babysitterin ermordet und das Kind entführt.« Tränen traten in Mareikes

Augen und sie presste sich die Hand vor den Mund. »Das arme Mädchen ist erst vier Jahre alt!«

»Das ... das ist ja grauenvoll. Tut mir echt leid für die beiden«, stammelte Gerrit und meinte es auch ernst. Er hatte zwar mit Lutz seit Jahren keinen Kontakt mehr gehabt, aber er konnte sich vorstellen, dass sein ehemaliger Klassenkamerad gerade einen Albtraum durchlebte. Mit so einer Nachricht hatte er nun wirklich nicht gerechnet. Dennoch stellte er sich die Frage, die er nun auch laut aussprach: »Warum bist du damit jetzt zu mir gekommen?«

Sie rückte etwas näher an ihn ran und wirkte, als wolle sie in den Arm genommen worden. Gerrit hielt sich zurück. So ungewaschen, wie er war, war das bestimmt keine Freude. Davon abgesehen hatten sie sich in den letzten Jahren nicht gerade nahegestanden. Man grüßte sich, wenn man sich auf der Straße traf, wechselte ein paar Worte, die nicht über Small Talk hinausgingen, das war es schon. Eine Umarmung kam ihm unangemessen vor. Es war ja schließlich nicht ihr Kind, das verschwunden war.

Als sie merkte, dass er distanziert blieb, lehnte sie sich wieder etwas zurück. »Ach, ich weiß auch nicht. Irgendwie musste ich einfach mit irgendjemandem reden, der gestern Abend auch da war.« Sie schniefte und tupfte sich mit dem Handrücken über die Augen. »Und dein Bruder, der ist doch Polizist. Ich dachte, du wüsstest vielleicht schon mehr als alle anderen.«

Gerrit stand auf und holte eine Packung Taschentücher aus dem Regal, die er ihr hinhielt. Daher wehte der Wind also. Sollte er jetzt Fabian anrufen und um ein

Exklusivinterview bitten, oder wie stellte sie sich das vor? Erhoffte sie sich Insiderinfos von ihm, damit sie die im Freundeskreis weitertragen konnte? Mit dieser Erwartung lag sie völlig daneben, Gerrit würde sich hüten, etwas in diese Richtung zu unternehmen.

»Du, der darf bestimmt nicht mit mir über solche Sachen reden. Wenn er denn überhaupt an den Ermittlungen beteiligt ist. Das Kommissariat ist groß, kann gut sein, dass er selbst noch gar nichts davon mitbekommen hat.«

»Schon klar. Hätte ja sein können, dass er von sich aus irgendwas erzählt hat, immerhin hängst du da irgendwie mit drin.«

»Was soll das denn heißen? Ich war nicht mal eine Stunde auf der Party und mit Lutz hab ich seit der Sache damals ... Na ja, du weißt schon. Seit der Nacht bei Katrin hatte ich nichts mehr mit ihm zu tun. Vermutlich weiß Fabian nicht mal, dass wir uns von früher kennen.«

Mareike nickte, sie wirkte enttäuscht. Anscheinend war sie wirklich nur für den Klatsch hergekommen. Allerdings machte sie keine Anstalten, wieder zu gehen, sondern saß ihm schweigend gegenüber und schaute sich in dem Chaos um. Er hatte ihr bei der Einladung zum Jahrgangstreffen von ihm und Nicole erzählt, der Zustand der Wohnung dürfte sie also nicht sonderlich wundern.

»Du, so richtig auf dem Damm bin ich auch immer noch nicht. Gestern hab ich mir wohl irgendwie den Magen verdorben«, sagte er und hoffte, dass sie den Wink mit dem Zaunpfahl verstand. Er wollte jetzt wirklich gern seine Ruhe haben, so tragisch die Geschichte für Lutz und seine Frau auch sein musste.

»Stimmt, das hab ich in der Aufregung völlig vergessen, dass du gleich wieder verschwunden bist. Ich dachte schon, es wäre irgendwas passiert. Geht's denn jetzt besser? Brauchst du was?«

Er schüttelte den Kopf und winkte ab. *Eine Kopfschmerztablette, Tee und möglichst wenig Gequatsche,* dachte er. Auf wilde Spekulationen darüber, wer aus welchen Gründen wohl so etwas Schreckliches tat, hatte er nun wirklich keine Lust. Nach dem Abschluss hatten sie alle den Kontakt zueinander verloren und die Leute aus seiner Klasse waren im Grunde Fremde für ihn, auch wenn er teilweise 13 Jahre gemeinsam mit ihnen zur Schule gegangen war.

»Lutz beschuldigt wohl Maxim, erzählt man sich«, sagte sie in verschwörerischem Ton.

»Ach ja?«, gab Gerrit zurück. »Weshalb?«

»Stimmt, das hast du ja gar nicht mehr mitbekommen. Die beiden haben sich in die Haare gekriegt gestern Abend. Kurz nachdem du weg warst, ist dann auch Maxim abgerauscht.«

»Hm«, machte Gerrit. Was sollte er auch anderes dazu sagen? Die Polizei würde sich schon darum kümmern, sollte da etwas dran sein.

»Na gut, ich sehe schon, du willst jetzt lieber allein sein. Auch wenn ich Gesellschaft gut gebrauchen könnte«, sagte sie und stand auf. Man merkte ihr an, dass sie nicht glücklich mit dem unausgesprochenen Rauswurf war.

Gerrit war das egal. Sie hatte sicherlich genug Freunde, bei denen sie sich ausheulen konnte, wenn sie die Sache so sehr mitnahm, wie sie behauptete. Nur waren die eben nicht mit einem Polizisten verwandt.

»Danke«, sagte er und lächelte sie möglichst gequält an. »Mir geht's echt nicht so prall, sorry.«

»Wenn's recht ist, würde ich eben noch kurz dein Bad benutzen«, sagte sie.

»Klar«, antwortete Gerrit, obwohl er sich nicht erinnern konnte, wann es zuletzt geputzt worden war. Er wies ihr den Weg und schaltete in der Küche die Kaffeemaschine ein, während sie auf die Toilette ging. Als der Spüldurchlauf der Maschine beendet war, stand sie schon wieder in der Diele. Das zerknüllte Taschentuch hielt sie noch immer in der Hand. Gerrit deutete auf den Mülleimer, aber sie steckte es einfach in die Jackentasche.

»Also, machs gut, Gerrit«, verabschiedete sie sich, öffnete die Wohnungstür und verschwand so schnell im Treppenhaus, wie sie vor zehn Minuten aufgetaucht war.

Unwillkürlich atmete Gerrit auf. Er war erleichtert, dass er sich den Rest des Tages in Ruhe auskurieren konnte. Vor dem Kaffee wollte er sich noch rasch die Zähne putzen und ging ins Bad.

Seltsam, dachte er und warf einen Blick in die Kloschüssel, da der Wasserkasten nicht rauschte. Anscheinend war sie gar nicht zur Toilette gegangen. Möglicherweise war es hier wirklich zu dreckig gewesen. Wenn Nicole das sehen würde, sie würde ihm eins hinter die Ohren geben. Es war an der Zeit, dass er mal wieder klar Schiff machte. Aber nicht jetzt, nicht heute. Morgen vielleicht. Wenn er sich aufraffen konnte.

8. Kapitel

15 Jahre zuvor

Alex stand etwas verloren in der Küche an der Kochinsel und fühlte sich, als wären alle Augen auf sie gerichtet. Jeder schien zu wissen, dass sie hier eigentlich gar nicht hingehörte. Es kam ihr beinahe so vor, als würden alle nur darauf warten, dass die Gastgeberin der Party des Abijahrgangs sie entdeckte und rauswarf.

Wobei bestimmt auch ihr Outfit eine Rolle spielte, dass sie sich beobachtet vorkam. Nicht nur, dass sie viel zu aufgetakelt war im Vergleich zu den anderen, die größtenteils in ihren Alltagsklamotten aufgekreuzt waren. Der Rock, den Sina ihr geliehen hatte, war außerdem für ihren Geschmack viel zu kurz, sodass sie ständig mit der Hand an ihrem Oberschenkel herumtastete, ob auch ja nicht ihre Arschbacken unter dem Saum rausschauten.

Sie hätte sich gewünscht, dass Sina an ihrer Seite geblieben wäre, dann hätte die ein wenig mit darauf achten können. Sie hatte sich allerdings nur fünf Minuten, nachdem sie das Haus – oder eher die Villa – betreten hatten, unter die Leute gemischt. Am Anfang hatte Alex noch versucht, an ihr dranzubleiben, aber irgendwann war es ihr zu blöd geworden, wie das fünfte Rad am Wagen schweigend danebenzustehen und keinerlei Beachtung zu finden.

Sina war in der Beziehung das komplette Gegenteil von Alex, viel offener. Für sie war es kein Problem, irgendein Gesprächsthema zu finden oder sich in eine Unterhaltung einzuklinken und etwas beizutragen. Alex wusste nie, was sie sagen sollte und hatte Angst, blöd rüberzukommen oder nicht für voll genommen zu werden, erst recht, wenn sie niemanden so richtig kannte. Deshalb war sie meistens schweigsam und bekam wenig Aufmerksamkeit.

Was natürlich noch schlimmer war, solange sie hier allein herumstand, da sich dann erst recht niemand mit ihr beschäftigte. Nicht mal Gerrit hatte sie bislang entdeckt. So ein Reinfall, und dafür hatte sie ihre Mutter angelogen. Wenn das aufflog, hatte sich der folgende Ärger so überhaupt nicht gelohnt.

Unauffällig schob sie ihr Glas mit dem Wodka-Mixgetränk zu den Energy-Dosen, um den Alkohol noch etwas mehr zu verdünnen. Das Zeug schmeckte widerlich. Bisher hatte sie nur Bier getrunken und selbst das fand sie nicht sonderlich lecker, aber dieser Wodka brannte einfach nur auf der Zunge und irgendwie auch im Magen. Hoffentlich machte er sie wenigstens ein bisschen lockerer.

Sie wandte sich zum Fenster und schaute nach draußen auf die Straße. Sofort beschleunigte sich ihr Herzschlag. Auf dem Bürgersteig vor dem Haus stand Gerrit. Doch der Dämpfer folgte auf den Fuß, denn er war nicht allein. Neben ihm stand ein Mädchen, bei dessen Anblick sich Alex am liebsten in Luft aufgelöst hätte. Blonde lange Haare, perfekte Brüste, die tief sitzende Jeans gab den Blick auf ihre spitzen

Hüftknochen frei, die Beine waren lang und schlank. Es handelte sich offensichtlich um Gerrits Freundin, denn sie schmiegte sich an ihn, während sie gemeinsam auf das Haus zugingen.

Das Blut schoss Alex ins Gesicht, ihre Augen brannten vor Tränen der Wut über sich selbst. Wie hatte sie nur so naiv sein können, auch nur annähernd zu glauben, dass heute Abend etwas mit Gerrit gehen könnte? Obwohl niemand, nicht mal Sina, von ihren geheimen Gedanken wusste, schämte sie sich in Grund und Boden.

Am liebsten wollte sie die Party, auf die sie nicht gehörte, sofort verlassen, aber das ging nicht, solange Sina nicht mitkam. Alex hatte ihrer Mutter gesagt, dass sie die Nacht bei ihrer Freundin verbrachte, da konnte sie jetzt nicht plötzlich zu Hause auftauchen, zumal es bereits nach elf war. Das würde nur Fragen aufwerfen und vermutlich zu einem Übernachtungsverbot führen, bis sie 18 war.

Um sich abzulenken – oder eher ihre unangenehmen Gefühle zu übertünchen – trank Alex ihr Glas Wodka-Energy in einem Zug leer und schenkte nach. Dann machte sie sich auf ins Wohnzimmer, um sich dort unter Leute zu mischen. Auf keinen Fall wollte sie Gerrit und seiner Freundin einsam und allein in der Küche gegenüberstehen, wenn die sich Getränke holten.

Um den Couchtisch herum stand eine Gruppe von Partygästen, ein paar davon nach unten gebeugt, die Stimmung war ausgelassen. Anscheinend gab es dort etwas Interessantes zu sehen. Alex nahm einen weiteren Schluck aus ihrem Glas, dann noch einen und stellte sich schließlich dazu.

Einer der Jungs, den sie nur vom Sehen aus der Schule kannte, machte ihr Platz. Sein Blick wanderte kurz an ihrem Körper entlang, er zwinkerte. Entweder machte er sich lustig über sie oder ihm gefiel, was er sah.

»Na, willst du auch was davon?«, fragte er und nickte in Richtung Tischplatte, auf der ein Spiegel mit einem weißen Pulver sowie ein zusammengerollter Geldschein und eine Bankkarte lagen.

Was ist das?, wollte ihre Neugierde fragen. *Bist du bescheuert?,* antwortete ihre Vernunft. Doch beides war irgendwie ausgeschaltet, sie wollte nur dazugehören, das Zeug schnupfen und dann einen schönen Abend haben. Also bückte sie sich einfach und nahm den Geldschein in die Hand. Sie schaute sich noch einmal um, ob jemand etwas dagegen hatte, doch niemand erhob Widerspruch, also steckte sie sich das Ding in die Nase.

»Du musst das andere Loch zuhalten«, wies sie der Kerl, der ihr das Zeug angeboten hatte, gerade noch rechtzeitig darauf hin.

»Klar«, gab sie zurück, als hätte sie jede Menge Erfahrung damit.

»Und ziehen, nicht pusten«, sagte einer der anderen und die Gruppe um den Tisch lachte.

In diesem Moment hätte Alex am liebsten das Röllchen auf den Tisch geworfen und wäre nach draußen gestürmt. Warum wollte sie überhaupt zu diesen Leuten gehören? Anstatt das zu tun, von dem sie wusste, dass es richtig wäre, legte sie an und sog eine der vorbereiteten Linien ein. Das Zeug brannte wie Hölle in ihrer Nase und sofort schossen ihr Tränen in die Augen. Während sie sich noch fragte, wie eine angemessene Reaktion aussehen könnte, schlug das Zeug wie eine Bombe in ihr Gehirn ein.

9. Kapitel

Fabian wartete vor dem Wohnhaus der Familie Siebenäuger auf die Hundeführerin. Er betrachtete die Fenster im Erdgeschoss. Die Eltern würden nachher wieder dorthin zurückkehren. Das musste ein merkwürdiges Gefühl sein. Zu wissen, dass dort jemand umgebracht worden war, außerdem die Sorge um die Tochter. Wäre ihm etwas Ähnliches passiert, er hätte sich vermutlich erst mal für einige Zeit bei Bekannten oder Verwandten einquartiert, um nicht am Ort des Geschehens sein zu müssen.

Auf der gegenüberliegenden Straßenseite hielt ein SUV. Lutz Siebenäuger stieg aus und kam auf Fabian zu. Automatisch schaute der auf seine Armbanduhr, obwohl er wusste, dass es bis zu ihrer Verabredung noch mindestens eine Stunde hin war.

»Guten Morgen«, begrüßte er den sichtlich übernächtigten Mann. Siebenäuger trug noch die Kleidung von gestern, er und seine Frau waren nicht mehr in ihre Wohnung gelassen worden. Die Sachen waren zerknittert, als hätte er darin auch geschlafen. »Sie sind leider ein wenig früh dran, ich hab jetzt erst mit dem Einsatz des Suchhundes zu tun.«

»Meine Wohnung ist freigegeben, oder habe ich das falsch verstanden?« Lutz Siebenäuger klang, als hätte er seine Stimmbänder über ein Reibeisen gezogen.

»Das ist richtig, Sie können sie jederzeit betreten. Da aber noch kein Tatortreiniger drin war, dürfte das kein schöner Anblick werden. Ich wollte mich später gemeinsam mit Ihnen darum kümmern, einen Profi für die Beseitigung von Blutflecken zu engagieren.«

Lutz Siebenäuger setzte eine Miene auf, als hätte Fabian ihn persönlich beleidigt. »Google werde ich wohl noch selbst bedienen können, um eine Putzfrau zu finden, vielen Dank. Kümmern Sie sich lieber darum, das Schwein festzunehmen, das meine Tochter entführt hat. Und ganz nebenbei vielleicht auch, sie zu finden und zurückzubringen.«

»Alles klar.« Wegen des Tonfalls sparte Fabian sich den freundlichen Hinweis darauf, dass eine normale Putzfrau mit der Menge an Blut sehr wahrscheinlich überfordert wäre. »Meine Kollegen befragen gerade Maxim Bobrow und ich warte auf die Suchhunde, um zu sehen, ob sie eine Spur von Ihrer Tochter aufnehmen können. Die Ermittlungen laufen auf Hochtouren, machen Sie sich diesbezüglich keine Gedanken.«

»Gut. Meine Frau ist ganz krank vor Sorge. Ich konnte sie letzte Nacht nur mit Mühe davon abhalten, sich selbst auf die Suche zu machen.«

Meine Frau, wiederholte Fabian im Geiste. *Du wohl nicht, was?* »Ist Ihnen denn noch etwas eingefallen, das uns weiterhelfen könnte, nachdem Sie ein wenig zur Ruhe gekommen sind?«

»Inwiefern? Ich habe Ihnen doch schon gesagt, wen ich verdächtige.«

»Dennoch müssen wir in alle Richtungen ermitteln. Es ist gut möglich, dass die Tat länger geplant war und nicht gestern im Affekt als Nachwirkung Ihrer Auseinandersetzung begangen wurde.«

»Das glaube ich nicht. Wer sollte denn so etwas tun?«

»Wenn wir Ihre Tochter finden wollen, dürfen wir uns nicht zu früh auf eine bestimmte Richtung versteifen und dafür brauchen wir Ihre Hilfe«, sagte Fabian ernst. Warum sperrte sich dieser Mann derart vehement dagegen, dass auch jemand anderes als sein ehemaliger Klassenkamerad hinter der Tat stecken könnte?

Siebenäuger seufzte, als würde man Unmögliches von ihm verlangen und als wäre seine Zeit viel zu kostbar für dieses Gespräch. »Ich wüsste nicht, wie ich Ihnen dabei helfen soll. Sie sind doch hier von der Kripo, nicht ich.«

»Sie könnten uns zum Beispiel sagen, ob Ihnen in letzter Zeit eine unbekannte Person aufgefallen ist, die Ihre Wohnung beobachtet haben könnte? Gab es noch mit jemand anderem Streit, vielleicht Drohungen?«, wiederholte Fabian die Fragen, die er bereits in der Nacht gestellt hatte.

Lutz Siebenäuger kniff die Lippen zusammen, und wenn es hier nicht um seine potenziell entführte Tochter ginge, hätte Fabian schwören können, dass er völlig genervt von diesem Gespräch war. »Für solche Beobachtungen bin ich viel zu selten zu Hause, da müssen Sie schon meine Frau fragen.«

»Jetzt unterhalte ich mich aber gerade mit Ihnen.« Fabian sah es nicht ein, so schnell locker zu lassen, nur weil Lutz Siebenäuger augenscheinlich keine Lust hatte, über einen alternativen Täter zu Maxim Bobrow nachzudenken.

Er versuchte, sich von dem Verhalten nicht beeinflussen zu lassen, jeder ging eben anders mit einer solchen Extremsituation um. »Hatten Sie vielleicht Ärger mit einem Kunden, etwas in der Art? Fühlte sich jemand von Ihnen über den Tisch gezogen, war das Auto nicht so, wie es erwartet wurde?«

»Was unterstellen Sie mir denn hier?« Siebenäuger starrte Fabian angriffslustig an. Anscheinend fühlte er sich von dieser Frage persönlich beleidigt. »Ich zocke meine Kunden nicht ab, das habe ich gar nicht nötig. Das Autohaus haben meine Eltern aufgebaut und es hat Tradition. Unsere Kunden sind zufrieden, schauen Sie sich doch die Bewertungen im Internet an. Außerdem habe Ihnen gesagt, wer meiner Meinung nach hinter dieser Scheiße steckt. Jetzt liegt es an Ihnen, diesem Drecksack die Tat nachzuweisen und meine Tochter zu uns zurückzubringen.« Er wandte sich zur Tür und machte Anstalten, Fabian ohne ein weiteres Wort stehen zu lassen, drehte sich dann aber noch einmal um. »Wie geht es Ihrem Bruder eigentlich?«

Fabian wunderte sich über diesen plötzlichen Themenwechsel. »Ganz gut, nehme ich mal an.«

»Dann hat er sich also wieder erholt?«

»Wie meinen Sie das?«

»Na, gestern Abend sah er etwas blass um die Nase aus und ist dann ziemlich bald von der Feier verschwunden.« Er zuckte die Schultern und drehte sich um. »Richten Sie ihm gute Besserung aus, falls er sich was eingefangen hat.«

»Das werd ich machen«, sagte Fabian. Erst jetzt fiel ihm auf, dass er schon eine Weile nichts mehr von Gerrit gehört hatte. Das letzte monatliche Abendessen bei ihren Eltern hatten er und seine Frau Nicole abgesagt. Er nahm sich vor, sich später bei seinem kleinen Bruder zu melden und auch ihn zu dem Streit zwischen Siebenäuger und Bobrow zu befragen. Vielleicht wusste er ja etwas darüber, denn Lutz Siebenäuger hatte sich zu den Gründen nur sehr vage geäußert. Er war gespannt, ob Helga und Thomas aus seinem Kontrahenten mehr herausbekamen.

Es kam ihm merkwürdig vor, dass aufgrund eines Streites zwischen zwei ehemaligen Klassenkameraden einer der beiden ein wildfremdes Mädchen umbringen und die Tochter des anderen entführen sollte. Eine ziemlich überzogene Reaktion, selbst wenn eine Menge Alkohol im Spiel gewesen sein sollte.

Seine Überlegungen wurden unterbrochen, als der Wagen der Hundeführerin direkt neben ihm hielt. Sibylle Jäger stieg aus und schüttelte Fabian zur Begrüßung die Hand, dann ging sie zum Kofferraum, um den Mantrailer rauszulassen. Trotz der Temperaturen trug sie ihr obligatorisches Karohemd. Wie immer gab sie dem Hund zur Befeuchtung der Schleimhäute zunächst etwas Wasser aus einem Plastiknapf.

»Wo fangen wir an?«, fragte sie, während das Tier mit lautem Schmatzen trank.

»Am besten vor der Wohnungstür. Ich gehe davon aus, dass sie dort raus ist, ob nun freiwillig oder nicht. Wir müssen nur noch von drinnen einen Spurenträger holen«, sagte Fabian.

Da das Fenster im Kinderzimmer verschlossen gewesen war, hielt er es für unwahrscheinlich, dass das Mädchen diesen Weg genommen hatte, sofern es denn überhaupt eigenständig vom Tatort geflohen war. Die Umstände ließen ihn nicht daran glauben, es sei denn, jemand hatte das herumirrende Kind mitgenommen. Dann stellte sich allerdings die Frage, warum diese Person es nicht längst der Polizei gemeldet hatte.

Gemeinsam betraten sie das Gebäude und läuteten an der Tür. Lutz Siebenäuger öffnete ihnen mit dem Handy am Ohr und setzte eine fragende Miene auf.

»Wir bräuchten ein Kleidungsstück oder anderen Gegenstand Ihrer Tochter für den Suchhund«, sagte Fabian, woraufhin Siebenäuger nickte und sie hereinwinkte.

»Den Weg kennen Sie ja, ich habe etwas Wichtiges zu regeln«, sagte er, stapfte voran und verschwand in seinem Büro.

Fabian ging die Diele entlang zum Kinderzimmer, Sibylle Jäger folgte ihm mit dem Hund. Vor der Tür gab sie dem Mantrailer den Befehl, sich zu setzen, dann betraten sie den Raum.

Sibylle Jägers Blick fiel auf die blutige Botschaft an der Wand und ihre Augen weiteten sich. »Ach du Scheiße«, entfuhr es ihr. »Das ist wohl hoffentlich ein makabrer Scherz.«

»Die Hoffnung stirbt zuletzt«, sagte Fabian und deutete auf die Bettdecke. »Da sollten genug Duftstoffe dran sein, oder?«

»Besser wäre etwas Kleineres, das ich in den Plastikbeutel stecken kann. Zum Mitnehmen, aber auch, damit der Geruch konzentrierter ist.« Sie beugte sich vor und nahm einen sichtlich beschmusten Plüsch-Schneemann vom Bett, den sie in eine durchsichtige Tüte steckte. »Der Olaf sollte genau richtig sein. Meine Enkelin hat den gleichen und liebt ihn heiß und innig.«

Fabian war erstaunt, dass die Frau schon Großmutter war. Sibylle Jäger sah so gar nicht aus, wie man sich eine typische Oma vorstellte. In seinem Kopf hatten die kurze graue und mit Haarlack gestärkte Haare und trugen Kittelschürzen. Aber die Zeiten hatten sich offenbar geändert.

Sie verließen die Wohnung. Im Hausflur ließ Sibylle Jäger den Mantrailer die Spur aufnehmen. Sofort senkte dieser die Nase auf den Boden und führte die beiden nach draußen. Soweit erst mal nicht überraschend. Den Weg war das Mädchen innerhalb der letzten Tage sicher diverse Male gemeinsam mit den Eltern gegangen. Interessant wurde es jetzt vor der Haustür.

Die Hundeführerin ließ die Schleppleine locker und der Hund lief zuerst nach rechts, schnüffelte intensiv am Boden und drehte dann um. Die Nase weiterhin gesenkt, stürmte er die Einfahrt entlang und hinters Haus, wo sich der dazugehörige Parkplatz befand. Vor einer leeren Parkbucht, an der ein Schild das Kennzeichen *F-LS-1787* auswies, vermutlich das von Lutz Siebenäuger, setzte sich der Hund und reckte die Schnauze in die Luft.

»Hier dürfte normalerweise das Auto der Eltern abgestellt sein, die Spur ist vermutlich nicht von letzter Nacht«, sagte Fabian und Sibylle Jäger stimmte ihm zu.

Nachdem sie den Hund mit einem Leckerchen belohnt hatte, gingen sie zurück zur Einfahrt, wo sie ihm erneut die Tüte vor die Nase hielt und ihn zum Suchen aufforderte. Dieses Mal starteten sie ein Stück die Straße entlang, weg von der Einfahrt. Auch hier nahm der Mantrailer eine Fährte auf und folgte dieser aufgeregt einige hundert Meter, bis er am Straßenrand wieder stoppte, sich setzte und die Nase in die Luft reckte. Auch eine erneute Suchaufforderung sorgte nicht dafür, dass er weiterlief. An dieser Stelle endete die zweite Spur.

Womöglich hatte der Täter hier geparkt und das Kind in sein Auto verfrachtet oder jemand anderes hatte die flüchtende Amelie Siebenäuger bemerkt und aufgegabelt. Die erste Variante hielt Fabian für wesentlich wahrscheinlicher. Gleichzeitig wunderte er sich darüber, dass anscheinend niemandem aufgefallen war, wie der Täter das kleine Mädchen die Straße entlanggezerrt hatte. Bedeutete das, dass er sie zuvor betäubt oder Schlimmeres mit ihr angestellt hatte? Aber warum hätte er den Leichnam mitnehmen sollen?

Nein, Fabian war sich sicher, dass das Mädchen zumindest zum Zeitpunkt der Entführung noch gelebt hatte und irgendwie ruhiggestellt worden war. Vielleicht hatte ja doch irgendjemand etwas beobachtet. Bislang war noch nicht die gesamte Nachbarschaft befragt worden, nur einige Anwohner, die der Trubel in der Nacht auf die Straße gelockt hatte.

Nachdem der Hund seine zweite Belohnung eingesackt hatte, bedankte Fabian sich bei Sibylle Jäger, tätschelte dem Mantrailer den Kopf und verabschiedete die beiden. Dann schaute er sich um.

Sie würden noch einmal die Nachbarschaft befragen müssen. Vielleicht war zumindest irgendjemandem ein fremder Wagen an dieser Stelle aufgefallen, wenn schon niemand die Entführung beobachtet hatte. Sein Blick fiel auf eine Tankstelle am Ende der Straße. Mit etwas Glück gab es dort Überwachungskameras, die aufzeichneten. Möglicherweise war der Täter dort auf dem Hin- oder

Rückweg vorbeigekommen und sie hätten so einen ersten Hinweis, dem sie nachgehen konnten.

10. Kapitel

Ihr Telefon klingelte und sie zuckte zusammen, als wäre direkt neben ihr eine Bombe hochgegangen. Ob sich diese Nervosität mit der Zeit legen würde? Sie nahm das Gerät in die Hand und drückte auf Abnehmen. Um zu wissen, wer dran war, musste sie nicht erst aufs Display schauen.

»Ich bin es.«

»Ja«, flüsterte sie. Am liebsten hätte sie einfach wieder aufgelegt, aber dazu stand zu viel auf dem Spiel.

»Und?«, fragte die Person am anderen Ende der Leitung.

»Ja«, sagte sie wieder nur. Ihr fehlte die Kraft, einen vollständigen Satz zu formulieren. So langsam machte sich der Schlafmangel bemerkbar. Ihr Hirn fühlte sich an, als wäre es mit einer zähflüssigen Pampe gefüllt, durch die sich ihre Gedanken erst kämpfen mussten.

»Ja? Was soll das heißen? Nun sei mal nicht so wortkarg.«

Sie schluckte. Es fühlte sich an, als würde ein Korken in ihrer Speiseröhre feststecken. »Hat alles geklappt. Ich hab sie bei mir, du kannst sie dir holen.« Wie automatisch wanderte ihre Hand an ihre Hosentasche, obwohl sie die längst ausgeräumt hatte.

»Wunderbar. Du klingst wie ein Trauerkloß, das ist kaum zu ertragen. Vielleicht solltest du mal damit aufhören, dich selbst zu bemitleiden, das steht dir nämlich überhaupt nicht zu.«

»Ich weiß, aber ...«

»Kein aber!«

Sie ließ sich trotz der Strenge in der Stimme nicht beirren. »... aber es geht mir nun mal nicht gut damit. Das kann ich nicht einfach ignorieren. Getanes Unrecht wird nicht mit weiterem Unrecht vergolten.«

»Ach so? All die Jahre ging es dir allerdings gut genug mit der Schuld, dass du dein Leben einfach weiterleben konntest.«

»Na ja, ganz so stimmt das nicht, sonst wäre ich wohl kaum zu dir gekommen. Aber hier geht es um ein Kind. Das Mädchen hat niemandem etwas getan und die Babysitterin ...«

»Genug jetzt! Dein plötzliches Mitgefühl kannst du dir sparen. Es kommt Jahre zu spät und ich will davon nichts hören. Wir sehen uns später. Denk ja nicht daran, auszusteigen, du weißt, was sonst passiert. Ich melde mich nachher wieder.«

»Aber ...«, setzte sie an, doch die Leitung war tot.

11. Kapitel

»Vielen Dank, Sie haben mir sehr weitergeholfen«, verabschiedete Fabian sich von der älteren Dame, die genau gegenüber der Stelle wohnte, an der sich die Spur von Amelie Siebenäuger verlor. Zwar hatte sie weder den Täter gesehen, noch beobachtet, wie das Mädchen ins Auto gepackt worden war, aber einen Hinweis hatte sie dennoch geben können.

Am späten Abend war ihr ein Wagen aufgefallen, der vor ihrem Küchenfenster wie ein »Däämlack total dabbisch«, so ihre Worte, geparkt hatte. Das halbe Heck hatte auf die Straße hinausgeragt. Sie hatte sich vorgenommen, am nächsten Morgen das Ordnungsamt zu informieren, sollte er noch dastehen.

Das Kennzeichen hatte sie sich nicht gemerkt, nur die letzten drei Ziffern konnte sie nennen und außerdem eine grobe Beschreibung des Wagens abgeben. Besser als nichts, das würde die Suche auf den Überwachungsvideos der Tankstelle in Kombination mit dem engen Zeitfenster, das sie eingrenzen konnten, enorm erleichtern. Jetzt konnte er nur hoffen, dass der Täter dort vorbeigekommen war.

Und natürlich, dass der Pächter bereit war, die entsprechenden Aufnahmen ohne richterlichen Beschluss rauszurücken. Der würde die Ermittlungen nur verzögern und bei einem entführten Kind ging es um jede Minute. Die meisten wurden innerhalb der ersten 24 Stunden getötet, die Chancen, Amelie lebend zu finden, sanken mit jeder Stunde rapide. Es gab keine Lösegeldforderung, was es wahrscheinlicher machte, dass der Täter das Mädchen umbrachte, da er es nicht für eine Erpressung benötigte.

Subtile Hinweise dieser Art klopften den Tankstellenpächter schnell weich. Zunächst war er skeptisch, das Video so einfach rauszugeben. Nachdem Fabian ihm aber die Sachlage erklärt hatte – zumindest, soweit es möglich war – und ihn darauf hingewiesen hatte, dass der Datenschutz in einem solchen Fall keine Rolle spielte, hatte der Mann nachgegeben und Fabian einen Datensatz mit den Aufnahmen auf einen USB-Stick gezogen.

Damit machte Fabian sich auf den Weg ins Revier, um die Videos zu sichten. Unterwegs telefonierte er mit Helga und Thomas, die weitere Gäste der gestrigen Party zu dem Streit befragen wollten, was ihm ganz recht war. So hatte er im Büro wenigstens Ruhe, um sich zu konzentrieren.

In der Adickesallee angekommen, machte er sich erst mal einen starken Kaffee. Entgegen ihrer Gewohnheit bereitete Josi zu Hause in letzter Zeit eher Wasserbrühe zu und Nicole Krause, die Nachfolgerin von Gesa Anwander, der guten Seele des Kommissariats, kochte seit Neuestem überhaupt keinen Kaffee für die Belegschaft mehr. Sie sagte es nicht, aber das war anscheinend irgendeine Art von beleidigter Reaktion darauf, dass sie eine Abmahnung bekommen hatte.

Dabei konnte sie froh sein, denn sie war mit einem blauen Auge davongekommen. Ein derartiger Schnitzer, wie sie ihn sich bei den Ermittlungen zum letzten

Mordfall geleistet hatte, kostete andere in der Probezeit den Job. Sie hatte Glück gehabt, dass Kommissariatsleiter Peitsch ihr irgendwie zugetan war. Oder aber er hatte aufgrund seiner familiären Verwicklung in dem Fall beide Augen zugedrückt. Wie dem auch sei, Kaffee gab es von Nicole Krause keinen zu erwarten, sie selbst trank nämlich nur Tee.

Mit seiner Tasse setzte Fabian sich an den Schreibtisch, wartete, bis der Computer hochgefahren war und steckte dann den USB-Stick ein. Glücklicherweise ließ sich die Videodatei direkt öffnen. Die Aufnahmen starteten um 21 Uhr. Vermutlich zu früh, der geschätzte Todeszeitpunkt der Babysitterin war gegen halb zwölf und der Nachbarin war das Auto gegen elf aufgefallen, als sie vor dem Zubettgehen noch einen Schluck Wasser getrunken hatte. Sie hatte von einem dunklen Wagen gesprochen, ein Kombi und dunkelgrau, dunkelblau oder schwarz.

Wann immer ein Fahrzeug in die Straße der Siebenäugers einbog, stoppte Fabian das Video, egal, ob der Wagen mit der Beschreibung der Zeugin übereinstimmte oder nicht. Erinnerungen konnten einem schnell einen Streich spielen, dazu kamen die schlechten Lichtverhältnisse. Gegen Viertel vor elf hatte er Glück. Auf dem Monitor erschien tatsächlich ein dunkler Kombi der Marke Skoda. Fabian drückte auf die Stopptaste und ging nah an den Bildschirm heran, um mehr Details ausmachen zu können. Den Fahrer konnte man leider nicht erkennen. Vielleicht würde die Technik da noch etwas rausholen können. Dafür aber war das

Kennzeichen zu entziffern. Die letzten Zahlen stimmten mit denen überein, die ihm die Frau genannt hatte.

Fabian jagte es durch die Datenbank, um den Halter zu ermitteln. Als der Computer ihm den Namen ausspuckte, stockte ihm der Atem. Er wechselte den Tab wieder zu dem Video und starrte auf das Standbild in der Hoffnung, sich getäuscht zu haben, einen Buchstabendreher eingebaut zu haben oder so. Doch er hatte alles korrekt eingegeben, F-GP-369. Und das Auto passte auch. Bei dem Fahrzeughalter handelte es sich um seinen Bruder Gerrit.

Seine Finger zitterten, als er nach seiner Kaffeetasse griff und einen großen Schluck nahm. Prompt gelangte die Flüssigkeit in die falsche Röhre und er hustete. Als er sich beruhigt hatte, fing er an, logisch zu überlegen. Gerrit war ebenfalls auf der 15-Jahresfeier des Abiturjahrgangs gewesen, das hatte Lutz Siebenäuger selbst gesagt. Allerdings hatte er auch erwähnt, dass Fabians Bruder die Party frühzeitig verlassen hatte, weil es ihm nicht gut ging. Was machte er dann später – womöglich Stunden später – in dieser Gegend? War in der Straße vielleicht eine Apotheke, die Notdienst hatte? Fabian war keine aufgefallen. Außerdem wäre es schon ein ziemlicher Zufall, wenn sein Bruder ausgerechnet dort geparkt hätte, wo wenig später die kleine Amelie Siebenäuger mutmaßlich in einen Wagen gezerrt worden war.

Zur Sicherheit schaute Fabian noch den Rest der Aufnahme von der Tankstelle durch, doch es tauchte kein weiterer Wagen auf, der zur Beschreibung passte oder dieselben Ziffern im Kennzeichen aufwies. Er schlug mit der Faust auf den Tisch. »Verdammt!« Das brachte ihn in eine ganz schöne Zwickmühle.

Eigentlich war er verpflichtet, diese Entwicklung sofort zu melden. Wenn die anderen zu demselben Schluss kamen wie er, nämlich dass sein Bruder zu den Verdächtigen zählte, wäre er mit sofortiger Wirkung von den Ermittlungen ausgeschlossen. Darum würde er nicht herumkommen, doch zuvor wollte er mit Gerrit reden. Vielleicht gab es ja eine ganz simple Erklärung.

Das Auto könnte gestohlen worden sein und es hatte noch niemand bemerkt. Oder er hatte seinen Wagen an jemanden verliehen und Nicole konnte es bestätigen. Sie könnte auch bezeugen, dass Fabians Bruder den ganzen Abend über zu Hause gewesen war, nachdem er von dem Jahrgangstreffen gekommen war. Wenn Fabian einfach behauptete, er hätte sich das Video erst nach dem Gespräch angesehen, würde er auch keine Probleme bekommen. Ja, genau so würde er es machen.

Er zog den USB-Stick aus dem Computer und ließ ihn in seine Hosentasche wandern. Dann schrieb er Gerrit eine Nachricht, ob er zu Hause war. Er musste nicht lange auf die Antwort warten und machte sich auf den Weg.

12. Kapitel

Helga schaute auf die Uhr. Viertel vor zwölf. Wenn sie jetzt noch eine weitere Befragung durchführten, würde sich die Mittagspause ganz schön nach hinten schieben. Schon jetzt hing ihr der Magen in den Kniekehlen.

»Ich hab Hunger«, sagte sie zu Thomas, der auf dem Beifahrersitz ihres Käfers saß. Sie hatten sich für ihren Wagen entschieden, damit sie wenigstens während der Fahrt rauchen konnte. Immerhin war Thomas nicht so ein militanter Nichtraucher wie Fabian und ließ sie dabei in Ruhe. »Sollen wir uns vielleicht erst nach einem Imbiss umschauen?«

»Lass uns die eine noch abarbeiten. Du kannst derweil eine Banane von mir haben, damit du nicht vom Fleisch fällst.« Er nahm eine aus dem Handschuhfach, die er vorhin dort deponiert haben musste, und machte Anstalten, sie zu öffnen.

Helga winkte ab und fragte sich, wie er die Dinger überhaupt in ihr Auto geschmuggelt hatte. »Du und deine verkackten Bananen, die kann ich echt nicht mehr sehen. Wenn ich die schon rieche, wird mir schlecht. Eine Falafeltasche oder so, das wär's jetzt.«

Thomas zuckte mit den Schultern, brach die Schale trotzdem und biss genüsslich hinein. »So schlimm kann der Hunger dann nicht sein«, sagte er mit vollem Mund. »Du verpasst jedenfalls was. Bananen sind nämlich keineswegs ein Dickmacher oder ungesund, wie uns manche sogenannte Ernährungsexperten weismachen wollen. Vor allem fürs Herz und den Darm sind sie enorm gesund und mit dem hohen Anteil an Kalium außerdem für …«

Helga stieß die Fahrertür auf, um dem Geruch und dem Vortrag zu entfliehen. »Weißt du eigentlich, dass man die Teile von der anderen Seite aus schält?«

»Hm?« Thomas drehte die Banane in seiner Hand und betrachtete sie skeptisch. »Wieso das denn?«

»Weil man diesen Strunk da oben als Griff benutzen kann. Hab ich letzt in irgendeiner Talkshow über Essen gesehen«, gab Helga ihr sinnloses Wissen zum Besten.

»Funktioniert für mich auch so bestens. Aber das erinnert mich daran, als meine Ex mir mal erzählen wollte, dass man Gurken nur in eine bestimmte Richtung schälen darf.«

»Ist das so? Seit wann gibt es denn bei Gurken ein oben und ein unten?«

Thomas grinste. »Wohl schon immer. Wird angeblich bitter, wenn man die falsche Seite nimmt.«

»Dann hab ich es wohl bisher instinktiv richtig gemacht. Mein Gurkensalat war noch nie bitter.« Sie sah sich um und wechselte die Straßenseite. »Kommst du?«, rief sie Thomas zu, der noch immer im Auto saß.

»Willst du nicht abschließen?«, fragte er, nachdem er ausgestiegen war.

»Wozu? Damit mir niemand meine Reichtümer entwendet, die ich so im Auto rumliegen habe? Vielleicht hab ich ja Glück, und jemand legt mir was Schönes rein.« Helga bückte sich und begutachtete die Klingelschilder. Mareike Knott wohnte ganz oben, was schon wieder Treppenstufen bedeutete.

Helga seufzte. Damit hätte sie ihr Training für heute wohl absolviert. Zu dumm, dass sie für später mit ihrer Lebensgefährtin Mona zum Joggen verabredet war. Sie sah es jetzt schon kommen, wie ihre Beine schlappmachten. Laufen war einfach was für Freaks. Sport überhaupt. Helga hatte schon oft versucht, irgendein Fitnessprogramm durchzuziehen, da es immer hieß, man müsse nur Routine reinbekommen. Für sie hatte es nie funktioniert.

Auf ihr Klingeln wurden sie ohne Umschweife hereingelassen. Oben angekommen, stellten sie sich vor und unterrichteten die Zeugin Knott über den Grund ihres Besuchs. Die Frau, der die Party vom Vorabend noch in den Knochen zu stecken schien, so müde, wie sie aussah, bat die beiden in die Küche, wo sie sich an den Esstisch setzten.

»Gestern Abend kam es zum Streit zwischen Herrn Siebenäuger und Herrn Bobrow. Können Sie uns mehr darüber erzählen?«, kam Helga ohne Umschweife zum Punkt. Ihr Magen knurrte umso lauter, da sie die Reste eines ausgedehnten Frühstücks auf der Arbeitsplatte betrachten musste. Ein angebissenes Brötchen mit Käse auf einem Teller, daneben ein halbes Spiegelei, Gurkenscheiben und ein Glas O-Saft. Offensichtlich hatten sie die Frau gerade beim Essen gestört.

»Streit?« Mareike Knott lachte, es klang gekünstelt. »Na ja, eher eine kleine Kabbelei, so würde ich es nennen. Es ist wohl ein alter Konflikt zwischen den beiden hochgekocht und sie haben die Muskeln spielen lassen, aber passiert ist nichts.«

»Offenbar war es ernst genug, dass sie getrennt wurden und Herr Bobrow die Veranstaltung sofort danach verlassen hat«, warf Thomas ein, während Helga den Blick nicht von dem Brötchen lassen konnte. »Haben Sie mitbekommen, worum es dabei ging?«

»Nein, leider kann ich Ihnen da nicht helfen. Ich bin erst darauf aufmerksam geworden, dass es eine Auseinandersetzung gab, als die Umstehenden sich eingemischt haben. Ab da wurde es laut. So schlimm kann es vorher also nicht gewesen sein.«

Helga fragte sich, warum die Version von Mareike Knott so anders klang als das, was die bisherigen Befragungen ergeben hatten. Laut denen hatte es einen lautstarken Wortwechsel zwischen den Männern gegeben, bis sie sich schließlich gegenseitig mit Schlägen gedroht hatten, woraufhin andere Gäste dazwischengegangen waren. »Stehen Sie zu einem der beiden Beteiligten in näherem Kontakt?«, fragte sie, da es auf sie so wirkte, als würde die Frau den Vorfall herunterspielen.

Mareike Knott schüttelte den Kopf. »Nach dem Abitur sind wir alle unserer Wege gegangen. Ich war ein Jahr im Ausland, Work and Travel, und dann hat sich das verlaufen. Sowohl Lutz als auch Maxim habe ich gestern zum ersten Mal seit Jahren gesehen.«

»Können Sie trotzdem versuchen, uns eine Einschätzung zu Herrn Bobrow zu geben? Galt er früher als leicht reizbar oder gewaltbereit? Und wie haben Sie ihn gestern Abend erlebt?«, fragte Thomas.

»Das ist schwierig zu beurteilen. Ich kenne ihn ja nur als Jugendlichen, und die sind eben, wie sie sind. Große

Klappe, voller Hormone. Da provoziert man sich schon mal oder ist in eine Prügelei verwickelt. Deshalb bringt man aber doch nicht eine Babysitterin um und entführt das Kind eines ehemaligen Schulkameraden, mit dem man sich in die Haare gekriegt hat.«

Helga war beeindruckt, wie schnell die Informationen unter den Partygästen die Runde gemacht hatten. Mareike Knott war erstaunlich gut informiert. Besonders in Anbetracht der bisherigen Aussagen, dass die ehemaligen Mitschüler eigentlich keinen richtigen Kontakt mehr untereinander gehabt hätten. »Und gestern Abend?«, wiederholte sie den Teil der Frage, den die Zeugin unbeantwortet gelassen hatte. »War er da in einer seltsamen Stimmung?«

Mareike Knott zuckte mit den Schultern. »Keine Ahnung. Soweit ich mich erinnere, hab ich gar kein Wort mit ihm gewechselt. Aber Sie verdächtigen ihn doch nicht etwa wirklich wegen dieser kleinen Meinungsverschiedenheit, oder? Nur weil er früher gegangen ist? Da könnten Sie genauso Gerrit beschuldigen.« Sie lachte kurz auf und schlug sich die Hand vor den Mund. »Entschuldigen Sie, das war nicht angebracht. Ich meinte nur, dass beide früher weg sind und wenn Sie nur wegen des Zeitpunktes ...«

Helga hob die Hände, um sie zu bremsen. »Ich habe schon verstanden, worum es Ihnen ging. Dieser Gerrit hat die Veranstaltung also auch vorzeitig verlassen?«

»Ja, er hat sich verabschiedet, kurz bevor es zu der Auseinandersetzung kam. Es ging ihm nicht gut, er hatte sich wohl mit irgendwas den Magen verdorben. Sie dürften übrigens seinen Bruder kennen, glaube ich.

Gerrit Prior. Sein Bruder heißt glaube ich Florian oder so ähnlich.«

»Ja, Herr Prior ist unser Kollege«, sagte Thomas.

»Mordkommission, echt spannend«, sagte Mareike Knott mit einem merkwürdigen Ausdruck im Gesicht. »Aus unserem Jahrgang haben alle langweilige Berufe. Bankkauffrau, Steuerfachangestellter, Lehrer, Ingenieur. Lutz hat das Autohaus seiner Eltern übernommen. Da gibt es nicht viele interessante Geschichten auf so einem Klassentreffen.«

Ja, ein paar lustige Anekdoten über erstochene Frauen oder erdrosselte Rentner, die können so einer Party einen ganz besonderen Anstrich verleihen, dachte Helga bei sich. »Tut mir leid, dass Sie sich anscheinend so sehr gelangweilt haben«, sagte sie nicht ohne Ironie in der Stimme. »Eine letzte Frage noch, dann lassen wir Sie in Ruhe zu Ende frühstücken.« *Und sehen zu, dass wir endlich selbst was zwischen die Zähne kriegen.* »Sie sagten, Sie haben nur das Ende der Auseinandersetzung mitbekommen. Hat Herr Bobrow bei seinem Abgang irgendwelche Drohungen gegen Herrn Siebenäuger ausgesprochen?«

»Nein, gar nichts. Er hat nur gesagt, dass wir alle Wichser wären und er es jetzt wie Gerrit macht und sich verpisst. Das war's. Auf mich wirkte er dabei nicht mal sonderlich aufgebracht. Schimpfwörter waren schon früher sein Ding.« Sie zuckte mit schuldbewusster Miene die Schultern. »Tut mir leid, dass ich Ihnen keine Hilfe bin. Aber ich glaube nicht, dass die Vorfälle bei Lutz irgendwas mit dem Jahrgangstreffen zu tun haben. Das war vermutlich nur ein dummer Zufall.«

»Na schön.« Thomas nickte Helga zu. Sie standen auf und verabschiedeten sich.

»Wir treten ganz schön auf der Stelle«, sagte Helga zu ihm, als sie wieder auf der Straße standen. »Es wäre besser, wenn wir uns nicht auf diesen Bobrow als Verdächtigen versteifen.«

Thomas winkte ab. »Tun wir doch gar nicht. Momentan loten wir nur aus, wie ihn andere so einschätzen und was gestern Abend wirklich lief, während sich Mario und Tillmann um das Umfeld der ermordeten Babysitterin kümmern. Und Fabian ...«

»Jaja, ich weiß das doch. Momentan habe ich nur das Gefühl, dass wir so gar nichts dazu beitragen, Amelie Siebenäuger so schnell wie möglich aufzuspüren.« Frustriert pulte sie an einem ihrer Fingernägel herum.

Thomas legte ihr eine Hand auf die Schulter. »Kann es sein, dass dir hauptsächlich dein leerer Magen die Laune verhagelt?«

»Ach, sei still.« Sie warf ihm einen wütenden Blick zu. Eigentlich hatte er aber recht. Bei Hunger verschlechterte sich ihre Stimmung rapide. »Los, lass uns was essen gehen.«

»Genau. Danach sieht die Welt schon wieder viel rosafarbener aus.«

13. Kapitel

Fabian schaute sich entsetzt um. Bei Gerrit sah es aus, als hätte eine Bombe eingeschlagen. In der Spüle stapelte sich das schmutzige Geschirr, Wollmäuse aus Haaren und Staub hatten sich in den Zimmerecken Nester gebaut und der Couchtisch wurde belagert von leeren Wasser- und Colaflaschen, Pizzakartons und ungeöffneten Briefen. Außerdem stand die Luft, es musste dringend mal ein Fenster geöffnet und für etwas Durchzug gesorgt werden, was Fabian auch gleich erledigte. So kannte er das gar nicht von seinem Bruder und dessen Frau. Nicole war eigentlich sehr pingelig, was die Ordnung in ihrem Zuhause anging.

Gerrit selbst sah ähnlich mitgenommen aus wie die Wohnung. Augenringe, die gegelten Haare plattgelegen, irgendwie grau im Gesicht. Weil er die ganze Nacht unterwegs gewesen war? Unwillkürlich wanderte Fabians Blick zu Gerrits Fingern. Sie sahen weder wundgeschrubbt aus, noch klebte Blut unter den Nägeln, was ihn nur unwesentlich aufatmen ließ. Der Täter hatte Handschuhe getragen, denn die Spurensicherung hatte keine Fingerabdrücke gefunden. Somit musste man den Händen nicht zwingend ansehen, dass sie in der vergangenen Nacht ein Massaker veranstaltet hatten.

»Du siehst aus, als hätte jemand versucht, dich zu essen und wieder ausgespuckt«, sagte er in dem Versuch, seine eigene Anspannung etwas abzumildern.

»So fühle ich mich auch.« Gerrit rieb sich über die Stirn, dann wühlte er auf dem Couchtisch nach einer Packung Kopfschmerztabletten, von denen er eine mit dem Rest aus einer Colaflasche runterspülte. »Hab mir anscheinend irgendwas eingefangen.«

»Was hast du denn?« Fabian unterdrückte das Bedürfnis, aus Angst vor einer Ansteckung von Gerrit abzurücken.

»Keine Ahnung. Magen-Darm oder so. Gestern auf der Party wurde mir plötzlich speiübel und heute Morgen hab ich einen Brummschädel aus der Hölle. Dabei hab ich nur einen Sekt gehabt.« Er gähnte. »Ehrlich gesagt, würde ich mich auch gern ins Bett verziehen. Du willst vermutlich mit mir über gestern Abend sprechen, oder?«

»Ganz genau. Du hast also schon mitbekommen, was bei Lutz Siebenäuger passiert ist?«

Gerrit lehnte sich mit geschlossenen Augen zurück und legte seinen Kopf auf der Lehne des Sofas ab. »Mareike war heute Morgen hier und hat mir alles erzählt. Knott, du müsstest sie kennen. Ich war damals während dem Abi mit ihr zusammen. Nicht lang, wir haben uns danach relativ schnell getrennt, weil sie zu einem Jahr Work and Travel aufgebrochen ist.«

Fabian durchforstete sein Gehirn, bekam aber kein Bild zusammen. Zu dieser Zeit war er bereits von zu Hause ausgezogen gewesen und sein Bruder und er hatten nicht allzu viel miteinander zu tun gehabt. Besonders intensiv konnte die Beziehung nicht gewesen sein, sonst würde er sich sicherlich erinnern. »Hat sich ja schnell rumgesprochen«, sagte er.

»Ist doch klar, dass das die Runde macht. So was passiert immerhin nicht jeden Tag und dann ausgerechnet am Abend von unserem Jahrgangstreffen. Wie auch immer, ich werde dir nicht großartig helfen können. Insgesamt war ich vielleicht eine Stunde auf der Feier, hab einen Sekt getrunken, mich mit Mareike über alte Zeiten unterhalten und dann bin ich verschwunden. Von dem Streit, zu dem du wahrscheinlich was wissen willst, hab ich nichts mitbekommen. Ich weiß nur durch Mareike davon.«

»Wie bist du nach Hause gekommen?«, fragte Fabian. Es war ihm nur schwer möglich, seine Nervosität zu unterdrücken und nicht alle Fragen gleichzeitig zu stellen, die ihm im Kopf herumschwirrten. Am liebsten hätte er Gerrit gepackt und die Informationen aus ihm rausgeschüttelt.

»Mit der Bahn. Es war ja noch nicht so spät.«

»Du warst also nicht mit dem Auto unterwegs?«

»Nein, natürlich nicht. Ich hatte ja vor, was zu trinken, also bin ich mit der Bahn hin und wollte mir für den Rückweg ein Taxi nehmen.« Gerrit verzog das Gesicht, es war offensichtlich, dass er das Gespräch so schnell wie möglich beenden wollte.

»Und du bist später auch nicht noch mal mit dem Auto los? Zu einem Apotheken-Notdienst oder so?«

Gerrit richtete sich auf und schaute Fabian ins Gesicht. »Nein, ich hab mich ins Bett verzogen, wenn ich nicht gerade über dem Klo hing in der Befürchtung, mir jeden Moment die Seele aus dem Leib zu kotzen.«

»Und Nicole? Ist die irgendwohin gefahren? Oder hat sie dich hier versorgt? War sie eigentlich mit auf dem

Treffen? Wart ihr den ganzen Abend über zusammen? Und hast du dein Auto gestern verliehen oder so?«

»Jetzt reicht es aber mal, du bombardierst mich ja geradezu. Was sollen diese Fragen nach Nicole und dem Auto? Es kommt mir fast schon so vor, als wäre ich ein Verdächtiger.« Gerrit machte eine Pause, dann schien es ihm zu dämmern. »Ich bin verdächtig? Was zum Teufel?«

Fabian rang die Hände. Er bewegte sich hier auf verdammt dünnem Eis. Bislang gab es keinen Durchsuchungsbeschluss für den Wagen, und wenn er Gerrit jetzt darauf ansprach, hätte der Gelegenheit, Spuren zu verwischen, während Fabian über seine Kollegen den Beschluss anforderte.

Andererseits war er sich sicher, dass Gerrit mit der Sache nichts zu tun hatte. Sein kleiner Bruder war doch nie im Leben ein Mörder! Wenn Nicole bestätigen konnte, dass er die ganze Nacht im Bett verbracht hatte, dann wäre er aus der Sache raus. Dann bleib immer noch die Möglichkeit, dass der Wagen gestohlen worden war.

Fabian stand auf und ging ans Wohnzimmerfenster, von dem aus man zu den Carports im Hinterhof schauen konnte. Gerrits Auto parkte an seinem Platz, auch die Kennzeichen waren dran. Wenn es von jemand anderem benutzt worden war, hatte dieser Jemand es danach wieder hier abgestellt. Aber warum hätte er das tun sollen? Um den Verdacht auf Gerrit zu lenken? Hatte er deshalb so ungünstig geparkt, in der Hoffnung, jemandem würde das Fahrzeug auffallen, was dann ja auch der Fall gewesen war?

»Hallo, ich hab dich was gefragt«, sagte Gerrit.

»Dein Auto wurde am Tatort gesehen«, murmelte Fabian. Er konnte seinem Bruder die Wahrheit nicht verschweigen. Das alles war einfach zu abstrus, zu abwegig. Warum sollte Gerrit die Tochter eines ehemaligen Schulkameraden entführen und dafür die Babysitterin umbringen? Und wo sollte er das Kind überhaupt festhalten? Hier war es nicht, so viel stand fest. Es ergab absolut keinen Sinn für Fabian. »Ausgerechnet an der Stelle, an der ein Suchhund die Spur von dem verschwundenen Mädchen verloren hat.«

»Warte mal! Wie bitte?«

»Dein Auto stand an der Stelle, an der das Mädchen sehr wahrscheinlich in ein Fahrzeug verschleppt wurde. Eine Nachbarin hat sich das Kennzeichen gemerkt.« Fabian betrachtete seinen Bruder genau. Wirkte er nervös oder ertappt? *Nein, eigentlich nur müde und ausgelaugt,* befand er. *Weil er die ganze Nacht auf den Beinen war, um das Kind irgendwo zu verstecken?*

»Nein, das kann nicht sein. Sie hat sich vermutlich vertan oder so. Ich lag mit Magenkrämpfen im Bett, das habe ich dir doch gesagt.«

Fabian seufzte. »Hat sie nicht. Die Aufnahmen von Überwachungskameras einer Tankstelle in der Nähe bestätigen ihre Beobachtung. Dein Auto steht unten im Hof, das heißt, es wurde nicht geklaut. Deshalb ist es wichtig, Gerrit. War Nicole heute Nacht bei dir? Wo ist sie überhaupt?«

»Nicht hier jedenfalls.« Gerrits Gesicht verzog sich zu einer Mischung aus Wut und Enttäuschung. »Gestern Nacht auch nicht und die davor ebenfalls. Wir haben uns getrennt.«

»Ach du Scheiße! Ist das wahr? Wann?« Fabian konnte es nicht fassen. Nicole und Gerrit, seit über zehn Jahren ein glückliches Paar, fast acht davon verheiratet. Die Vorstellung, dass die beiden nicht mehr zusammen sein sollten, war für ihn völlig abwegig.

»Sie ist ausgezogen, vor acht Wochen oder so. Das verflixte siebte Ehejahr, du weißt schon. Mach kein Drama draus.«

Fabian unterließ es, ihn darüber aufzuklären, dass sie sich bereits im achten befanden. »Das erklärt zumindest, warum es hier aussieht wie bei Hempels unterm Sofa.« Er lachte, obwohl nichts an der Situation komisch war. Im Gegenteil, die Begebenheiten hatten sich gerade immens verschlechtert, sein Bruder hatte kein Alibi. Selbst wenn Aussagen von Ehefrauen durchaus mit Skepsis betrachtet wurden, wäre das erst mal so nicht zu widerlegen gewesen. Die Zeugin in der Straße hatte den Fahrer nicht gesehen und er war auch nicht auf den Aufnahmen der Tankstelle zu erkennen. »Warum hast du denn nichts gesagt? Weiß Mama davon?«

Gerrit schnaufte verächtlich. »Niemand gibt gern zu, dass er seine Ehe vor die Wand gefahren hat, oder? Schon gar nicht vor unserer Mutter, du kennst sie doch. Erst hätte sie mich zugejammert, dass eine Welt für sie zusammenbricht, und dann hätte ich mir noch Vorwürfe anhören dürfen, die ich mir selbst zur Genüge mache. Es wäre mir also ganz recht, wenn sie fürs Erste nichts davon erfährt.«

»Da höre ich raus, dass du derjenige bist, der Mist gebaut hat.«

»Fabian, ich will nicht drüber reden, okay? Momentan hab ich, wie es aussieht, ein viel größeres Problem. Verdammte Scheiße!«

Fabian machte eine beschwichtigende Geste. »Ja, du hast ja recht. Ich wünschte nur, eure Trennung wäre gerade meine schlimmste Sorge.«

Sie schwiegen einen Moment. Fabians Gedanken rotierten. Egal, wie er es drehte und wendete, es gab keine Möglichkeit, wie er seinem Bruder da heraushelfen konnte. Sobald er seine Erkenntnisse an Peitsch weitergab, würde er von dem Fall abgezogen werden. Mit Recht natürlich, und doch trieb ihn die Vorstellung, anderen die Ermittlungen gegen seinen Bruder zu überlassen, in den Wahnsinn. Wenigstens waren Helga und Thomas involviert. Die würden alles versuchen, um nachzuweisen, dass Gerrit da nicht mit drinsteckte. Oder etwa nicht?

»Vielleicht hat jemand mein Auto geklaut und dann wieder hingestellt«, sprach Gerrit das aus, was Fabian auch schon durch den Kopf gegangen war. Mittlerweile wirkte er deutlich wacher als noch vorhin. Vermutlich das Adrenalin. »Mir will jemand was anhängen, das muss es sein!«

»War es denn gestern Abend da, als du nach Hause gekommen bist?«

»Was weiß denn ich! Als hätte ich da nachgeschaut. Wie gesagt, es ging mir echt mies, ich bin einfach nur ins Bett gefallen. Aber die Nachbarn, die könnte ich fragen, ob sie was bemerkt haben.«

Fabian schüttelte den Kopf. »Vergiss es, das ist nicht deine Aufgabe. Und eigentlich spielt das auch überhaupt keine Rolle. Solange niemand gesehen hat, wie es aufgebrochen wurde, hilft das nicht weiter. Du kannst nicht beweisen, dass du die Nacht über hier warst.«

»Und wenn es jemand gesehen hat? Wenn ich es nicht mache, musst du losgehen und sie befragen!« Gerrit sprang vom Sofa auf, als wolle er am liebsten Fabian am Arm ins Treppenhaus führen, um sicherzustellen, dass er es sofort erledigte.

»Das funktioniert nicht.« Fabian bedeutete seinem Bruder, sich wieder zu setzen.

»Wieso nicht, zum Teufel?«

»Weil dieses Gespräch zwischen uns in dieser Form nie stattgefunden hat. Ich verstoße damit gerade gegen sämtliche Dienstvorschriften. Offiziell habe ich dich ganz allgemein zum gestrigen Verlauf der Party befragt und danach erst das Video gesichtet.«

»Aha«, machte Gerrit. Er schien nicht zu verstehen, worauf Fabian hinauswollte.

»Sobald ich melde, was darauf zu sehen ist und wie das mit den Ergebnissen des Mantrailing und der Zeugenaussage der Nachbarin zusammenhängt, bin ich raus aus dem Fall. Ich hätte diese Befragung nie durchführen dürfen.«

»Du willst mich also deinen Kollegen zum Fraß vorwerfen?« Sein Bruder sah nun aus, als würde er jeden Augenblick in Tränen ausbrechen.

»Mir bleibt nichts anderes übrig. Wir müssen darauf vertrauen, dass sie die Wahrheit herausfinden, wie auch immer die aussieht.« Fabians Handy vibrierte. Er nahm es aus der Hosentasche und schaute auf das Display.

Thomas hatte ihm geschrieben, Dienstbesprechung in einer Stunde. Der Countdown lief also.

»Ich hab nichts getan«, rief Gerrit, als hätte Fabian ihm eröffnet, dass er ihn verhaften wollte. »Warum denn auch? Welchen Grund sollte ich haben, zu Lutz zu fahren, einen Teenager zu ermorden und ein Kind zu entführen? Was hätte ich denn davon? Lutz hab ich seit fünfzehn Jahren nicht mehr gesehen, der Typ ist mir völlig egal.«

»Hör zu, ich muss los. Spätestens heute Abend ermittle ich nicht mehr in der Sache. Wichtig ist jetzt, dass du nicht an dein Auto gehst. Fass da ja nichts an. Wenn jemand anderes drin war oder so, dann finden wir Spuren. Du darfst jetzt nichts verwischen. Und wenn du befragt wirst, erzählst du nichts von diesem Gespräch.«

»Ich soll also lügen und behaupten, du wärst gar nicht hier gewesen?«

»Nein, du wirst absolut gar nichts sagen. Schweigen. Als Beschuldigter ist das dein gutes Recht. Sobald du zu einer Aussage aufgefordert wirst, rufst du einen Anwalt an. Das darfst du auch als einfacher Zeuge. Vorher googelst du nicht danach und machst auch sonst nichts in die Richtung, das könnte seltsam aussehen. Hast du das verstanden?«

Gerrit schüttelte den Kopf, dann nickte er. »Scheiße, Mann. Ich bin doch nicht James Bond.«

»Mach einfach nichts, so als hätte dieses Gespräch nie stattgefunden, und schweig, sobald du befragt wirst. Dafür musst du kein Geheimagent sein. Ich muss jetzt los. Vermutlich wird sich noch im Laufe des Tages jemand von uns bei dir melden.«

Die Brüder standen auf und Gerrit brachte Fabian zur Tür. Bevor er sie öffnen konnte, hielt er ihn am Arm zurück. »Du glaubst mir doch, oder? Ich habe mit diesem Mist nichts zu tun. Ich lag im Bett, die ganze Nacht.«

»Natürlich glaube ich dir!«, sagte Fabian sofort. Er wünschte, er würde es auch mit dieser Überzeugung fühlen. Um nicht zumindest einen Hauch von Skepsis zu empfinden, hatte er in seinen Dienstjahren schon zu viel erlebt. Allerdings würde er sich hüten, das seinem Bruder zu verraten.

14. Kapitel

15 Jahre zuvor

Alex musste sich setzen. Zum Glück stand sie direkt vor dem Sofa, sodass sie sich einfach nach hinten fallen lassen konnte. Die Polster waren so weich und so bequem, dass sie das Gefühl hatte, auf Wolken gelandet zu sein. Sie seufzte laut, so glücklich machte sie diese Tatsache. Eine tiefe Entspannung und Zufriedenheit ergriff von ihr Besitz, während sie gleichzeitig das Gefühl hatte, sich dringend bewegen zu müssen. Sie ließ ihre Beine nach außen sacken und es war ihr völlig egal, dass ihr nun jeder unter den Rock schauen konnte.

Im nächsten Moment schon gewann die unglaubliche Zappeligkeit Oberhand. Die Musik schien direkt in ihrem Kopf zu spielen, der Bass dröhnte in ihrem Magen. Sie sprang vom Sofa auf und tanzte mit abgehackten Bewegungen in die Mitte des Raumes. Da sie die Einzige war, die sich zur Musik bewegte, richteten sich die Blicke der Umstehenden auf sie. Obwohl sie noch nie vor anderen getanzt hatte und sich vor ihrem Spiegel immer albern vorgekommen war, interessierte sie sich jetzt nicht dafür. Alles lief intuitiv. Das Partylicht, das stroboskopisch zuckte, war ihr vorhin überhaupt nicht aufgefallen, jetzt zog es ihre Aufmerksamkeit magisch an.

»Alex?«, hörte sie eine Stimme und drehte sich um. Vor ihr stand Gerrit und ihr Herz explodierte beinahe.

»Heeey«, rief sie mit Überraschung in der Stimme, als hätte sie überhaupt nicht damit gerechnet, ihn hier zu sehen.

»Was machst du denn hier?«, fragte er mir ehrlicher Verwunderung. Er lallte ein wenig, anscheinend hatte er ordentlich vorgeglüht, bevor er auf die Party gekommen war.

»Tanzen, sieht man das nicht?«, antwortete sie und lachte über ihren dämlichen Witz. Sie beugte sich zu ihm, um ihn zu umarmen. Zu spät fiel ihr ein, dass sie sich noch nie auf diese Weise begrüßt hatten. Im Schwimmtraining redeten sie zwar freundschaftlich miteinander, viel mehr war da allerdings nicht. Dennoch legte Gerrit kurz seinen Arm um sie, entfernte sich dann aber ein paar Schritte.

»Im Ernst«, sagte er, »was machst du hier?« Dieses Mal klang es ein wenig so, als wolle er sie nicht hier haben.

»Bin mit Sina vorbeigekommen. Ist doch nicht verboten, oder?« Sie hielt in ihren Tanzbewegungen inne und schaute ihn an, wobei es ihr schwerfiel, die Augen ruhig zu halten.

»Na ja, verboten nicht. Aber das ist halt eine Party vom Abijahrgang.« Er wirkte immer mehr so, als wäre er nicht gerade begeistert, sie hier zu treffen.

Alex beschloss, das zu ignorieren. Ebenso ignorierte sie, dass seine Freundin in ihrer Nähe stand. Sie ging auf ihn zu und hakte sich bei ihm unter, wobei sie das Bedürfnis unterdrückte, ihren Kopf auf seine Schulter zu legen. »Ich finde es jedenfalls schön, dich auch mal außerhalb des Schwimmbads zu sehen. Weißt du, eigentlich wollte ich mich ja nie anmelden, meine Mutter hat drauf bestanden. Als ich aber gemerkt habe, dass du im Verein bist, seitdem gehe ich echt gern da hin.« Die Worte sprudelten aus ihr heraus, ohne dass sie etwas dagegen tun konnte. *Scheiß drauf!*, dachte sie. Vielleicht waren sie ja füreinander bestimmt. Sie wollte ihre Chance ergreifen. Wer wusste schon, ob Gerrit weiter trainieren würde, jetzt wo er mit der Schule fertig war. Mit etwas Pech bekäme sie nie wieder die Gelegenheit, ihm ihr Herz auszuschütten.

Im Gegensatz zu ihr war es Gerrit wohl nicht egal, dass seine Freundin sie beobachtete. Er versteifte sich merklich und schaute sich unbehaglich um. Dann beugte er seinen Kopf zu ihr runter. Ihr Herz klopfte noch schneller als ohnehin schon, weil sie sich vorstellte, dass er sie gleich küssen würde. Stattdessen flüsterte er: »Hast du etwa was davon genommen?« Er deutete auf den Tisch.

Alex nickte überschwänglich. »Ja, und ich fühle mich fantastisch.« Plötzlich musste sie kichern. »Dein Bruder ist doch bei den Bullen, oder? Nicht, dass du ein Snitch bist.«

»Unsinn. Ist doch nur heute und ich wollte mir selbst was davon reinfahren. Immerhin haben wir alle zusammengelegt. Aber du bist ...«

»Zu jung dafür? Zu unerfahren?« Alex ließ seinen Arm los und schaute ihn mit gespielter Empörung an. »Wer sagt das denn? Ich bin kein kleines Mädchen, Gerrit.« Sie zwinkerte und setzte ein Lächeln auf, das sie für verführerisch hielt.

Bevor Gerrit etwas erwidern konnte, legte sich von hinten eine Hand auf seine Schulter. Perfekt manikürte Nägel. Seine Freundin schob sich neben ihn und drückte ihm ein Glas in die Hand. »Hier, dein Screwdriver«, sagte sie und beäugte Alex misstrauisch, bevor sie Gerrit einen demonstrativen Kuss gab.

Der leerte seinen Wodka-O fast in einem Zug. Alle drei schwiegen einen unangenehmen Augenblick. Schließlich sagte Gerrit zu seiner Freundin: »Komm, wir mischen uns mal unters Volk«, und an Alex gewandt: »Wir sehen uns sicher noch«, was die Blondine an seiner Seite mit einem Augenrollen quittierte. Gemeinsam gingen sie in Richtung Terrasse und verschwanden aus Alex' Sichtfeld.

»Was für eine Ziege«, murmelte sie zu sich selbst. Was Gerrit bloß mit der wollte! Aussehen war doch nicht alles. Und überhaupt, so toll war sie gar nicht. Von Weitem vielleicht, aber aus der Nähe hatte sie ausgesehen wie eine aufgetakelte und überschminkte Barbie. Wenn das sein Mädchengeschmack war, dann gute Nacht.

Die Lust aufs Tanzen war Alex vergangen und Sina blieb weiterhin verschollen, also ging sie zurück zum Sofa, um das sich mittlerweile andere Leute versammelt hatten, die sich das weiße Pulver zu Gemüte führten. Sie hatte große Lust, sich auch noch etwas davon reinzuziehen, traute sich aber nicht, zu fragen. Deshalb setzte sie sich hin und wartete eine Weile.

Als ihr niemand etwas anbot, ging sie in die Küche, um sich noch einen Wodka-Energy zu mixen. Dann würde sie sich den Abend eben schönsaufen, wenn Sina sie schon allein ließ und sie augenscheinlich keine Chancen bei Gerrit hatte. Irgendwie würde sie die Zeit rumbekommen, bis sie nach Hause fuhren.

15. Kapitel

Als Helga und Thomas im Kommissariat eintrafen, war der Besprechungsraum bereits gut gefüllt. Die Kollegen standen in Grüppchen herum und waren in Unterhaltungen vertieft. Nur Fabian saß auf einem Stuhl am Fenster und sah aus, als wäre ihm eine Laus über die Leber gelaufen. Anscheinend war bei der Sichtung der Überwachungsvideos nichts herausgekommen. Helga beneidete ihn nicht um diese langweilige Aufgabe, erst recht nicht, wenn sie ergebnislos geblieben war. Sie wollte gerade zu ihm rübergehen und ihn ansprechen, da betrat Kommissariatsleiter Marek Peitsch hinter ihr den Raum, also setzte sie sich auf den nächsten freien Stuhl.

Thomas nahm neben ihr Platz. »Was dem wohl so die Laune verhagelt hat?«, flüsterte er mit einem Nicken in Fabians Richtung.

»Wir werden es gleich erfahren«, gab Helga zurück. Sie schielte rüber zu den Kaffeekannen, die irgendjemand bereitgestellt hatte, und wünschte sich, sie wären etwas früher angekommen. Jetzt, während Peitsch die Dienstbesprechung eröffnete, wollte sie nicht aufstehen, um sich eine Tasse zu holen. Der Kommissariatsleiter mochte keine Störungen seiner Vorträge, egal welcher Art. Obendrein waren die Fenster geschlossen, um die Sommerhitze auszusperren, was den Sauerstoffgehalt kritisch senkte. Sie würde aufpassen müssen, nicht einzunicken.

»Kommen wir zunächst zum Tatablauf.« Peitsch schaute erst zu Helga und Thomas, dann wanderte sein Blick zu Fabian und er schien verwirrt, warum dieser sich so abseits gesetzt hatte. »Freiwillige vor«, sagte er.

Fabian nickte Helga und Thomas zu, um zu signalisieren, dass sie bitte den Anfang übernehmen sollten. »Wenn Sie nichts dagegen haben, würde ich gern Herrn Wendtner und Frau Kannengießer den Vortritt lassen und mich später zu dem Mantrailing äußern«, sagte er, als keiner der beiden reagierte.

Peitsch runzelte zwar die Stirn, nickte dann aber und schaute fragend in Thomas' und Helgas Richtung.

»Mach du mal«, flüsterte Helga ihrem Kollegen zu, der seufzte.

»Na gut«, sagte er und stand auf, um nach vorn zu gehen. Mit Magneten pinnte er Fotos des Opfers sowie des Tatorts an das Whiteboard. Helga versetzte es einen Stich, als die Tote damit für sie ein Gesicht bekam. Das Leben eines so jungen Mädchens war mit einem Messer brutal beendet worden, alle Träume zerstört. Und ein Kind befand sich in der Gewalt des Täters. Nicht auszudenken, was er gerade mit der Kleinen anstellte, falls sie überhaupt noch lebte. Erneut machte sich in Helga Frustration darüber breit, dass sie bisher keinen Schritt weitergekommen waren. Hoffentlich hatte Fabian irgendwas, das ihnen einen Hinweis auf den Täter lieferte und eine Spur zu dem Mädchen darstellte.

Thomas räusperte sich, wartete, bis er die Aufmerksamkeit der anderen hatte und begann zu berichten. »Gegen dreiundzwanzig Uhr hebelte der Täter das Schlafzimmerfenster der Eltern auf und drang vom

Garten aus in die Wohnung ein. Kim Czernik, die an diesem Abend als Babysitterin engagiert war, wurde vermutlich durch das Geräusch aufmerksam und ging nachsehen. Der erste Angriff auf sie fand in der Diele vor besagtem Raum statt.« Thomas deutete auf ein Foto, das einen Blutfleck auf Fischgrätparkett zeigte. »Der Täter hat sie zunächst niedergeschlagen oder zu Boden geworfen und in den Wohnbereich geschleift, nicht getragen. Das zeigen die Abriebspuren der Turnschuhe des Opfers.«

Helga, die gerade zum ersten Mal so detailliert über die Abläufe informiert wurde, notierte sich gedanklich, dass sie es möglicherweise mit einem Täter zu tun hatten, der nicht besonders groß und kräftig war.

»In der offenen Küche stach er anschließend mit einem Messer aus dem Bestand der Wohnung auf sie ein«, fuhr Thomas derweil fort. »Kim Czernik war zu diesem Zeitpunkt wieder oder immer noch bei Bewusstsein, das zeigen Abwehrverletzungen an den Händen. Todesursächlich war ein traumatischer Pneumothorax aufgrund der Stichverletzungen. Sie ist zwar erstickt, wäre aber kurz danach auch verblutet.«

»Meine Güte, das arme Mädel. Was für eine Horrorvorstellung, allein in einer fremden Wohnung und dann wird man überfallen. Sie muss furchtbare Angst gehabt haben«, sagte einer der Kollegen aus dem Plenum und erntete zustimmendes Gemurmel der anderen.

Peitsch hingegen blieb pragmatisch. »Ich habe den Autopsiebericht gelesen und für mich wirkt es erst mal nicht so, als wäre die Tat persönlich gegen sie gerichtet gewesen, sondern als wäre es rein ums Ausschalten gegangen. Der Täter stach nur so lange auf sein Opfer ein, wie es für seinen Zweck notwendig war.«

»Ach kommen Sie«, rief einer der Kollegen. »Zum Ruhigstellen hätte es ebenso gereicht, wenn er sie geknebelt hätte. Dafür muss man nicht mit einem Messer auf jemanden einstechen.«

»Ich schildere hier nur meinen Eindruck. Ob der Angreifer die Absicht hatte, sie zu töten, oder nur ruhigstellen wollte, kann nicht mit Sicherheit gesagt werden«, rechtfertigte Peitsch seinen Einwand. Ehe Thomas fortfahren konnte, wandte sich der Kommissariatsleiter an den Kollegen Mario Palumbo. »Dennoch würde ich gern hören, was es zu dem Opfer selbst zu sagen gibt und was die Befragungen des Umfelds ergeben haben.«

Mario stand auf und ging ebenfalls nach vorn. »Kim Czernik, sechzehn Jahre alt. Hat sich mit Babysitten ihr Taschengeld aufgebessert. Die Familie Siebenäuger hatte sie zuvor schon mehrfach engagiert. Sie galt als zuverlässig und gewissenhaft. Die ersten Befragungen des Umfeldes bestätigen Ihren Eindruck, Chef, dass es sich um ein Zufallsopfer handeln könnte. Wenn dem so ist, musste sie wahrscheinlich sterben, weil er an ihr Blut wollte, mit dem er die Nachricht an die Wand des Kinderzimmers geschrieben hat.« Er nahm das Foto, das Thomas angepinnt hatte, vom Whiteboard und hielt es nach vorn.

»*Lust,* was soll das bedeuten? Ein Hinweis an die Eltern, was das Schwein mit dem entführten Mädchen anstellen wird?«, fragte ein Kollege.

»Guter Einwand, aber lassen Sie uns bitte später darauf zurückkommen«, sagte Peitsch. »Bleiben wir zunächst beim Umfeld des Opfers. Herr Palumbo?«

»Kim Czernik war bei ihren Mitschülern beliebt, hatte einen durchschnittlich großen Freundeskreis. Wir konnten selbstverständlich erst einen kleinen Teil befragen, aber bislang zeichnet sich nicht ab, dass jemand ein Motiv für einen Mord haben könnte. Seit Kurzem hatte das Mädchen einen Freund, die Beziehung war frisch und es gab keine Probleme. Zum Tatzeitpunkt war der Junge mit ein paar Freunden bei sich zu Hause, er und das Opfer haben noch über WhatsApp miteinander geschrieben. Bis auf ihn und natürlich die Eltern des Opfers wusste allem Anschein nach niemand, dass Kim sich an diesem Abend in der Wohnung der Familie Siebenäuger aufhalten würde. Die Anfrage kam wohl relativ spontan am Nachmittag des Tattages. Allerdings müssen wir die Ergebnisse der Technik abwarten, ob Nachrichten oder andere Daten von dem Handy des Opfers gelöscht wurden, um diese Annahme zu verifizieren.«

»Mutig, sich seine Babysitterin für einen Freitagabend nicht zu reservieren«, sagte Tillmann Schwarzkopf. Er hatte drei Kinder zu Hause und wusste, wovon er sprach.

»Elena Siebenäuger hatte ursprünglich gar nicht vor, mit zu dieser Veranstaltung zu gehen, aber ihr Mann hat sie dann überredet, weshalb sie erst so spät bei Kim Czernik angerufen haben«, erläuterte Thomas, der gemeinsam mit Fabian die Erstbefragung der Siebenäugers vorgenommen hatte.

»Hatte das Opfer vielleicht über irgendwelche Chats im Internet Kontakt zu Fremden, denen sie davon erzählt hat?«, fragte Helga. Es wäre nicht das erste Mal, dass ein junges Mädchen dem falschen Kerl vertraute und damit sein Todesurteil unterzeichnete. Möglicherweise hatte da jemand die Chance ergriffen, nicht nur einen brutalen Mord zu begehen, sondern auch ein kleines Kind in seine Gewalt zu bringen.

»Die Technik ist noch dran, ihre Accounts auszuwerten, aber momentan sieht es nicht danach aus«, erklärte Peitsch und erhob sich. Er bedeutete Mario, dass er sich wieder setzen konnte. »Wie dem auch sei, Sie bohren bitte weiter nach, auch wenn es fürs Erste nicht so aussieht, als würde der Täter aus dem Umfeld des Opfers stammen. Womit wir wieder bei der in ihrem Blut verfassten Botschaft im Kinderzimmer wären. Herr Wendtner, was gibt es dazu zu sagen?«

Thomas sah etwas verloren aus. Bislang war einfach noch keine Gelegenheit gewesen, sich damit zu beschäftigen. »Nun, wie bereits erwähnt, wurde mit dem Blut von Kim Czernik das Wort ›Lust‹ an die Wand im Zimmer der verschwundenen Amelie Siebenäuger geschrieben. Wenn wir davon ausgehen, dass der Täter das Mädchen entführt hat, ist diese Hinterlassenschaft natürlich besonders perfide.«

»Irgendeine Vermutung, was das bedeuten kann?«, fragte Peitsch.

»Na, was wohl? Dass er ein Dreckschwein ist«, rief einer der Kollegen.

»Er will den Eltern Angst einjagen«, sagte Tillmann. »Seht her, das ist der Grund, weshalb ich mir eure

Tochter gekrallt habe. Weil ich ein pädophiler Wichser bin und ...«

Peitsch hob streng die Hand und brachte ihn damit zum Schweigen. »Wenn wir davon ausgehen, dass die Bedeutung wörtlich zu nehmen ist, kommt das hin.«

»Es könnte auch ein Hinweis auf das Motiv sein«, schlug Thomas vor. »Eine verschmähte Geliebte, die sich nun an dem Mann rächen will, der sie abgesägt hat.«

»Oder die Frau hatte eine Affäre«, warf Helga ein.

»Vielleicht ist es ein Anagramm«, sagte Mario, der vor dem Foto stand und es intensiv betrachtete.

»Ein Anagramm?«, wiederholte Thomas. »Welches andere Wort sollte man denn aus ›Lust‹ bilden können? Stul? Da fehlt ein H.«

»Nee, das meine ich gar nicht.« Mario winkte ab. »Die Buchstaben könnten für andere Wörter stehen. Wie bei Lkw oder Haribo.«

»Akronym heißt das«, korrigiere Tillmann grinsend.

Mario warf ihm einen finsteren Blick zu. »Danke, Herr Schlauberger.«

»Da könnte was dran sein«, sagte Helga, die das Foto nach Marios Vorschlag ebenfalls genauer unter die Lupe genommen hatte. »Das S sieht ein wenig so aus, als könnte es ein Großbuchstabe sein und das L ist etwas abgesetzt vom Rest. L und S groß, das könnte für den Namen des Vaters stehen. Lutz Siebenäuger.«

»Sehr guter Einfall, Frau Kannengießer«, sagte Peitsch. »Und welche Wörter repräsentieren die Kleinbuchstaben U und T?«

Es folgte allgemeines Spekulieren, aber keiner hatte eine sinnvolle Idee.

»Möglicherweise interpretieren wir auch zu viel hinein«, sagte Helga, als langsam wieder Ruhe einkehrte. »Der Täter könnte das einfach nur zur Ablenkung nutzen, indem er uns glauben lässt, die Entführung hätte etwas mit einem Kinderpornoring zu tun oder mit der Pädophilenszene. Immerhin gibt es bereits einen Verdächtigen, den wir überprüft haben.«

»Sie haben recht. Konzentrieren wir uns zunächst auf die Fakten. Herr Wendtner, was gibt es zu dem Mann zu sagen?« Peitsch setzte sich und überließ Thomas die Bühne.

Der fasste kurz zusammen, welche Verdächtigung Lutz Siebenäuger ausgesprochen hatte und was die Befragung von Bobrow ergeben hatte. »Das Taxiunternehmen, das Bobrow gestern Abend nach Hause gefahren hat, bestätigte die Aussage mittlerweile, ebenso der Schlüsseldienst, der bis gegen zehn Uhr bei ihm war. Es wäre knapp für ihn geworden, bis zum Todeszeitpunkt zum Tatort zu gelangen, aber nicht unmöglich. Ein Alibi, dass er seine Wohnung danach nicht mehr verlassen hat, kann er nicht vorweisen. Für einen Beschluss, das Bewegungsprofil seines Handys beim Anbieter einzuholen, reichen unsere Erkenntnisse meiner Meinung nach nicht aus.«

»Das sehe ich leider ähnlich«, sagte Peitsch. »Was können Sie sonst über den Verdächtigen sagen? Wurde sein Umfeld befragt?«

»Wir haben uns zunächst auf die Anwesenden bei der Jahrgangsfeier konzentriert. Zu keinem seiner ehemaligen Klassenkameraden pflegte Herr Bobrow über die Jahre engeren Kontakt. Niemand erinnerte sich an ihn als eine sonderlich gewaltbereite oder rachsüchtige Person. Der Streit wurde unterschiedlich wahrgenommen, aber nicht als so heftig, dass jemand Bobrow in der Folge eine Kindesentführung geschweige denn einen Mord zutrauen würde. Polizeilich ist er ebenfalls bislang nicht in Erscheinung getreten, sein Vorstrafenregister ist sauber.«

»Was meiner Meinung nach nicht heißt, dass wir ihn voreilig von der Liste streichen können«, warf Helga ein. »Bei dem Streit ging es um alte Gefühle, Herr Siebenäuger hat Herrn Bobrow damals wohl die Freundin ausgespannt. Wenn er sich heute noch davon provozieren lässt, muss es wohl von Bedeutung gewesen sein. Gut möglich, dass die Emotionen nach so langer Unterdrückung wieder hochgekocht sind und er im Affekt gehandelt hat.«

»Eine ziemlich heftige und überzogene Kurzschlussreaktion, aber durchaus in Betracht zu ziehen«, stimmte Peitsch ihr zu. »Er wäre nicht der Erste, dem eine Sicherung durchbrennt, wenn es um verletzte Ehre geht. Auf der anderen Seite wurde diese Verdächtigung wohl unter dem Eindruck der vorigen Auseinandersetzung geäußert und ist mit Vorsicht zu genießen. Gab es in seiner Wohnung Hinweise darauf, dass er das Mädchen dort festgehalten hat?«

»Nicht, soweit wir einen Einblick erhalten haben«, antwortete Thomas. »Eine Begehung der Räumlichkeiten hat sein Anwalt verhindert. Allerdings glaube ich auch nicht, dass er das Kind mit nach Hause genommen hat, sollte er der Täter sein. In diesem Wohnkomplex ist das Risiko viel zu hoch, dass einer der Nachbarn etwas

Verdächtiges wahrnimmt. Die Wände sind gefühlt aus Pappe.«

»Also gut. Finden Sie heraus, ob er eine andere Möglichkeit hätte, Amelie Siebenäuger festzuhalten. Hat er einen Schrebergarten gemietet oder irgendwo Lagerfläche? Generell sollten wir die Vermieter solcher Örtlichkeiten informieren und sie bitten, sich bei Auffälligkeiten sofort zu melden. Außerdem sollten wir uns zusätzlich auf die Familie konzentrieren. Die Siebenäugers sind wohlhabend. Gibt es Menschen aus dem engeren Kreis, die ihnen den Erfolg nicht gönnen? Die ein Stück vom Kuchen abhaben wollen oder sich über den Tisch gezogen fühlten? Hatte eines der Elternteile eine Affäre? Der Täter muss gewusst haben, dass die Siebenäugers an diesem Abend nicht zu Hause sein werden, es ist also sehr wahrscheinlich, dass er die Eltern kennt oder anderweitig von dieser Veranstaltung wusste. Jedenfalls, wenn wir von der Prämisse ausgehen, dass es bei der Tat um die Entführung von Amelie Siebenäuger ging. Herr Prior, Sie haben mit den Eltern des Mädchens gesprochen, oder nicht?«

»Bislang haben sich keine weiteren Verdachtsmomente ergeben, aber ich habe Herrn Siebenäuger dazu angehalten, dass er und seine Frau sich intensiv mit dieser Möglichkeit auseinandersetzen. Allerdings hat er sich schon sehr auf Herrn Bobrow eingeschossen und auch ziemlich ungehalten reagiert, als ich ihn auf unzufriedene Kundschaft angesprochen habe«, sagte Fabian und stand auf, um nach vorn zu gehen, da Thomas mit seinen Ausführungen fertig war.

Zunächst pinnte Fabian einen Ausdruck von Google Maps sowie ein paar Fotos an und erläuterte, was bei der Suche durch den Mantrailer herausgekommen war. Dann berichtete er von der Anwohnerin, der ein dunkler Wagen an der Stelle aufgefallen war, an der sich die Spur des Mädchens verlor, und die sich zumindest die Ziffern des Kennzeichens gemerkt hatte.

»Vielleicht nageln wir Bobrow schneller fest, als ihm und seinem Anwalt lieb ist«, murmelte Thomas und stieß Helga mit dem Ellenbogen leicht in die Seite.

Bei dem Gedanken an das belämmerte Gesicht der beiden, wenn sie mit einem Durchsuchungsbeschluss für die Wohnung und das Auto vor Bobrows Tür standen, konnte sich Helga ein Grinsen nicht verkneifen.

»Ganz in der Nähe befindet sich eine Tankstelle, die zu unserem Glück ein Überwachungssystem hat, das aufzeichnet«, fuhr Fabian fort. Mit jedem Wort wirkte er unbehaglicher. »Der Besitzer war bereit, mir die Aufnahmen auch ohne Beschluss zur Verfügung zu stellen, als er erfahren hat, dass ein Kind vermisst wird.« Er stockte und holte tief Luft. »Auf dem Video ist zur passenden Uhrzeit ein entsprechender Wagen zu sehen. Das Kennzeichen, das vollständig zu erkennen war, habe ich überprüft.«

Er schwieg, während der gesamte Raum ihn gebannt anstarrte. Fabian hingegen richtete seinen Blick auf Peitsch. »Der Halter ist Gerrit Prior. Mein Bruder, der damals ebenfalls in die Klasse von Herrn Siebenäuger ging. Deshalb werde ich mich selbstverständlich mit sofortiger Wirkung von den Ermittlungen zurückziehen.«

Ein Raunen ging durch die Anwesenden und Helga gefror das Grinsen im Gesicht. Sie erinnerte sich daran, was Mareike Knott ihnen erzählt hatte. Auch Gerrit war auf der Feier gewesen und hatte sich noch vor der Auseinandersetzung zwischen Siebenäuger und Bobrow verabschiedet. Das Gemurmel im Raum wurde immer lauter und übertönte Helgas Gedanken. Peitsch klatschte in die Hände und rief angesichts der Umstände eine zehnminütige Pause aus. Die kam Helga gerade recht, sie brauchte jetzt dringend eine Zigarette. Thomas und Fabian folgten ihr in den Innenhof des Präsidiums.

»Ganz schöne Scheiße, was?«, sagte Thomas und Helga nickte nur, weil sie nicht die richtigen Worte fand.

»Scheiße ist untertrieben«, entgegnete Fabian und sah dabei aus wie ein geprügelter Hund. »Aber Gerrit kann das unmöglich gewesen sein. Da seid ihr doch bei mir, oder?«

Erneut nickte Helga, obwohl sie Fabians Bruder noch nie getroffen hatte. Bloß weil der eine Bruder bei der Kripo war, hieß das noch lange nicht, dass der andere nicht auf die schiefe Bahn geraten konnte. Aber sie würde den Teufel tun, Fabian das an den Kopf zu werfen. Stattdessen sagte sie: »Das wird sich sicher alles ganz schnell aufklären.«

»Hast du schon mit ihm gesprochen?«, fragte Thomas. »Also inoffiziell?«

Fabian schaute sich verstohlen um, auch wenn niemand außer ihnen hier draußen war. »Ja, aber nur kurz. Er war nach der Party die ganze Zeit über zu Hause. Leider gibt es niemanden, der das bezeugen kann.« Er wirkte, als wollte er noch etwas hinzufügen, schwieg aber.

»Du kannst dich auf uns verlassen«, sagte Thomas und Helga fragte sich, was das bedeuten sollte. So gern sie Fabian auch hatte, sie würde ganz sicher nicht einseitig ermitteln. Wenn sich herausstellen sollte, dass sein Bruder schuldig war, würde sie alles daransetzen, das zu beweisen. Immerhin ging es hier um das Leben eines kleinen Mädchens.

»Haltet mich bitte auf dem Laufenden, sofern es die Sachlage erlaubt«, sagte Fabian. Dann tippte er sich an die Stirn und ging nach drinnen.

»Mit so einer Entwicklung hat wohl niemand gerechnet«, sagte Thomas, während Helga ihre Zigarette am Rand des Mülleimers ausdrückte.

»Worauf du einen lassen kannst«, sagte sie. »Und Fabian wohl am allerwenigsten.«

16. Kapitel

Amelie zuckte zusammen, als das Monster in der anderen Ecke des Raumes schon wieder anfing, diese gruseligen Töne von sich zu geben. Sie rutschte noch ein bisschen mehr an die Wand, weg von den Geräuschen, obwohl sie schon ganz nah dran war. Ihr Po tat weh vom vielen Sitzen auf dem harten Betonboden und die Stelle, an der ihre Handgelenke mit einem Seil umwickelt waren, auch.

Sie hatte sich ganz doll Mühe gegeben, das Seil irgendwie abzubekommen, aber es saß einfach zu fest. Wie einmal in der Kita, als sie mit Finn Cowboy und Indianer gespielt hatte und von ihm mit einem Springseil an das Schaukelgerüst gebunden worden war. Sie hatte geweint und trotzdem hatte er sie nicht losgemacht. Das hatte erst die Betreuerin Siggi später gemacht und seitdem wollte Amelie nicht mehr mit Finn spielen.

Mit einem lauten Krachen fiel die Tür ins Schloss und Amelie kauerte sich ganz klein zusammen. Das andere Monster war gekommen. Das, das sie mitten in der Nacht aus ihrem Bett gezerrt und an diesen fürchterlichen Ort gebracht hatte. Hier stank es, wie wenn Papa wieder lange auf dem Klo gewesen war, und es war dunkel und dann war da noch dieses andere Monster. Amelie konnte es nicht richtig sehen, denn es lag auf der anderen Seite vom Raum auf dem Boden.

Da war nur ein dunkler Schatten, wie ein Hügel, der sich immer wieder bewegte und schrie und stöhnte und noch andere seltsame Geräusche machte. Denn hören konnte sie es leider sehr gut. Wären ihre Hände nicht zusammengebunden, hätte Amelie sie auf ihre Ohren gepresst. Aber das ging nicht, also sang sie ganz laut ihr Lieblingslied aus dem Eisköniginnen-Film, sobald es losging. Irgendwie beruhigte sie das und sie konnte sich ablenken von dem, was auch immer das Monster da im Dunkeln machte.

Aber jetzt sang sie nicht, denn das zweite Monster war gekommen. Es bewegte sich zwar nicht, aber es musste da an der Tür stehen, sie konnte einen Schatten erkennen. Ein bisschen sah es aus wie ein Mensch, aber ein Mensch würde doch nicht so böse zu ihr sein und ihr so wehtun.

»Ich will zu meiner Mama«, sagte sie und Tränen strömten über ihr Gesicht. Sofort wollte sie zu Mama und zu Papa. In ihr Zimmer und Toniebox hören. Sie wünschte es sich ganz doll, so wie sie sich die Dschungelbuch-Figur für die Box zu ihrem Geburtstag gewünscht hatte.

»Bestimmt hast du großen Hunger und Durst«, sagte das Monster bei der Tür. Es war das erste Mal, dass es zu ihr sprach. Die Stimme klang nett und freundlich, aber genau das war ja der Trick bei Monstern. Man durfte nicht darauf reinfallen.

Aber recht hatte es, Amelie hatte einen Bärenhunger, obwohl es hier drin nach Kacke stank und noch nach anderen Sachen.

»Ja«, schluchzte sie, weil sie sich vorstellte, das Monster würde sie vielleicht losbinden und zurückbringen, wo ihre Mama ihr Frühstück gemacht hatte. Nutellatoast mit Banane, ihr Lieblingsfrühstück, das sie nur an besonderen Tagen bekam. Mama sagte immer, es wäre nicht so gesund, dabei war doch Banane drauf, und dass Obst gesund war, wusste ja wohl jeder. Amelie lief bei dem Gedanken daran das Wasser im Mund zusammen.

Das Monster bei der Tür setzte sich in Bewegung und kam zu ihr rüber. Es hatte sich wirklich gut getarnt, denn auch aus der Nähe wirkte es wie ein Mensch. »Hier.«

Etwas kam auf sie zugeflogen, dann tat es einen Schlag und Amelie warf sich mit einem Schrei zur Seite und landete auf ihrer Schulter. Sofort fing sie wieder an zu weinen, denn das hatte ganz schön wehgetan. Wegen des Seils um ihre Handgelenke hatte sie sich nicht abfangen können und war einfach umgekippt wie ein nasser Sack.

Obwohl sie niemand tröstete, beruhigte sie sich schnell wieder, immerhin war sie schon ein großes Mädchen und die weinten nicht so viel, das sagte ihre Mama immer. Bestimmt wäre die jetzt stolz. Der Gedanke an Mama brachte sie fast wieder zum Heulen. Sicher suchte sie nach ihr und machte sich schreckliche Sorgen.

Einmal hatte sie ihre Mama im Einkaufszentrum verloren, damals, als sie ihr neue Sandalen kaufen wollten für das Kita-Fest. Amelie hatte so lange geweint, bis ein Verkäufer sie entdeckt hatte. Der hatte dann ihre Mama ausrufen lassen, und als die zu dem Laden gekommen war, hatte sie auch ganz schrecklich geweint, weil sie Angst gehabt hatte, dass Amelie von jemandem geklaut worden war.

Amelie hatte sich gefragt, wer denn so etwas tun sollte. Jetzt wusste sie es. Ängstlich öffnete sie die Augen. Das Monster war wieder bei der Tür und vor Amelies Füßen lag ein Rucksack.

»Da ist ein Brot für dich drin«, sagte es, während das Monster in der Ecke wieder seine schlimmen Geräusche machte. »Ein Apfel, drei Trinkpäckchen. Teils dir gut ein und lass dich nicht von der hier überreden, ihr was abzugeben.«

Das Monster öffnete die Tür und verschwand wieder. Das andere brüllte und schrie, sodass Amelie anfing, lautstark Elsas Song zu singen. Das Essen musste warten.

17. Kapitel

Anstatt früh Feierabend zu machen, ging Fabian in sein Büro, um den Bericht für die Kollegen zu schreiben. Peitsch hatte ihn noch keinem neuen Fall zugeteilt, also hätte er sich nach diesen aufreibenden Stunden und der kurzen Nacht einen freien Nachmittag gönnen können, doch sein Kopf würde das nicht zulassen. Seine Gedanken rotierten beständig darum, wie sich die Sache aufklären lassen konnte.

Wer, wenn nicht sein Bruder, war gestern Abend in der Nähe des Tatortes gewesen? Möglicherweise hatte Nicole sich das Auto geliehen, weil sie davon ausgegangen war, dass Gerrit die ganze Nacht über auf der Jahrgangsfeier sein würde. Aber was hatte sie am späten Abend ausgerechnet in dieser Gegend gewollt und warum hatte sie nicht ihr eigenes Auto dafür genommen?

Weil es gerade in der Werkstatt ist, zum Beispiel, dachte Fabian. Sicherlich gab es eine einfache Erklärung. Helga und Thomas mussten sie unbedingt befragen, auch wenn es unwahrscheinlich war, dass sie etwas mit dem Fall zu tun hatte. Zufälle gab es Fabians Meinung nach sehr selten und dieser wäre höchst außergewöhnlich. Aber nicht unmöglich, oder etwa doch?

Viel wahrscheinlicher erschien ihm, dass der Täter sich Gerrits Wagen genommen hatte, um den Verdacht auf ihn zu lenken. Ein Gedanke, der ihn ohne Umschweife zu Bobrow führte. Gerrit hatte die Party vor dem Streit verlassen, das musste Bobrow doch mitbekommen haben. Somit konnte er sich denken, dass Gerrit ins Bett fallen und vor dem nächsten Morgen eher nicht wieder rauskommen würde. Das wäre die perfekte Gelegenheit gewesen, sich den Wagen für die Ausführung der Tat »auszuleihen«, um so von sich als Täter abzulenken. Andererseits war die Zeit dafür recht knapp, wie Thomas bereits ausgeführt hatte.

Fabian konnte nur hoffen, dass Thomas und Helga genauer hinschauten und zu einer ähnlichen Schlussfolgerung kamen. Nämlich dass Gerrit bestimmt nichts mit der Tat zu tun hatte. Die beiden waren immerhin nicht auf den Kopf gefallen und er vertraute ihnen blind. Allerdings fiel ihm das gerade alles andere als leicht, schließlich ging es hier um seinen Bruder.

Bleib ruhig, sagte er sich. Vermutlich würde die Durchsuchung des Wagens den Verdacht entkräften. Wenn sich Bobrow, oder wer auch immer der Täter war, gewaltsam Zugang zu Gerrits Auto verschafft hatte, würde die Spurensicherung Beweise dafür finden.

Fabian überlegte, welche Ausstattung der Skoda hatte. Vor einigen Jahren hatte sein Bruder ihn als Jahreswagen gekauft. War er mit einer elektronischen Schlüsselkarte ausgestattet? Mit ein wenig Technikverständnis und den richtigen Utensilien konnte man die Funkwellen des Schlüssels von außerhalb der Wohnung abgreifen, auf eine andere Karte kopieren und damit das Auto starten. Bestimmt war sein Bruder nicht so umsichtig, seinen Schlüssel abends in Alufolie einzuwickeln. Das würde alles enorm erschweren, aber nicht unmöglich machen.

Sicherlich hatte Bobrow auch andere Spuren im Innenraum hinterlassen, Haare, Hautschuppen. Irgendwas würde ihn schon überführen, die Kriminaltechniker mussten es nur finden. Vorausgesetzt sie suchten danach und waren nicht nur darauf aus, Gerrit die Tat nachzuweisen.

Gegen 16 Uhr hatte Fabian seinen Bericht endlich fertig. Obwohl er so lange daran gesessen hatte und es eigentlich kaum Erkenntnisse gab, die er hatte festhalten müssen, las sich sein Geschreibsel, als hätte es ein Hauptschüler verfasst. Er unterdrückte den Drang, es noch einmal zu schreiben und zu warten, bis Thomas und Helga von der Durchsuchung bei Gerrit zurück waren – in der Zwischenzeit hatten sie ihn informiert, dass sie einen Beschluss für das Auto bekommen hatten.

Besser würde Fabian seinen Bericht heute nicht hinbekommen, also legte er ihn auf Thomas' Schreibtisch und machte sich auf den Weg nach Hause.

Auf der Straße vor der Hofeinfahrt kam ihm Josi mit Lumpi entgegen. Offenbar war sie gerade mit dem Hund im Holzhausenpark gewesen, der gegenüber ihres Hauses lag. Sie trug eine zerrissene Jeans, die den Blick auf ihre Beine freigab, ihre fürchterlichen Birkenstocks und ein ausrangiertes Hemd von Fabian. Mit ihren offenen Haaren sah sie zum Anbeißen aus.

»Hey, du hier? Mit dir hab ich ja noch gar nicht gerechnet«, sagte sie strahlend und gab ihm einen Kuss zur Begrüßung.

»Ja, es hat sich ein bisschen was geändert. Habe wohl den Rest des Tages frei und morgen wie es aussieht auch.« Fabian gab sich keine Mühe, seine Frustration darüber zu verbergen. Josi schien sie allerdings trotzdem nicht aufzufallen.

Fröhlich knuffte sie ihn in die Seite. »Du hättest ja wenigstens Bescheid sagen können, dass du schon nach Hause kommst. Eigentlich wollte ich für den Feierabend was vorbereiten.« Warum er unverhofft einen freien Nachmittag hatte, wollte sie nicht wissen, was ihn ein wenig ärgerte.

»Sorry, der Tag war wirklich eine Katastrophe und ich wollte einfach nur unter die Dusche, da habe ich nicht dran gedacht, dir zu schreiben.«

Josi winkte ab. »So schlimm ist es auch wieder nicht. Und während du duschst, hab ich ja genug Zeit, meine Überraschung vorzubereiten.« Noch immer schien sie nicht zu bemerken, dass Fabian nicht unbedingt in der Stimmung für irgendwelche Neckereien war, und fragte auch nicht nach, was passiert war. Er wünschte, ihre gute Laune wäre ansteckender, aber die Sache mit seinem Bruder lag ihm schwer im Magen. Josi nahm seine Hand und gemeinsam mit Lumpi betraten sie den Hinterhof, in dem das Haus lag, das sie vor Kurzem gemietet hatten.

Josi hatte früher schon einmal mit ihrem Ex-Mann darin gelebt. Fabian hatte sie bei Ermittlungen zu einem Mordfall kennengelernt. Ihr bester Freund war brutal getötet und mitten in der Nacht vor ihrer Tür abgelegt worden. Nicht selten sah Fabian vor seinem geistigen Auge die zugerichtete Leiche auf dem Bürgersteig vor der Einfahrt liegen oder auch Josis Ex Elias, wie er in ihrem jetzigen Wohnzimmer am Esstisch saß und einen auf Helikopter-Ehemann machte.

Er schob den Gedanken beiseite, als Josi die Haustür aufschloss. Immerhin hatte er sich darauf eingelassen, mit ihr hier einzuziehen, und die meiste Zeit schaffte er es auch, die Erinnerungen an damals auszublenden. Allerdings war es ihm ein Rätsel, wie Josi das hinbekam, schließlich waren die Ereignisse für sie ziemlich traumatisch gewesen.

Im Haus verschwand Fabian direkt ins Bad. Während er auf dem Klo saß und sein Handydisplay anstarrte, als könnte er so eine Nachricht von Gerrit oder Thomas erzwingen, hörte er Josi in der Küche werkeln. Nach dem Duschen erwartete ihn im Wohnzimmer ein gedeckter Kaffeetisch mit einer Flasche Sekt und einem grasgrünen Kuchen in der Mitte, der mit noch grünerem Pulver bestäubt war und irgendwie giftig aussah. Kurz überlegte er, ob er einen Geburtstag oder Jahrestag vergessen hatte, beruhigte sich aber damit, dass sein Handy ihn daran erinnert hätte, denn er trug alle wichtigen Daten dort in den Kalender ein.

»Was ist das?« Er deutete auf den Kuchen und verzog sein Gesicht. Lebensmittel, die eine andere Farbe hatten, als sie eigentlich haben sollten, waren ihm suspekt. Gebäck hatte für ihn hell- oder dunkelbraun zu sein, oder zur Not noch weiß, wenn es eine Sahnetorte war. Rot mit Früchten oder wegen ihm auch gelb bei Zitronenkuchen, aber um Himmels willen nicht neongrün, das sah einfach ungesund aus.

»Ein Matcha-Cheesecake«, sagte Josi und umarmte ihn von hinten. »Von meinem Lieblingsladen, der japanischen Patisserie. Ich dachte, wir probieren mal was Exotisches, nicht immer den langweiligen Schokoladenkuchen.«

»Och, so langweilig finde ich den gar nicht«, entgegnete Fabian. »Ist Matcha nicht Tee? Den trinken doch die hippen Berliner in ihren Start-ups und die Frankfurter Bürohengste. *Matcha Latte.* Ich verstehe nicht, warum Kaffee plötzlich out sein soll.«

»Willst du mir den Kuchen jetzt schon madigmachen, bevor wir ihn überhaupt probiert haben?« Josi klang enttäuscht und Fabian bekam ein schlechtes Gewissen. Er durfte seine Laune nicht an ihr auslassen und etwas Zucker würde seine Stimmung bestimmt heben. Hauptsache war doch, dass der Kuchen nicht so scheußlich schmeckte, wie er aussah.

»Das war doch nur Spaß. Ich bin gespannt, wie sich so ein Tee im Käsekuchen macht«, sagte er und machte Anstalten, sich zu setzen.

»Nicht hier. Da drüben«, wies Josi ihn an.

Fabian wunderte sich kurz über diese anscheinend festgelegte Sitzordnung, erkannte aber sogleich den Grund. Neben seinem Teller lag ein in Geschenkpapier eingewickeltes Päckchen. »Für mich?«, fragte er. War heute womöglich doch irgendein für die Beziehung wichtiges Datum?

»Na, für wen denn sonst? Dazu kommen wir aber gleich. Mach erst mal die Flasche auf, ich schneide den Kuchen.« Sie verschwand in die Küche, um ein Messer zu holen, und Fabian nahm sich die Flasche.

Der Sekt war alkoholfrei. Josi war wahrscheinlich davon ausgegangen, dass er morgen wieder arbeiten musste, und hatte ihn deshalb gewählt. Sekt zählte nun nicht unbedingt zu seinen Lieblingsgetränken und er fragte sich, warum man sich den überhaupt reinpfeifen sollte, wenn er nicht wenigstens betrunken machte. Da er Josi aber schon genug auf die Füße getreten war, würde er sich hüten, das anzusprechen. Außerdem passte alkoholfreies Bier wohl kaum zu dem giftgrünen Kuchen. Ob es wohl alkoholfreien Apfelwein gab?

Apfelsaft, du Held, machte er sich in Gedanken über sich selbst lustig.

Josi kam mit dem Messer zurück und schnitt den Kuchen an, während Fabian die beiden Sektkelche füllte.

»Gibt es einen Grund zu feiern?«, traute er sich zu fragen und deutete auf das Geschenk, das neben seinem Teller lag.

Josi setzte sich und strahlte ihn an. Die Fröhlichkeit strömte ihr aus jeder Pore. »Das wirst du jeden Augenblick erfahren.«

Im Flur ertönte der Signalton von Fabians privatem Handy. Eine SMS. Vielleicht von Gerrit, der ihm endlich mitteilte, was bei der Durchsuchung rausgekommen war. Fabian sprang auf, um nachzusehen.

Josi hielt ihn am Arm fest. »Hey, kannst du das nicht mal einen Moment ignorieren?«

»Bin gleich wieder da. Es könnte wichtig sein.«

»Na bitte, wenn du meinst.« Das Lächeln verschwand aus Josis Gesicht.

Wenn du meinst ... Eigentlich ein Zeichen für Fabians Alarmglocken, dass er gerade Mist baute, doch sein Bruder ging in diesem Augenblick vor. »Das kann nicht warten, glaub mir«, sagte er und ging in den Flur.

»Was ich dir sagen wollte, eigentlich auch nicht«, murmelte Josi in seinem Rücken.

Tatsächlich war die Nachricht von Gerrit und sie bedeutete nichts Gutes.

»Ich stecke so richtig in der Scheiße, Fabian!«

Er überlegte, ob er Gerrit anrufen sollte, doch dann würde Josi wahrscheinlich richtig sauer werden, also entschied er sich dafür, nur kurz zu antworten.

»Was ist passiert? Hast du einen Anwalt informiert?«

Mit dem Smartphone in der Hand ging er zurück an den Tisch und setzte sich. Josi hatte ihm in der Zwischenzeit ein Stück Kuchen aufgetan und schaute ihn missmutig an. Fabian legte das Handy auf dem Geschenk ab, merkte dann, was er gemacht hatte, und schob es runter.

»Tut mir echt leid, aber wenn du wüsstest, was heute passiert ist, würdest du es verstehen.«

»Ach ja?«, sagte sie angefressen. »Und wenn du wüsstest, was ich dir eigentlich sagen will, würdest du verstehen, dass es gerade gar nichts gibt, das wichtiger sein könnte.« Sie nahm einen tiefen Schluck von dem alkoholfreien Sekt und verzog angewidert das Gesicht. »Der schmeckt ja scheußlich.«

Fabian konnte sich nur schwer ein Grinsen verkneifen. Sein Handy meldete sich erneut und er schielte auf das Display, wo er die ersten Worte von Gerrits Antwort lesen konnte.

»Ein Anwalt kann mir auch nicht mehr helfen. Im Auto haben sie …«

Josi schnipste mit den Fingern, um Fabians Aufmerksamkeit auf sich zu lenken. »Können wir jetzt mal bei der Sache bleiben?«

Fabian schaute sie verwirrt an. Bei welcher Sache denn? Sie war gerade dabei gewesen, über den Sekt zu lästern, weiter waren sie noch gar nicht gekommen. »Ja, ja. Entschuldige, aber …«

»Mach dein blödes Geschenk auf, bevor ich es mir anders überlege und es dir wieder wegnehme«, sagte sie eingeschnappt.

Fabian nickte und machte sich daran, vorsichtig das Geschenkpapier abzulösen. Zum Vorschein kam ein blaues Stück Stoff mit der weißen Aufschrift »Polizei«. Fabian faltete es auseinander und betrachtete es mit gerunzelter Stirn. War das ein Hundebody? Hatte Lumpi Geburtstag? Aber Josi war doch sonst nicht so fanatisch. Klar, sie liebte den kleinen Terrier, aber dass sie ihm Geschenke kaufte, wunderte ihn doch sehr. Mit einem Mal fiel der Groschen. Alkoholfreier Sekt, seit Tagen bestand ihr Kaffee nur mehr aus Wasser und morgens wollte sie nichts essen, weil ihr übel war. Fabian schaute Josi verblüfft an.

»Soll das etwa heißen, du bist …?«

»Schwanger, ganz genau«, führte sie seinen Satz zu Ende. »Herzlichen Glückwunsch, Herr Prior, Sie werden Vater.« Als könnte sie selbst nicht fassen, was sie da gerade gesagt hatte, schlug sie sich die Hände vor den Mund.

Tief im Innern wusste Fabian, dass dies der Moment war, sich überschwänglich zu freuen und sie in den Arm zu nehmen. Sein Stresspegel war aber dermaßen hoch, dass er diese Reaktion einfach nicht zustande brachte. Nicht nur das, er schaffte es überhaupt nicht, irgendwie zu reagieren. Stattdessen starrte er nur den Polizei-Strampler in seiner Hand an.

Schwanger? Wie konnte das sein? Sie hatten bislang noch nicht einmal darüber gesprochen, Kinder zu bekommen, und eigentlich verhütete sie mit der Pille. Hatte sie die etwa abgesetzt, ohne vorher mit ihm zu sprechen? Ein Kind, er als Vater? Fabian fühlte sich alles andere als bereit dazu.

»Oh. Irgendwie hatte ich erwartet, dass du dich freust«, durchbrach Josi schließlich die bedrückende Stille, wobei sie ihn skeptisch musterte.

»Ja, klar. Natürlich freue ich mich. Das kommt nur so unerwartet. Sorry, heute ist vielleicht einfach kein guter Tag.« Wie automatisch wanderte sein Blick zu seinem Handybildschirm, wo immer noch Gerrits vermeintliche Hiobsbotschaft darauf wartete, von ihm gelesen zu werden.

»Ist das so? Kein guter Tag, ah ja.« Josi schob energisch ihren Stuhl zurück und sprang auf. »Tut mir leid, wenn ich nicht den perfekten Moment abgewartet habe, dir von *unserem* Nachwuchs zu erzählen. Dass ich mich mit dir gemeinsam freuen wollte, dass wir bald eine richtige, echte Familie sein werden. Etwas, das ich mir immer gewünscht habe, weil ich es die ersten Jahre meines Lebens nicht hatte.«

»Oh Mann, ich bin ein Idiot«, murmelte Fabian schuldbewusst. Josi war in einem Kinderheim aufgewachsen, bis sie im Alter von acht Jahren adoptiert worden war. Klar, dass es für sie noch mal wichtiger war, ihre eigene Familie zu gründen.

»Das bist du. Und ein unsensibles Arschloch dazu«, schmetterte sie ihm entgegen. »Lass dir den Kuchen schmecken.« Damit stürmte sie aus dem Wohnzimmer. Nur wenige Sekunden später ging die Haustür.

»Ach, fuck«, sagte Fabian und sackte in seinem Stuhl zusammen. Das hatte er wirklich gründlich versemmelt.

18. Kapitel

Gerrit trabte ruhelos im Wohnzimmer auf und ab. Ihm ging das Bild nicht aus dem Kopf, als die Beamten seinen Kofferraum geöffnet hatten. Die wissenden und triumphierenden Blicke, die sie getauscht hatten. Das Gemurmel danach. War es ihnen zu Anfang nicht recht gewesen, dass er dabei sein wollte, während sie sein Auto durchsuchten, waren sie jetzt vermutlich voller Schadenfreude über das Ergebnis.

Viel wusste Gerrit nicht über Polizeiarbeit, aber doch immerhin so viel, dass man bei einer Durchsuchung anwesend sein durfte. Theoretisch konnte – und sollte – man sich sogar einen unbeteiligten Zeugen dazuholen, doch Gerrit hatte keine Ahnung, wen er darum hätte bitten sollen.

Niemanden von seinen Freunden, so viel war klar. Die ganze Sache war schon unangenehm genug, die halbe Nachbarschaft bekam mit, was hier gerade passierte. Es musste nicht auch noch sein Freundeskreis davon erfahren, wenn es sich irgendwie verhindern ließ. Einen Anwalt hatte er in seinem gesamten Leben noch nicht gebraucht und Fabian hatte ihm geraten, sich keinesfalls vor dem Eintreffen der Kollegen um einen zu kümmern, also konnte er so schnell keinen aus dem Hut zaubern. Noch dazu an einem Samstagnachmittag. Seinen Bruder selbst, ja, den hätte er bitten können, aber dem wäre es vermutlich nicht erlaubt gewesen.

Jedenfalls wünschte sich Gerrit jetzt, er hätte nicht danebengestanden, als die Beamten das Brecheisen aus seinem Kofferraum gefischt hatten. Ein Brecheisen, mit dem er angeblich in der vergangenen Nacht in Lutz' Wohnung eingebrochen sein sollte.

Im Nachhinein wusste er natürlich, dass es dämlich gewesen war, sofort lautstark und höchst nervös zu verkünden, dass dieses Werkzeug nicht ihm gehörte. Allerdings war er so überrascht gewesen, dass er sein Verhalten nicht unter Kontrolle gehabt hatte. Wie ein geistig Minderbemittelter hatte er vor sich hin gestammelt, dass er keine Ahnung hatte, wie das Teil da reingekommen war und dass er es noch nie zuvor gesehen hatte. Fehlte eigentlich nur, dass er hingegangen wäre, um es dem Polizisten aus der Hand zu nehmen und so seine Fingerabdrücke darauf zu verewigen.

Wie dem auch sei, jetzt war es vermutlich nur eine Frage der Zeit, bis er verhaftet wurde. Eigentlich hatte er sofort damit gerechnet, aber Fabians Kollege hatte ihn lediglich darauf hingewiesen, dass er erreichbar bleiben und besser nicht die Stadt verlassen sollte oder so etwas in der Art. Gerrit konnte sich nicht genau erinnern, er hatte wie unter Schock gestanden. Außerdem würde er eine Vorladung zu einer Aussage bekommen.

Was wohl dann mit ihm geschehen würde? Als mutmaßlicher Mörder musste er wahrscheinlich im Gefängnis auf seinen Prozessbeginn warten, der sich in Deutschland bekanntermaßen hinziehen konnte. Allein der Gedanke daran trieb ihn in den Wahnsinn. Kindesentführung, Mord an einem Teenager, damit war er im Knast garantiert ganz unten in der Hackordnung. Er brauchte dringend Beistand. Warum zum Teufel meldete Fabian sich nicht mehr, seit Gerrit ihm geschrieben hatte, was in seinem Kofferraum gelegen hatte? Wandte sich jetzt auch sein Bruder von ihm ab? Glaubte er etwa, dass Gerrit ein Mörder war?

War er einer? Die Umstände sahen wirklich derart schlecht für ihn aus, dass er schon an seinem Verstand zweifelte. Angestrengt dachte er über den gestrigen Abend nach. Auf der Party war ihm plötzlich übel geworden, sodass er sich nur eine Stunde nach seiner Ankunft bereits verabschiedet und auf den Heimweg gemacht hatte. In der S-Bahn war er kurz eingenickt und hatte beinahe seine Haltestelle verpasst. Zu diesem Zeitpunkt hatte er sich schon gewundert, was mit ihm los war. Aber er war auf direktem Weg in seine Wohnung gegangen und hatte sie nicht mehr verlassen, da war er sich sicher.

Außer, er hatte einen Blackout gehabt. Daran glaubte er aber nicht, denn woher sollte er so plötzlich ein Brecheisen genommen haben? So etwas besaß er nicht. Heute Morgen hatte er außerdem dieselbe Kleidung getragen wie gestern und nirgends daran war Blut gewesen. Zu guter Letzt sprach die Entführung dagegen. Er wüsste gar nicht, wo er die Tochter von Lutz hingebracht haben sollte. In ein Versteck, das er selbst nicht mal kannte? Nein, nie im Leben. Sogar mit einem Blackout war es ganz und gar unmöglich, dass er in diese abscheuliche Tat verwickelt war.

Was im Umkehrschluss jedoch bedeutete, dass ihm jemand etwas anhängen wollte. Dieser Jemand hatte anscheinend sein Auto gestohlen, um damit das Kind zu entführen und es dann wieder zurück auf den Parkplatz zu stellen. Auf der Party hätte es ausreichend Gelegenheit gegeben, ihm etwas ins Getränk zu mischen, sodass ihm schlecht wurde und er vorzeitig nach Hause ging. Wollte der wahre Täter Lutz gegen Gerrit aufhetzen oder einfach nur von sich ablenken? Aber warum gerade sein Auto und warum ausgerechnet Lutz?

Er hatte doch gar keinen Grund, Lutz' Familie etwas anzutun! Früher in der Schule waren sie gute Freunde gewesen, bis zu jener Nacht. Danach hatten sich ihre Wege getrennt, wie die der meisten. Keiner der Beteiligten fühlte sich wohl mit der Situation und keiner wollte mehr daran erinnert werden. Gerrit überlegte, ob die Tat etwas mit den Ereignissen von vor 15 Jahren zu tun haben könnte. Immerhin war es ein merkwürdiger Zufall, dass jemand ausgerechnet am Abend der Abitur-Jahrgangsfeier Lutz' Babysitterin umbrachte und seine Tochter entführte.

Vielleicht sollte er Fabian von dem Abend damals erzählen.

Noch bevor er den Gedanken zu Ende geführt hatte, schüttelte Gerrit den Kopf, wie um sich selbst von der Unsinnigkeit dieser Idee zu überzeugen. Erstens hatten die Vorfälle von damals ganz sicher nichts mit heute zu tun. Je länger er darüber nachdachte, desto sicherer war er. Zweitens würde sein Bruder ihn garantiert dafür verurteilen. Im Grunde genommen war zwar überhaupt nichts passiert, aber Fabian war schon damals bei der Polizei gewesen und würde ihm die Sache bestimmt übel nehmen. Nein, ihm davon zu erzählen, kam nicht infrage. Aber mit irgendjemandem musste er reden, einfach um noch einmal von einer anderen Person bestätigt zu bekommen, dass dieser Gedanke Unsinn war.

Nicole schied ebenfalls aus, auch wenn bei ihr durchaus die Chance bestand, dass sie Verständnis für das zeigte, was sie damals getan hatten. Allerdings würde sie die Geschichte nur als erbärmlichen Versuch von ihm werten, sie mit seinem Gejammer zurückzugewinnen. Sie hatte sich entschieden, zu gehen, und er hatte sich geschworen, nicht auf Knien angekrochen zu kommen, also würde er das auch jetzt nicht tun.

Vielleicht sollte er sich bei Mareike melden. Die war zumindest in die damaligen Geschehnisse eingeweiht. Außerdem glaubte sie ihm mit Sicherheit, wenn er beteuerte, nicht in diese grauenvolle Tat verwickelt zu sein. Immerhin wusste sie, wie schlecht es ihm gestern Abend gegangen war. Ja, gleich morgen würde er ihr einen Besuch abstatten. Heute war es vermutlich schon zu spät, um unangemeldet bei ihr vor der Tür zu stehen.

19. Kapitel

»Pass auf, dass du deine Finger nicht mit reinreibst. Ich wollte die Burritos heute fleischfrei lassen.«

Helga schaute erst zu ihrer Freundin Mona und dann auf das Stück Cheddar, von dem nicht mehr viel übrig war. Tatsächlich war ihre Fingerkuppe verdammt nah an den Klingen der scharfen Reibe. Monas Bruder hatte sie ihr irgendwann mal aus Amerika mitgebracht und nicht nur einer von Helgas Fingern war bereits Opfer davon geworden.

»Komm, das reicht eh, man soll ja auch noch was von der Füllung haben, und nicht nur Käse schmecken«, sagte Mona und nahm ihr die Schüssel ab. »Geh doch schon mal ins Wohnzimmer und such uns einen Film raus, ich mach das hier fertig für den Ofen. Lenk dich ein bisschen ab, du hast Feierabend.«

»Rufbereitschaft«, korrigierte Helga.

»Das heißt aber nicht, dass du den ganzen Abend mit dem Kopf auf der Arbeit sein musst. Abschalten ist erlaubt, solange es nicht das Handy ist.«

»Das sagt die Richtige«, murmelte Helga. Als Privatdetektivin wusste Mona selbst nur zu gut, dass einen manche Fälle einfach nicht losließen, egal, wie sehr man versuchte, sie kurzzeitig zu verdrängen, um zumindest ein paar Stunden erholsamen Schlaf zu bekommen.

Mona streckte ihr den Mittelfinger entgegen. »Verschwinde schon«, sagte sie mit gespielter Strenge und Helga gab sich geschlagen. Vielleicht lenkte sie das Filmraussuchen ja wirklich ein wenig ab.

Seit mehr als zwei Stunden war sie nun schon zu Hause, doch sie kam einfach nicht zur Ruhe. Die Entwicklungen, die ihre Ermittlungen heute genommen hatten, geisterten ihr im Kopf herum. Nicht nur, dass sie noch immer keine Spur von dem entführten Mädchen hatten und die Zeitspanne ihres Verschwindens zumindest statistisch gesehen langsam kritisch wurde, machte sie fertig. Dass nun auch noch der Bruder von Fabian in die Sache verwickelt sein sollte, hatte dem Ganzen die Krone aufgesetzt. Es war nun nicht gerade so, dass sie ihren geliebten Käfer darauf verwettet hätte, nichts in Gerrit Priors Wagen zu finden, das ihn belastete, aber sie hatte es doch sehr gehofft.

Auf der anderen Seite kam ihr das höchst seltsam vor. Wenn Fabians Bruder tatsächlich der Täter war, weshalb sollte er ein so belastendes Beweisstück in seinem Kofferraum behalten? Würde man das nicht verstecken oder gar entsorgen, nachdem man schon mit dem eigenen Auto zum Tatort gefahren war, dabei eine Tankstelle mit Überwachungskameras passiert und schließlich so dämlich auf der Straße geparkt hatte, dass es einer Nachbarin auffiel?

Fabian hatte außerdem zugegeben, bereits mit seinem Bruder gesprochen zu haben. Helga konnte sich nicht vorstellen, dass er ihm dabei nicht verraten hatte, dass er verdächtig war. Vielleicht hatte er das Auto nicht erwähnt, dennoch hätte sich wohl jeder halbwegs schlaue Täter sofort darangemacht, sicherheitshalber die Beweise verschwinden zu lassen, die eindeutig dem Tatort zugeordnet werden konnten. Auch wenn sie diese Tatsache nicht in ihre Ermittlungen einbeziehen konnten, da Fabian nicht rechtens gehandelt hatte, fand Helga es doch ziemlich abwegig, dass Gerrit Prior einfach abgewartet haben sollte, bis man das Werkzeug fand.

Außerdem stand ja die Analyse der Kriminaltechnik noch aus, ob es sich wirklich um dasselbe Brecheisen handelte, mit dem der Täter in die Wohnung der Siebenäugers eingedrungen war. Aber daran bestanden eigentlich kaum Zweifel, da an dem Fenster blaue Lackspuren gefunden worden waren und die Brechstange blau lackiert und zerkratzt war. Hautpartikel und diverse Fasern auf der Rückbank waren ebenfalls gesichert worden, rosafarben. Vermutlich gehörten die zum Schlafanzug von Amelie Siebenäuger.

Eine andere Idee schoss Helga in den Kopf. Es gab durchaus Täter, die nicht mit ihrer Schuld leben konnten, sich gleichzeitig aber nicht trauten, ein Geständnis abzulegen. Diese taten manchmal unbewusst Dinge, die dazu führten, dass sie erwischt wurden. Womöglich war das bei Fabians Bruder der Fall und er hatte die Beweismittel im Auto gelassen, weil er überführt werden wollte. Er könnte die Tat im Affekt begangen haben und nun seine Handlungen bereuen.

Allerdings kam hier eine Besonderheit hinzu. Es ging nicht nur um Mord, sondern auch um Kindesentführung. Wenn er seine Tat wirklich bedauerte, warum hatte er dann nicht sofort gestanden und ihnen vor allem verraten, wo er das Mädchen gefangen hielt oder aber, wo sie die Leiche finden konnten, um den Eltern Gewissheit zu geben? Stattdessen hatte er bestritten, dass das Stemmeisen ihm gehörte, und behauptet, er habe es noch nie zuvor gesehen. Das sprach nicht gerade für diese Überlegungen.

Auch Thomas war das alles seltsam vorgekommen. Im Kommissariat hatten er und Helga sich immer wieder das Überwachungsvideo angesehen, in der Hoffnung, doch irgendeinen Hinweis auf den Fahrer zu bekommen. Ohne Erfolg. Nur einmal hatte man die Hände am Lenkrad erkennen können und irgendwas hatte Helga an diesem Bild gestört. Sie hatte reingezoomt und jedes Pixel genauestens unter die Lupe genommen, bis sie hatte sagen können, was es war. Die Hände des Fahrers waren merkwürdig hell und wechselten am Arm die Farbe. Dann kam sie drauf: Handschuhe, es musste sich um Latexhandschuhe handeln. Das kam Helga ziemlich seltsam vor. Warum sollte Gerrit Prior in seinem eigenen Auto Handschuhe tragen? Während der Tat, klar, aber schon auf der Fahrt? Für sie passte das hinten und vorne nicht.

Seufzend nahm Helga die Fernbedienung und schaltete den Fernseher ein. Aus der Küche wehte bereits der Duft nach gebackenem Käse und Knoblauch herüber. Die Burritos mussten bald fertig sein und sie hatte noch keinen Film ausgesucht. Ohne lange zu überlegen, entschied sie sich für den vierstündigen *Snyder-Cut* des Films *Justice League,* den sie bei Amazon auslieh.

Als Mona mit den Burritos ins Wohnzimmer kam, drückte Helga auf Start und nahm ihrer Freundin einen Teller ab.

»Den kenn ich schon, der ist doch alt«, kommentierte Mona, als der Titelbildschirm erschien.

»Nein, den nicht«, sagte Helga. Während sie den Koriander von ihrem Burrito pulte, erklärte sie Mona die Hintergründe zum Director's Cut. Dieser war nur aufgrund von Protesten der Fans überhaupt veröffentlicht worden, nachdem die Produktionsfirma mit dem Ergebnis des Regisseurs Zack Snyder nicht zufrieden gewesen war und den Film in großen Teilen verändert hatte.

»Danke für die Info, du Quell unnützen Wissens«, antwortete Mona mit vollem Mund. »Dann bin ich ja mal gespannt, ob mir die Unterschiede zum Original überhaupt auffallen.«

»Werden sie, denn diese Version geht doppelt so lang, nämlich ganze vier Stunden.«

Von diesen vier Stunden bekam Helga nicht mal die Hälfte mit. Kaum dass sie ihren fettigen Burrito aufgegessen hatte, der trotz sorgfältigem Korianderpulen nach Seife schmeckte, verfiel sie in ein Fresskoma und nickte ein.

Erst kurz vor dem Abspann wurde sie vom Klingeln ihres Diensthandys geweckt. Eigentlich eher von Mona, die sie in die Seite stupste, damit sie aufstand und den Anruf entgegennahm.

»Mhh«, brummte sie noch nicht ganz wach in den Hörer. Es war beinahe halb zwei.

»Ebenfalls guten Morgen, Frau Kannengießer. Was ist denn das für eine Begrüßung?« Falls Thomas müde war, hörte man es ihm kein Stück an.

Helga rappelte sich auf dem Sofa hoch und dehnte ihren verspannten Nacken. Die Position, in der sie gelegen hatte, war überhaupt nicht gut gewesen und sie würde vermutlich mehrere Tage etwas davon spüren. So langsam wurde sie wohl alt. »Sorry, ich hab so gut wie nicht geschlafen«, murmelte sie.

»Dafür aber umso mehr geschnarcht«, witzelte Mona, woraufhin Helga mit dem Kissen nach ihr schlug.

Am Telefon lachte Thomas kurz auf. »Das passt zu dir. Aber genug der Späße. Wir müssen zu einem Tatort. Es wurde ein Toter in einer Privatwohnung entdeckt.«

»Dachte mir schon, dass du mich nicht angerufen hast, um zu überprüfen, ob ich mein Diensthandy auch eingeschaltet habe. Schickst du mir den Standort? Ich mache mir einen Kaffee für die Fahrt und bin gleich da.«

»Den Standort wirst du nicht brauchen. Kleyerstraße zwölf. Sagt dir das was?«

Helga rieb sich über die Augen. Für Ratespielchen war sie definitiv viel zu müde. Außerdem brauchte sie erst mal eine Zigarette, damit ihr Gehirn in Schwung kam.

»Ich geb dir einen Tipp«, sagte Thomas, da sie nicht antwortete. »Die liegt im Gallus.«

»Nicht dein Ernst!«, platzte es aus Helga heraus. An dieser Adresse waren sie erst gestern gewesen. Schlagartig war sie wach und sprang vom Sofa auf. »Ich bin gleich da. Fünfzehn Minuten.«

Ohne eine Antwort abzuwarten, legte sie auf und rannte in die Küche, um den Kaffeevollautomaten einzuschalten. Mit einer Zigarette im Mundwinkel wartete sie darauf, dass sich ihr Thermobecher füllte. Es kam ihr wie eine Ewigkeit vor, bis sie endlich den Deckel draufschrauben konnte, sich ihren Autoschlüssel schnappte und zu ihrem Käfer stürmte, nachdem sie sich von Mona verabschiedet hatte.

20. Kapitel

Hannelore stand an der Wohnungstür und spähte durch den Spion. Konrad war schon seit mehr als 20 Minuten weg. Dabei war er doch nur kurz zum Wasserhäuschen gegangen, um sich eine Packung Zigarillos und die Fernsehzeitung zu holen, die sie heute bei ihrem Wocheneinkauf vergessen hatten. Wo blieb er denn bloß? Sie wollten noch eine Folge *Tatort* schauen und dann ins Bett gehen. In ihrer Vorstellung malte sie sich aus, wie sie zum Gespött ihrer Freundinnen wurde, weil ihr Mann »nur mal eben Zigaretten holen« war und nie wiederkam, da hörte sie das Geräusch der Aufzugtüren.

Sie war drauf und dran, die Tür zu öffnen und ihrem Mann eine Standpauke zu halten, warum er denn so lange gebraucht hatte, da sah sie, dass nicht Konrad, sondern der Nachbar den Flur entlangkam. Wobei man hier nicht von *kommen* sprechen konnte, er torkelte vielmehr von einer Wand zur anderen, wo er sich immer wieder abstützte, um nicht umzufallen. Dann stieß er sich ab, machte ein paar Schritte und das ganze Spiel ging von vorn los. Augenscheinlich war er sturzbetrunken.

Missbilligend schüttelte Hannelore den Kopf. Als sie diese altersgerechte Neubauwohnung von ihren Ersparnissen gekauft hatten, war sie davon ausgegangen, dass sie in ein gesittetes Umfeld zogen, schon allein wegen des horrenden Preises. Da hatte sie sich wohl getäuscht.

»Aber Lörchen«, würde Konrad jetzt sagen. »Es trinkt doch jeder mal einen über den Durst.«

Nein! Sie nicht und auch ihr Konrad nicht, solange sie an seiner Seite war. Hannelore hatte in ihren gesamten 72 Lebensjahren niemals die Kontrolle über sich verloren.

Der Nachbar erreichte endlich seine Wohnung, torkelte hinein und schlug die Tür hinter sich zu. Da man in diesem Neubau wohl in alles investiert hatte, außer in Schallschutz, konnte Hannelore verfolgen, wie der Mann seine Diele entlangpolterte und ins Bad ging. Immerhin bekam sie nicht mit, welches Geschäft er dort erledigte oder ob er sich lautstark übergab. Das hätte noch gefehlt, wären die Wohnungen derart hellhörig gewesen.

Endlich kam auch Konrad mit der Fernsehzeitung und den Zigarillos zurück. Dank des Nachbarn hatte Hannelore ihren Ärger über ihren Mann längst vergessen. Während Konrad auf dem Balkon rauchte, machte sie ihnen ein Tablett mit Knabbereien zurecht: ein paar Cracker, Käsewürfel, Gewürzgurken, dazu für jeden ein Glas Grüner Veltliner.

»Hast du dieses Videothekending schon eingeschaltet?«, rief sie ins Wohnzimmer, da sie die Balkontür gehört hatte.

»Mediathek heißt es und es ist automatisch da, sobald der Fernseher läuft«, erklärte Konrad ihr.

Hannelore trug das Tablett ins Wohnzimmer und stellte es auf dem Couchtisch ab. »Ach, du weißt doch, dass ich von diesem modernen Zeugs nichts verstehe.« Anfangs hatte sie sich regelrecht dagegen gewehrt, als ihr Sohn ihnen diesen neuen Smartfernseher angedreht hatte. Erst als sie verstand, dass man irgendwie über das Internet jederzeit sämtliche alten Tatortfolgen schauen konnte, hatte sie sich überzeugen lassen. Allerdings musste Konrad sich darum kümmern, die einzuschalten, sie bekam das nicht hin.

Es war kaum die Titelmusik erklungen und das erste Käsestück in Hannelores Mund gelandet, als in der Nachbarwohnung erneut der Radau losging. »Das gibt's doch nicht«, fauchte sie und verschluckte sich dabei beinahe an dem Käse.

»Viertel vor zehn am Samstag«, versuchte Konrad sie zu beschwichtigen. »Reg dich nicht darüber auf, sondern lass uns den Film genießen.«

Hannelore hatte nicht wenig Lust, nach drüben zu gehen, zu klingeln und dem Nachbarn ihre Meinung zu geigen, ließ es Konrad zuliebe aber sein. Mit der Zeit wurde es auch ruhiger, wobei es zwischendurch immer mal wieder so klang, als würde der alleinstehende Mann seine komplette Wohnung auseinandernehmen.

Nach dem Tatort, der für Hannelores Empfinden nur mittelmäßig gewesen war, gingen die beiden ins Bett. Konrad schlief wie immer sofort ein, während Hannelore der Wein und die Cracker im Magen rumorten. Gegen zwölf stand sie auf und ging ins Bad. In der Wohnung nebenan dröhnte ein Geräusch, das klang wie der Staubsauger.

»Jetzt reicht es mir aber«, schimpfte sie, während sie die Klospülung drückte. Das hier waren zwar Eigentumswohnungen, aber das bedeutete noch lange nicht, dass man zu jeder Tages- und Nachtzeit tun konnte, wonach einem der Sinn stand. Es gab gewisse Regeln, an die man sich zu halten hatte.

Sie stapfte zurück ins Schlafzimmer, um Konrad dazu zu bewegen, rüberzugehen und dem Getöse ein Ende zu setzen. Der befand sich allerdings bereits im Tiefschlaf, und wenn es erst einmal so weit war, dann konnte ein Atomkrieg ausbrechen, ihr Mann würde nicht aufwachen.

Sie erinnerte sich noch, als sie einmal ihren Schlüssel vergessen hatte und deswegen klingeln musste. Eine ganze Stunde hatte sie vor der Tür gestanden, weil er einfach nicht aufgemacht hatte. Im Traum hätte er das Klingeln schon gehört, es aber für das Hupen eines Lkw gehalten, hatte er damals als Entschuldigung gesagt.

»Selbst ist die Frau!« Hannelore warf sich ihren Morgenmantel über, atmete noch einmal tief durch, denn etwas mulmig war ihr schon, und ging auf den Hausflur. Vor der Wohnungstür des Nachbarn wurde das Brummen lauter. Hannelore zögerte nicht lange und presste ihren Finger dreimal hintereinander heftig auf die Klingel. Der Typ sollte schon mitbekommen, wie erbost sie war.

Drinnen verstummte das Geräusch des Staubsaugers, allerdings kam niemand an die Tür. Hannelore klingelte erneut, wieder dreimal. Je länger er sie hier stehen ließ, desto wütender wurde sie. Wollte er sie etwa für dumm verkaufen und so tun, als wäre er gar nicht zu Hause? Sie war vielleicht nicht mehr die Jüngste, aber schwachsinnig war sie noch lange nicht.

Die Tür wurde weiterhin nicht geöffnet, in der Wohnung war es nun ganz still. So langsam verlor sie die

Geduld. Vermutlich wäre es am besten, wenn sie einfach die Polizei rief, die diesen Sperenzien ein Ende bereiten würde. Dafür wäre es aber von Vorteil, dass der Lärm noch da war, wenn die Beamten hier eintrafen. Sie war wohl doch etwas voreilig gewesen.

Sie entschied sich, es bei einer vorläufigen Warnung zu belassen. »Hören Sie, ich weiß, dass Sie da sind«, rief sie, den Mund dicht am Türblatt. »Wenn der Radau nicht sofort aufhört, rufe ich die Polizei, haben Sie verstanden?«

Hannelore überlegte, was sie Effektvolles hinterherschicken konnte, aber ihr fiel nichts ein. Sie blieb noch einen Moment ganz still im Hausflur stehen, um abzuwarten, ob das Getöse womöglich wieder von vorn losging, doch es herrschte nun Ruhe. Gerade, als sie zurück in ihre Wohnung gehen wollte, wurde die Tür aufgerissen. Perplex machte sie einen Schritt nach hinten, als eine Gestalt aus der dunklen Diele der Nachbarwohnung gestürmt kam. Hannelore wurde an der Schulter angerempelt und zur Seite geworfen. Gerade eben schaffte sie es, sich am Türrahmen festzukrallen, um nicht zu stürzen. Als sie sich umschaute, um die Person zurechtzuweisen, war die bereits verschwunden.

War das der Nachbar gewesen? Sie hatte nicht viel erkennen können, aber wenn sie nicht alles täuschte, hatte der eine völlig andere Statur. Er war größer, breiter. Eigentlich ein Kerl, mit dem man sich nicht ohne Weiteres anlegte, wenn man nicht so mutig war wie Hannelore. Sie war der festen Überzeugung, dass man den Leuten nur mit genug Selbstbewusstsein entgegentreten musste, um nicht angegangen zu werden.

»Hallo, sind Sie da?«, rief sie in die Wohnung hinein, die in völliger Stille und Dunkelheit vor ihr lag. Ein seltsamer Geruch strömte ihr entgegen. Sie begann zu grübeln. Hatte es sich bei der Gestalt womöglich um einen Einbrecher gehandelt? Aber warum sollte der mitten in der Nacht mit dem Staubsauger herumhantieren?

Eigentlich konnte es ihr egal sein, aber ihr Pflichtbewusstsein sagte ihr, dass sie zumindest einen Blick in die Wohnung werfen sollte. Falls es irgendwie danach aussah, als wäre eingebrochen worden, würde sie die Polizei rufen.

»Ist jemand zu Hause? Ich bin Ihre Nachbarin von nebenan«, rief sie und ihre Stimme klang nicht mehr ganz so selbstbewusst. Sie setzte einen Fuß über die Schwelle und schaltete das Licht ein.

Am anderen Ende der Diele befand sich das Wohnzimmer. In dem schmalen Lichtstreifen, der nun hineinfiel, lag etwas auf dem Boden. Langsam näherte sie sich. Als ihr klar wurde, worum es sich handelte, schrie sie auf und verließ, so schnell sie konnte, die Wohnung. Das da drin war eindeutig ein Toter!

21. Kapitel

15 Jahre zuvor

Alex stand wieder mal verloren in der Küche und klammerte sich an ihren Wodka. Dieses Mal hatte sie die Mischung stärker gemacht, egal wie sehr der Alkohol in ihrem Mund brannte. So langsam war ihr die Lust auf die Party endgültig vergangen. Wenn sie doch nur ihr Handy mitgenommen hätte, könnte sie jetzt wenigstens Sina anrufen und sie zum Gehen überreden können. Leider hatte sie das Gerät ausgeschaltet und bei ihrer Freundin zu Hause gelassen, für den Fall, dass ihre Mutter anrief. Morgen würde sie dann einfach behaupten, dass der Akku leer gewesen war.

Sie stützte sich mit den Ellenbogen auf der Kücheninsel ab und starrte nach draußen, wo der Pool blaues Licht spendete. Sina war nirgends zu sehen. Wo steckte die dämliche Kuh denn bloß? Das Haus war groß, der Garten noch größer, aber irgendwo musste sie doch aufzutreiben sein. Frustriert leerte Alex ihr Glas und schenkte sich gleich noch eins ein.

Einer der Abiturienten, den sie nur vom Sehen kannte, stellte sich neben sie. Es war derjenige, der ihr vorhin das Zeug vom Tisch angeboten hatte. »Na, was ziehst du für ein Gesicht?«, fragte er. »Das hier ist ’ne Party und keine Trauerfeier.« Er lachte und legte den Arm auf ihre Schulter. Dabei lehnte er sich nach hinten und Alex wusste genau, dass er auf ihren Hintern schielte, der kurz davor war, unter dem Rocksaum hervorzublitzen.

Obwohl es ihr unangenehm war, dass dieser fremde Typ ihr so nahekam, fühlte sie sich gleichzeitig geschmeichelt. Sie wünschte sich, Gerrit würde in diesem Moment herüberschauen, damit er sah, dass sie eben doch interessant war.

»Na ja, irgendwie ist es ein bisschen lame hier«, sagte sie und nahm einen Schluck Wodka, bemüht, cool zu wirken und nicht das Gesicht zu verziehen.

»Lame? Lass das mal nicht die Kaddi hören, die hat extra ihre Eltern ausquartiert, damit das hier das Event des Jahres wird. Daran werden wir uns noch in zwanzig Jahren erinnern.« Er zog sie näher an sich heran, sodass sie das Deo unter seinen Achseln riechen konnte, und zeigte auf den Wohnzimmertisch. »Wenn du willst, nimm dir noch ’ne Nase Pep, dann kommst du in Stimmung.«

Jetzt wusste Alex zumindest, was sie sich da vorhin reingezogen hatte. Außerdem hatte sie die offizielle Erlaubnis erhalten, sich Nachschub zu holen. »Warum nicht«, sagte sie und löste sich von ihm, um ins Wohnzimmer zu gehen. Er blieb dicht hinter ihr und legte seine Hände auf ihre Schultern. Die Musik war mittlerweile lauter, Rihannas *»Don’t Stop the Music«* dröhnte aus den Boxen und einige der Anwesenden tanzten dazu.

Alex wiegte die Hüften beim Gehen, das war einer ihrer Lieblingssongs und sogar ihr Klingelton. Der Kerl hinter ihr stieg mit in die Bewegung ein, drehte sie dann zu sich um und zog sie an sich ran.

»Hey«, entfuhr es ihr, denn das war ihr doch etwas zu viel.

Der Typ ignorierte es und umfasste ihre Taille. In diesem Moment entdeckte Alex Gerrit, der sie genau anschaute. Deshalb ließ sie es nicht nur geschehen, sondern setzte ein strahlendes Lächeln auf.

»Ich bin übrigens Lutz«, sagte der Kerl, der seinen Unterleib an ihren presste und zum Takt hin- und herschwang.

»Alex«, sagte sie und musste sich zusammenreißen, nicht vor ihm zurückzuweichen. So langsam ging er ihr doch zu weit und bloß, um Gerrit ein wenig eifersüchtig zu machen – falls er es überhaupt war – musste sie sich ja nicht gleich befummeln lassen.

Sie wollte sich gerade von dem Kerl lösen, da kam Gerrit tatsächlich zu ihnen rüber und umfasste ihren Oberarm. »Sorry, ich löse dich mal ab«, sagte er an Luke – oder wie auch immer dieser Typ hieß, Alex hatte es schon vergessen – gewandt. Der sah angefressen aus, verzog sich aber ohne Widerworte.

Alex nutzte die Gelegenheit und schlang ihre Arme um Gerrits Hals. Immerhin tanzten sie hier nur, da konnte ja keiner was sagen.

»Was machst du denn da?«, fragte Gerrit. »Du bist völlig betrunken und wirfst dich hier irgendwelchen Kerlen an den Hals. Dafür bist du viel zu jung, Alex.«

»Ach, Unsinn. Kein bisschen betrunken«, murmelte Alex im Gefühlsrausch, merkte aber gleichzeitig, wie schwer es ihr fiel, nicht zu lallen. Doch das war egal, Gerrit war hier, so nah, dass sie ihn küssen könnte, wenn sie sich nur auf die Zehenspitzen stellte. Außerdem brauchte er gar nicht so zu tun, als wäre er nicht selbst stockbesoffen. Er schwankte sogar ein bisschen.

Aus dem Augenwinkel bemerkte Alex die Gastgeberin Katrin Rauh, die mit Gerrits Freundin an der offenen Schiebetür zum Garten stand und zu ihnen herüberschaute. Die beiden tuschelten und Gerrits Freundin schien nicht begeistert zu sein.

»Halt dich einfach von den anderen Jungs fern, okay? Ich will nicht, dass du heute irgendwas machst, das du morgen bitter bereust. Am besten wäre es eh, du würdest nach Hause gehen. Es ist schon ziemlich spät.«

»Mhh«, brummte Alex. Mittlerweile gesellte sich dieser Luke zu Katrin, die er vorhin so plump Kaddi genannt hatte, und Gerrits Freundin. Alle drei unterhielten sich nun augenscheinlich über Alex, denn sie schauten immer wieder zu ihr rüber.

Das Lied war zu Ende und Gerrit löste sich von ihr. Die Wärme, die von seiner Hand auf ihrem Oberarm zurückblieb, machte den Verlust noch deutlicher. »Ich bekomme noch Ärger mit Mareike, wenn wir hier weitermachen. Pass einfach auf dich auf, okay? Und überleg dir wirklich, ob du nicht besser nach Hause gehst.«

Damit drehte er sich um, ging zu seiner gertenschlanken und wunderschönen Mareike und ließ Alex sich fühlen wie ein hässliches Entlein. Am liebsten hätte sie losgeheult. Dieser bescheuerte Alkohol entfaltete immer mehr seine Wirkung und ihr war übel. Gerrit hatte recht, sie sollte besser gehen. Frische Luft schnappen, runterkommen, nüchtern werden. Vielleicht würde sie einfach zu Sina nach Hause laufen und dort auf sie warten.

Als könnte dieser Luke Gedanken lesen, kam er zu ihr rüber. »Hey, du siehst echt nicht so gut aus. Soll ich dich vielleicht nach Hause fahren? Ich wollte eh gerade mit Maxim los an die Tanke, Energy-Nachschub holen und du hättest die Gelegenheit, mal in so einem richtig schicken Audi A3 Sportback mit satten 160 PS zu fahren.«

Alex schluckte und bemühte sich, ihrer Stimme einen festen Klang zu geben. »Ja, das wäre toll. Danke dir, Luke.«

»Ich heiße Lutz, nicht Luke. Aber egal. Komm, wir gehen.« Er nahm sie am Arm und führte sie in Richtung Haustür. Sie lächelte, obwohl ihr eher zum Heulen zumute war. Dieser Abend war einfach der komplette Reinfall.

22. Kapitel

Anders als bei ihrem letzten Besuch im Gallus parkte Helga dieses Mal nicht im Parkhaus, sondern stellte ihren Käfer direkt an der Straße in zweiter Reihe ab. Die Einfahrt zum hinteren Teil des Gebäudekomplexes war blockiert von einem Rettungs- und zwei Streifenwagen und auch die Fahrzeuge der Spurensicherung sowie des Bestatters standen in der Nähe. Das Blaulicht wurde von den weißen Fassaden reflektiert und verlieh der Umgebung eine gespenstische Atmosphäre. Auf mehreren Balkonen standen Nachbarn herum, vermutlich in der Hoffnung, hautnah etwas von dem Drama mitzubekommen, das sich offensichtlich hinter den Wänden eines der Wohnhäuser abspielte.

Hätten sie sich vorher dafür interessiert, was sich so in ihrer Nachbarschaft tut, könnte Bobrow noch leben, dachte Helga frustriert. Die Leute wurden immer erst aufmerksam, wenn es zu spät war.

Wenn Bobrow wirklich derjenige war, der Amelie Siebenäuger entführt hatte, dann waren ihre Ermittlungen gerade um einiges komplizierter geworden. Hatte er sich selbst umgebracht, weil das Mädchen bereits tot war, oder handelte es sich bei der Leiche gar um Amelie Siebenäuger? Thomas hatte am Telefon nur von einem Toten gesprochen, kein Wort davon, was geschehen war. Allerdings hätte er es ihr sicherlich sofort gesagt, wenn es sich um eine Kinderleiche handelte.

Da sie ihren Kollegen nirgends entdeckte, schaute sie auf ihr Handy. Thomas hatte ihr geschrieben, dass er bereits drinnen war, also ging sie auf den Hauseingang zu, wo ein Streifenpolizist die Tür bewachte. Sie zeigte ihren Dienstausweis vor und wurde durchgelassen. Im Treppenhaus traf sie vor Bobrows Wohnung auf Thomas, der mit einer älteren Dame sprach. Anscheinend war es eine Nachbarin, denn sie trug einen Morgenmantel und Pantoffeln. Die bleiche Gesichtsfarbe und die rot geränderten Augen ließen darauf schließen, dass sie diejenige war, die die Leiche gefunden und die Polizei gerufen hatte.

Thomas bemerkte Helga, sagte noch etwas zu der Frau und kam dann zu ihr rüber.

»Warst du schon drin? Was ist passiert und wer ist der Tote?«, fragte Helga.

»Angesehen habe ich es mir noch nicht, damit wollte ich auf dich warten. Scheint aber ein ziemliches Schlachtfeld zu sein, wenn man den Kollegen Glauben schenkt. Bobrow wurde ganz schön zugerichtet.«

Helga atmete auf. So bestand zumindest noch die Chance, das Mädchen lebend zu finden, wenngleich die immer geringer wurde. »Dann wohl eher kein Suizid?«, entgegnete sie. Es war mehr eine Aussage als eine Frage, die Gering sogleich bestätigte, der gerade durch die Diele zum Hausflur kam.

»Ausgeschlossen, möchte ich meinen. Aber schauen Sie es sich am besten selbst an, ich möchte nicht zu viel vorwegnehmen.« Er zog die Latexhandschuhe aus und zupfte sich den Mundschutz herunter. »Fürs Erste bin ich durch. Wenn Sie nichts dagegen haben, warte ich hier draußen auf Sie und bringe Sie dann auf den aktuellen Stand, sobald Sie sich selbst ein Bild von der Szenerie gemacht haben.«

Helga und Thomas streiften sich die Schutzkleidung über und betraten die Wohnung. Im Gegensatz zu ihrem ersten Besuch wirkte es deutlich sauberer und aufgeräumter, als hätte Bobrow vor seinem Tod noch Ordnung gemacht. Am Ende der Diele stand sogar ein Akku-Staubsauger.

»Den hat die Nachbarin wohl gehört«, sagte Thomas mit einem Blick auf das Gerät. »Deshalb kam sie rüber, um Bobrow darauf aufmerksam zu machen, dass man bei den Papierwänden in dem Gebäude nicht unbedingt mitten in der Nacht saugen sollte.«

»Sie hat die Leiche gefunden?«, fragte Helga. »Wie kam sie in die Wohnung?«

»Wie gesagt, sie kam rüber, um sich über die nächtliche Ruhestörung zu beschweren. Es war wohl schon den gesamten Abend Lärm zu hören – vermutlich Bobrows Todeskampf. Als dann mitten in der Nacht der Staubsauger anging, reichte es ihr. Auf ihr Klingeln hat niemand geöffnet. Zu diesem Zeitpunkt war Bobrow mit ziemlicher Sicherheit schon tot. Der Täter war wohl noch drin und wollte seine Spuren beseitigen. Nachdem sie eine Weile ruhig vor der Tür stand, glaubte er wohl, sie wäre gegangen und machte die Tür auf. Als er sie entdeckte, stürmte er an ihr vorbei und ist geflüchtet.«

»Oh, sie hat ihn gesehen?«, fragte Helga hoffnungsvoll. Eine Augenzeugin würde ihnen die Ermittlungen ungemein erleichtern. »Haben wir eine Beschreibung, die für ein Phantombild reicht?«

Thomas schüttelte den Kopf. »Es ging alles viel zu schnell und die Zeugin war zu perplex. Sie hat natürlich erwartet, dass Bobrow ihr öffnen würde und als sie erkannte, dass er es nicht war, wurde sie schon angerempelt und weg war er.« Er setzte sich in Bewegung, um zum Wohnzimmer zu gehen, aus dem das grelle Licht der Strahler in die Diele drang.

Die Geister der Spurensicherung wuselten in ihren weißen Schutzanzügen durch den Raum und machten ihre Arbeit, während Helga und Thomas zu dem mit einer Plane bedeckten Leichnam gingen. Ohne lange zu zögern, zupfte Helga die Abdeckung herunter.

Bobrow lag auf dem Rücken und starrte mit toten Augen an die Decke. Sein Gesicht hatte offenbar mehrere Schläge abbekommen, in seinem offenen Mund waren abgebrochene Zähne zu erkennen und die Jochbeine wirkten eingedellt, außerdem stand die Nase schief.

»Abwehrverletzungen an den Händen, die Finger sind mehrfach gebrochen«, sagte Gering, woraufhin Helga und Thomas vor Schreck zusammenzuckten.

»Ich dachte, Sie wollten draußen warten«, murmelte Helga und atmete tief durch, um ihren Herzschlag zu beruhigen. Sie war so auf den Leichnam fokussiert gewesen, dass sie den Rechtsmediziner nicht hatte kommen hören.

»Tut mir leid, aber ich bin hundemüde und wollte lieber doch nicht warten. Also, ich gehe davon aus, dass er mit einem harten Gegenstand niedergeschlagen wurde, denn er weist am Hinterkopf eine große Platzwunde auf. Der Täter hat ihn mit dem Angriff vermutlich überrascht.«

»Also hat er ihm aufgelauert oder es war jemand, von dem Bobrow nicht erwartet hat, angegriffen zu werden«, mutmaßte Helga.

Gering nickte, zuckte aber gleichzeitig mit den Achseln.

»Ja, ich weiß schon, die Interpretation ist unsere Sache.«

»Jedenfalls ging das Opfer zu Boden, und als es da lag, nun ja, Sie sehen es ja. Das Opfer hat versucht, die Attacken mit den Händen abzuwehren, aber keine Chance. Vermutlich war er noch benommen vom ersten Schlag.«

»Ist die Gewalt gegen den Kopf die vermutete Todesursache?«, fragte Thomas, der von seiner Position aus wohl nicht die Blutlache sah, die sich unter der Abdeckung ausbreitete. Bei der Menge bezweifelte Helga, dass es aus den Kopfverletzungen des Toten stammte.

Gering schüttelte den Kopf. »In der Folge wären die Traumata ohne intensivmedizinische Versorgung sicherlich tödlich gewesen, aber das Opfer ist verblutet, der Körpertemperatur nach vor weniger als zwei Stunden.« Er beugte sich vor und zog die Plane noch ein wenig weiter herunter, sodass nicht nur das Ausmaß der Blutlache sichtbar wurde, sondern auch die Ursache.

Bobrows Unterleib war offenbar mit einem scharfen Gegenstand traktiert worden. Dort, wo ursprünglich sein Geschlechtsteil sein sollte, war nichts weiter als eine rote, fleischige Masse zu sehen. Der Oberkörper war ebenfalls mit Schnittwunden übersät, die Wundränder klafften weit auseinander und gaben den Blick auf

Fettgewebe und Muskelfasern frei. An manchen Stellen schimmerten die Rippen durch.

»Das sieht für mich nach einer sehr persönlichen Rechnung aus, die hier beglichen wurde«, sagte Thomas mit belegter Stimme. Als Mann konnte er vermutlich gerade physisch nachempfinden, was Bobrow vor seinem Tod erlitten hatte. »Der Täter wollte Bobrow nicht einfach nur töten, er wollte ihm vorher so viele Schmerzen wie möglich zufügen. Das hier scheint persönlich zu sein.«

»Glaubst du, Siebenäuger könnte die Tat aus Rache begangen haben, weil er davon überzeugt war, dass Bobrow seine Tochter entführt hat?«, sprach Helga den ersten Gedanken aus, der ihr in den Kopf kam.

»Das wäre aber ziemlich dumm, solange das Mädchen nicht wieder aufgetaucht ist. Wenn Bobrow sie wirklich versteckt hält, kann er uns jetzt nicht mehr sagen, wo.«

»Vielleicht wollte er es aus ihm rausprügeln. Bobrow könnte nach einer Weile das Bewusstsein verloren haben und Siebenäuger dachte, er wäre tot und hat ihn dann so zugerichtet.«

»Aber hier steht doch das Leben seiner Tochter auf dem Spiel. Da sollte man meinen, dass er kooperativ ist«, sagte Thomas.

»Wenn Sie mich nicht mehr brauchen, würde ich mich jetzt verabschieden«, sagte Gering und gähnte ausgiebig.

»Schlafen Sie gut, Herr Doktor. Wir sehen uns bei der Obduktion«, sagte Thomas und wandte sich wieder an Helga. »Möglicherweise hat Siebenäuger aus Bobrow rausgeprügelt, dass der seine Tochter längst umgebracht hat und sich dafür dann mit den Verstümmelungen gerächt.«

»Aber wie passt das Auto von Fabians Bruder da rein?« Plötzlich fiel Helga etwas ein, das Bobrow bei seiner Befragung gesagt hatte. »Bin gleich wieder da«, sagte sie und ging in die Diele, wo sie sich die Haustür genauer anschaute. Das Schloss war unversehrt und auch sonst waren an der Zarge oder dem Türblatt keine Aufbruchsspuren zu erkennen.

Sie nahm ihr Handy und notierte sich, dass sie bei dem Schlüsseldienst, den Bobrow am Abend der Party gerufen hatte, nachfragen musste, ob sie das Schloss ausgetauscht hatten. Möglicherweise hatte der Täter den Schlüssel auf der Feier gestohlen, um sich so Zutritt zur Wohnung von Bobrow zu verschaffen. Das wäre aber nur möglich, wenn das Schloss nach dem Öffnen der Wohnung nicht erneuert worden war. Andernfalls hatte Bobrow seinen Mörder hereingelassen, was angesichts der Tatzeit dafür sprach, dass er ihn gekannt hatte.

Auf dem Rückweg sprang Helga etwas ins Auge, das ihr bei ihrer Ankunft noch nicht aufgefallen war. Direkt neben dem Staubsauger stand eine gelbe Nummerntafel der Spurensicherung. Etwas daran irritierte Helga und sie rief nach Thomas, der zu ihr in die Diele kam.

»Was gibt's?«, fragte er und folgte ihrem Blick. »Ach, sieh mal einer an. Das habe ich vorhin völlig übersehen. Wenn das mal nicht ein perfekter ...«

»Und du wunderst dich gar nicht darüber?«, unterbrach Helga ihn.

»Nun ja, manchmal haben auch Ermittler ein bisschen Glück«, sagte Thomas. Er schien nicht zu verstehen, worauf sie hinauswollte.

»Wenn der Täter so versessen darauf war, sämtliche Spuren zu verwischen, dass er sogar mitten in der Nacht angefangen hat zu saugen«, erklärte sie, wobei sie sich immer noch über dieses auffällige Vorgehen wunderte, »warum war er dann plötzlich so nachlässig, das hier zurückzulassen?«

23. Kapitel

Nervös wartete Gerrit darauf, dass Mareike ihm die Tür öffnete. Es dauerte schon so lange, dass er überlegte, ein zweites Mal zu klingeln, aber er wollte nicht unhöflich sein. Wenn sie nicht zu Hause war, würde es ohnehin nichts bringen, und falls er sie gerade bei irgendwas störte, käme er nur aufdringlich rüber. Wahrscheinlich war der Besuch bei ihr sowieso eine bescheuerte Idee gewesen. Was erhoffte er sich denn? Das Einzige, was dabei rauskommen würde, war, dass er wie ein Idiot dastand.

Ja, hallo Mareike, ich wollte da mal mit dir reden. Jemand will mir was anhängen und ich muss mich irgendwo ausheulen, da bist du mir als Erstes eingefallen.

Auch wenn er wusste, dass dem so war, klang es sogar in seinen Ohren völlig verrückt. Warum hatte er das gestern Abend für eine gute Idee gehalten und geglaubt, sie könnte es für bare Münze nehmen?

Er zupfte seine Jeansjacke zurecht, die er angezogen hatte, da es heute bedeckt war. Gerade wollte er sich umdrehen, um nach Hause zu fahren, und sich mit seinen düsteren Gedanken allein auf die Couch zu verziehen, da knackte es in der Sprechanlage.

»Gerrit? Was machst du denn hier?«, fragte Mareike, die offensichtlich eine Klingel mit Kameraanlage hatte.

»Ehrlich gesagt, weiß ich das auch nicht«, antwortete er und beide schwiegen für einen Moment. Diese unbehagliche Stille sorgte dafür, dass er sich noch bescheuerter vorkam.

»Also, willst du reinkommen, oder was?«

Gerrit nickte und Mareike betätigte den Türsummer. Er betrat das Treppenhaus. Wenn Nicole das wüsste, würde sie vor Eifersucht platzen, sofern er ihr noch irgendwas bedeutete. Sie waren einmal zufällig im Supermarkt auf eine seiner Ex-Freundinnen getroffen, mit der Gerrit sich ein wenig unterhalten hatte. Nicole hatte ihn daraufhin stehen gelassen und war allein mit dem Wagen nach Hause gefahren. Sonst war sie eher nicht der eifersüchtige Typ, aber wenn es um Ex-Freundinnen ging, konnte sie zur Furie werden.

Als Mareike ihm die Wohnungstür öffnete, dachte Gerrit, dass dieses Verhalten von Nicole vielleicht ein wenig seine Berechtigung hatte. Nicht bei der Ex im Supermarkt, aber bei Mareike schon eher.

Wenn er sie so vor sich sah, in dem XL-Shirt, das beinahe so lang war wie die Shorts, die sie trug, wurde ihm ganz anders. Ihre langen Beine, die er schon damals als Jugendlicher so bewundert hatte, waren noch immer schlank. Allerdings nicht rappeldürr, sondern trainiert und dazu braun gebrannt. Der Hautton stand jedoch gänzlich im Kontrast zu ihrer Gesichtsfarbe, die eher grau wirkte, als sei ihr wegen irgendwas übel. Vielleicht lag das aber auch nur daran, dass sie im Gegensatz zur Party oder gestern Morgen, als sie bei ihm aufgekreuzt war, kein Make-up trug. Ihrer Schönheit tat dies keinen Abbruch. Gerrit wusste, warum er damals mit ihr zusammen gewesen war und er bedauerte ein klein wenig, dass sie sich nach der Abschlussfeier auseinandergelebt hatten, wenn man in dem Alter überhaupt von so etwas sprechen konnte.

»Willst du nur im Hausflur stehen und Löcher in die Luft starren? Ich nehme an, du bist aus einem bestimmten Grund hier«, sagte sie, da er noch keine Anstalten gemacht hatte, einzutreten.

»Ach, sorry. Klar. Kann ich reinkommen? Hab ich dich geweckt oder so? Du siehst müde aus.«

Was stammelst du hier eigentlich rum wie so ein Idiot?

»Meine Güte«, sagte sie kopfschüttelnd. »Da trägt man als Frau einmal keine Farbe im Gesicht und schon kommen die besorgten Rückfragen. Oje, du siehst aber kränklich aus. Geht es dir nicht gut? Bla, bla, bla.«

Na wunderbar. War er wirklich so lange in einer Beziehung gewesen, dass er gänzlich verlernt hatte, mit normalen Frauen umzugehen? Nicht, dass Nicole nicht normal wäre, aber irgendwie war sie ihm immer unkomplizierter als andere Frauen vorgekommen. »Ich wollte nicht ... das war ... tut mir leid, wenn das jetzt so rüberkam, als würdest du nicht gut aussehen«, versuchte er, die Situation zu retten. Sonst war er doch auch nicht auf den Mund gefallen, warum war das jetzt nur so schwer? Lag es an Mareike?

»Jaja, schon gut. Muss ich dich reintragen oder kommst du von allein?« Sie trat demonstrativ noch mehr zur Seite und Gerrit ging an ihr vorbei in die Diele.

»Da vorn rechts ist das Wohnzimmer, setz dich doch schon mal«, sagte Mareike und trat selbst in eine der linken Türen. »Kaffee? Du hast mich nämlich tatsächlich geweckt. Hab vor dem Fernseher ein Mittagsschläfchen gemacht.«

»Gern. Schwarz, bitte«, rief er ihr zu und schaute sich um. Auf der Feier am Freitag hatten sie nicht lange miteinander sprechen können, aber er hatte immerhin erfahren, dass sie aktuell keine Beziehung führte. Bereits bei der Einladung hatte er ihr erzählt, dass er sich frisch getrennt hatte. Eigentlich hatte er sich vorgenommen, es nicht an die große Glocke zu hängen, schon gar nicht auf der Party, aber bei Mareike hatte er irgendwie das Gefühl gehabt, es ihr sagen zu können. Sie würde nicht hämisch darauf reagieren und ihn als Versager ansehen, sondern vielleicht etwas Mitgefühl zeigen, denn Mareike war ein guter Mensch.

Wäre die Sache damals nicht passiert, wer weiß, vielleicht wäre ich heute mit ihr verheiratet, dachte er.

Auf jeden Fall war er neugierig, ob sie Kinder hatte, konnte aber keinerlei Hinweise darauf entdecken. Überhaupt war ihr Wohnzimmer recht nüchtern eingerichtet, so gar nicht, wie er es von einer alleinstehenden Frau erwartet hätte. Deko gab es so gut wie keine, keinerlei Schnickschnack in den Regalen, nur ein paar Bücher, eine Musikanlage, ein gerahmtes Foto von einem einsamen Strand mit Palmen, vermutlich selbst geschossen. Außerdem ein großer Fernseher, auf dem irgendein Sonntagmittagprogramm vor sich hin flackerte.

Er setzte sich auf die Couch auf die Stelle, wo Mareike eben noch gelegen haben musste, denn das Polster war noch ganz warm. Einen Moment war er versucht, sich nach unten zu beugen und ihren Geruch einzuatmen, riss sich aber zusammen. Wie verzweifelt war er eigentlich? Nicole hatte ihn zwar verlassen, aber da musste er ja nicht anfangen, sich der Nächstbesten an den Hals zu schmeißen, nur weil er sich einsam fühlte. Wobei Mareike nicht die Nächstbeste war. Zum Glück kam sie kurz darauf mit zwei Tassen in der Hand herein und beendete so seine Überlegungen.

Sie stellte sie auf dem Tisch ab und setzte sich ans andere Ende der Couch. »Was verschafft mir die Ehre deines Besuchs?«, fragte sie. »Du bist bestimmt nicht hergekommen, um die alte Freundschaft wieder aufleben zu lassen, oder?«

Gerrit trank einen Schluck von dem noch viel zu heißen Kaffee. »Eigentlich wollte ich nicht mit der Tür ins Haus fallen, aber wenn du darauf bestehst. Es ist etwas passiert.«

»Ja, das habe ich mitbekommen. Ich war gestern Morgen bei dir, um dir davon zu erzählen. Warst du echt so im Delirium, dass du das vergessen hast?«

»Das meine ich nicht. Bei mir war gestern eine Durchsuchung. Die Kripo hat mein Auto gefilzt, weil eine Nachbarin es in der Nähe von Lutz' Wohnung gesehen hat.«

Mareike lachte, als habe er einen Witz gemacht. Dann schien sie zu verstehen, dass es keiner war, und ihre Miene wurde ernst. »Aber du warst doch zu Hause mit Magen-Darm, oder? Wie kam es dann dorthin?«

Gerrit zuckte übertrieben mit den Schultern. »Wenn ich das nur wüsste.«

»Merkwürdig. Aber bestimmt musst du dir keine Sorgen machen. Ich meine, das ist ja noch lange kein

Beweis dafür, dass du etwas mit diesem fürchterlichen Mord an der Babysitterin und der Entführung von Lutz' Tochter zu tun hast.« Sie nippte ebenfalls an ihrem Kaffee, der mit reichlich Milchschaum bedeckt war.

»Ich wünschte, es wäre so. Bei der Durchsuchung wurde außerdem etwas gefunden, das für die Kripo interessant war«, gestand Gerrit, obwohl er ihre Zuversicht nur zu gern teilen würde.

Mareike schaute ihn mit hochgezogenen Augenbrauen an, der Kaffee, den sie gerade getrunken hatte, verweilte in ihrem Mund, als wäre es ihr unmöglich, ihn zu schlucken.

»Ja, wirklich«, beantwortete Gerrit ihre ungestellte Frage. »Etwas, das mein Auto zweifelsfrei mit dem Tatort verbinden könnte.«

Wow, dachte er, *ich rede schon wie mein Bruder.* Das kam davon, wenn man einen Polizisten in der Familie hatte. Fehlte nur noch, dass er jetzt von Indizien anfing und darauf bestand, dass die in seinem Kofferraum gefundenen Gegenstände keine Be-, sondern eben nur Hinweise waren, die dennoch zu einer Verurteilung führen konnten. Als würde ein normaler Mensch diesen Unterschied verstehen, geschweige denn ihn in der Alltagssprache anwenden. Juristisch gesehen mochte das zwar korrekt sein, allerdings ging es an der Lebenswirklichkeit vorbei.

Mareike schien sich wieder einigermaßen gefangen zu haben und hatte den Kaffee mittlerweile geschluckt. »Darf ich fragen, was sie gefunden haben?«

Einen Moment überlegte Gerrit, ob er es ihr verraten sollte, entschied sich aber dagegen. Bestimmt war es nicht klug, solche Details über die Ermittlungen gegen ihn auszuplaudern. Eigentlich war es schon leichtsinnig, hierherzukommen und sich darüber auszulassen, aber es tat gut, mit jemandem zu sprechen und nicht alles mit sich allein ausmachen zu müssen. »Besser nicht«, sagte er. »Auf jeden Fall sieht es für mich ganz danach aus, als hätte da jemand Lutz auf dem Kieker und wollte es mir anhängen.«

Beide schwiegen einen Moment, den Blick stur in ihre Tassen gerichtet, als könnten sie der dunklen Flüssigkeit ein Geheimnis entlocken.

»Das ergibt doch überhaupt keinen Sinn. Warum denn? Und warum du? Wie sollte die Person denn an dein Auto gekommen sein?«, sprach Mareike schließlich das aus, was Gerrit die halbe Nacht um den Schlaf gebracht hatte.

»Tja, keine Ahnung. Darüber zerbreche ich mir auch den Kopf, aber ich finde einfach keine Antwort. Wer auch immer dahintersteckt, er muss von dem Jahrgangstreffen gewusst und einkalkuliert haben, dass ich nicht mit dem Auto hinfahre. Ich meine, wer lässt sich bei so einer Gelegenheit denn nicht volllaufen?«

»Nur dass du schon relativ früh nach Hause gegangen bist. Überleg mal, du hättest noch irgendwohin fahren wollen. Was wäre dann gewesen?«

Gerrit zuckte mit den Schultern. »Wollte ich aber nicht, weil mir hundeelend war und ich vermutlich keinen geraden Meter zustande bekommen hätte.«

»Mann, was ist das für eine kranke Scheiße, hm? Wie in einem Verschwörungsthriller.« Mareike stand auf und ging im Zimmer auf und ab. Anscheinend hatte Gerrit sie mit seiner inneren Unruhe angesteckt.

»Weißt du, was ich mir überlegt habe«, sagte Gerrit. Zunächst war er sich unsicher gewesen, ob er wirklich die alten Wunden aufreißen sollte, aber hier ging es um zu viel, als dass er diesen Fels umschiffen konnte.

Mareike blieb am Fenster stehen, lehnte sich mit dem Hintern an die Fensterbank und schaute ihn fragend an.

»Vielleicht hat es was mit der Abiparty von damals zu tun. Jetzt, genau fünfzehn Jahre später, entführt jemand Lutz' Tochter. Ein seltsamer Zufall, oder?«

»Ach komm, hör auf. Das finde ich jetzt etwas weit hergeholt.« Sie winkte ab und nahm ihre Bahnen im Wohnzimmer wieder auf.

»Wieso? Für mich klingt das naheliegend. Und wenn ich meinem Bruder die Wahrheit darüber sagen würde, was damals passiert ist, vielleicht könnte seinen Kollegen das bei den Ermittlungen helfen.«

Mareike riss die Augen auf und wurde kalkweiß im Gesicht. »Bist du jetzt völlig übergeschnappt? Du kannst es doch nicht wirklich für eine gute Idee halten, deinem Bruder davon zu erzählen!«

»Na komm. Begeistert wird er nicht sein, aber er wird es verstehen. Immerhin haben wir damals nur ...«

»Gerrit, das ist mein Ernst«, unterbrach sie ihn scharf. »Da hängen noch ein paar mehr Leute drin als nur du, verstanden? Leute, die weiterhin alles abstreiten werden, deine Aussage stünde also gegen die von uns allen. Ich will mir die Folgen für uns gar nicht ausmalen, wenn das jetzt rauskäme, also vergiss diese bescheuerte Idee lieber.«

Gerrit verzog den Mund. Im Grund genommen hatte sie recht, aber es ging hier um seine Zukunft. Er konnte sich doch nicht als Mörder verurteilen lassen, bloß weil er niemandem verraten durfte, was sie damals getan hatten. Die strafrelevanten Dinge waren sicher verjährt und die moralische Komponente ... »Meinst du nicht, dass es an der Zeit ist, die Wahrheit zu sagen?«, versuchte er es noch einmal.

»Schluss damit, hab ich gesagt.« Sie blieb dicht vor ihm stehen und funkelte ihn wütend an. Die Sache nahm sie offenbar stärker mit, als er erwartet hatte. »Du kannst das nicht einfach für alle entscheiden, nur weil du jetzt in der Klemme steckst. Das eine hat mit dem anderen nichts zu tun.«

Gerrit hob kapitulierend die Arme. »Okay, schon gut. Es war nicht meine Absicht, dich aufzuregen. Ich dachte nur ... Na ja. Wie dem auch sei. Vielleicht ist es besser, wenn ich jetzt gehe.« Er stand auf und trat in den Flur. Mareike folgte ihm dicht auf den Fersen.

Bevor er die Wohnungstür erreichte, spürte er einen Schlag im Rücken. Erschrocken drehte er sich zu ihr um. Mareike war von hinten gegen ihn gefallen und hielt sich an seiner Schulter und seiner Hüfte fest.

»Sorry, bin gestolpert«, murmelte sie und schaute beschämt zu Boden.

»Schon gut, ist ja nichts passiert«, sagte Gerrit. Er öffnete die Tür, und kaum, dass er den Hausflur betreten hatte, wurde sie bereits hinter ihm zugeworfen.

Meine Güte, dachte er. Wenn es darum ging, die eigene Weste reinzuhalten, war sich wohl jeder selbst der Nächste. Von Mareike hätte er eigentlich etwas mehr

Verständnis erwartet und nicht diese heftige Reaktion. Sie zog ja nicht mal in Betracht, nach all den Jahren endlich alles aufzulösen, selbst wenn ihm damit geholfen werden könnte. Er war wohl tatsächlich auf sich allein gestellt.

24. Kapitel

Sie hatte es gerade geschafft, die Augen zu schließen und die dunklen Gedanken halbwegs aus ihrem Kopf zu verbannen, da klingelte ihr Telefon. Mittlerweile verabscheute sie das Geräusch und hätte das Teil am liebsten genommen und aus dem Fenster geworfen, damit es auf der Straße zerschellte. Langfristig würde das jedoch auch nichts bringen, sie konnte vor ihren Problemen nicht davonrennen. Sie verfluchte den Tag, an dem sie diesem kurzen Moment der Schwäche nachgegeben hatte. Es war unerträglich, wie sehr sich ihr Leben innerhalb weniger Wochen verändert hatte.

Sie dachte an den Film *Butterfly Effect,* der damals vor 15 Jahren immer noch richtig populär gewesen war. Eine winzige Entscheidung, wie der Schlag eines Schmetterlingsflügels, der gewaltige Auswirkungen auf das Leben so vieler Menschen hatte. Dabei hätte sie es ahnen können, denn bedeutungslos war die Entscheidung gar nicht gewesen. Es war ihr einfach leicht gefallen, weil sie es an der Zeit gefunden hatte.

Das Schicksal hatte dafür gesorgt, dass sie sich nach der Beerdigung ihres Opas begegneten und sie hatte es als Chance gesehen, endlich ihr Gewissen zu beruhigen. Doch das Gegenteil war nun der Fall. Alles entwickelte sich so, dass sie in ihrem Leben nie wieder ruhig schlafen würde. Aus einer schlimmen Folge von Ereignissen hatte sie etwas noch viel Schlimmeres gemacht.

Das Klingeln verstummte und setzte unmittelbar danach wieder ein. Sie musste rangehen, aber es fiel ihr unendlich schwer. Als würde ihr Arm, den sie nach dem Gerät ausstreckte, eine Tonne wiegen. Endlich erreichte sie das Handy und nahm den Anruf entgegen.

»Was hat da so lange gedauert?«, fragte die Person am anderen Ende der Leitung. »Wenn ich anrufe, hast du sofort abzunehmen, ist das klar?«

»Ja. Tut mir leid. Ich hab versucht, ein wenig zu schlafen, und das Telefon lag in der Küche.« Eine halbe Lüge, aber immerhin auch teilweise die Wahrheit.

»Schlafen? Um die Zeit?« Ein verächtliches Lachen. »Wie alt bist du? Nur Omas schlafen am Nachmittag.«

»Das liegt daran, dass ich nachts kein Auge zutue. Ständig sehe ich vor mir ... ach, keine Ahnung. Ich male mir aus, was mit dem Mädchen passiert ist. Wenn ich wenigstens wüsste, dass es ihr gut geht.« Sie schüttelte den Kopf, um die aufkommenden Bilder zu verscheuchen. Das arme Kind. Es hatte niemandem etwas getan und musste nun für die Sünden seines Vaters den Kopf hinhalten. Bestimmt hatte es schreckliche Angst. Wenn es denn überhaupt noch am Leben war.

»Habe ich dir nicht schon mal gesagt, dass das nicht deine Sorge ist? Schlag dir das aus dem Kopf. Du bekommst darüber keine Infos von mir. Deine Aufgabe ist klar und ich rufe eigentlich nur an, um zu fragen, ob du alles erledigt hast.«

Sie seufzte innerlich, da sie wusste, dass ihre Antwort auf Unverständnis stoßen würde. »Nicht ganz. Es ist etwas Unvorhergesehenes dazwischengekommen.«

Kurzes Schweigen. »Aha. Klingt nicht gut. Was genau meinst du damit?«

»Ich wollte gerade losfahren, da ...«, setzte sie an, wurde jedoch sofort unterbrochen.

»Weißt du, deine Ausreden will ich mir gar nicht anhören müssen. Sieh zu, dass du den Auftrag ausführst, ansonsten werde ich ungemütlich. Melde dich, sobald du etwas Positives zu berichten hast.«

Die Leitung war tot, bevor sie noch etwas entgegnen konnte. »Scheiße«, fluchte sie und feuerte das Handy auf die Polster, wo es abprallte und mit einem Knall auf dem Boden landete. Sie brauchte einen alternativen Plan, und zwar schnell.

25. Kapitel

Es war noch früh am Sonntagmorgen, viel zu früh für Helgas Geschmack. Insbesondere, weil sie die halbe Nacht auf den Beinen gewesen war. Aber es half nichts, Peitsch hatte gemeinsam mit dem Staatsanwalt angeordnet, die Obduktion von Bobrow noch am Sonntag durchführen zu lassen. Jetzt standen sie und Thomas um acht Uhr in der Einfahrt der altrosafarbenen Jugendstilvilla in der Kennedyallee, in der die Rechtsmedizin untergebracht war. Vor dem Rolltor warteten sie darauf, dass ihnen geöffnet wurde.

Nachdem sie eingelassen worden waren, legten sie in der Umkleide die Schutzkleidung an und betraten dann den Sektionssaal. Kühle, nach Desinfektionsmitteln riechende Luft strömte ihnen entgegen. Auf dem einzigen besetzten Edelstahltisch in dem großen weißgekachelten Raum lag der bis zum Kinn abgedeckte Leichnam Bobrows. Ein Sektionsassistent hatte ihn bereits vom Blut gereinigt, nachdem zuvor mit einer Spezialfolie mögliche Spuren an der Haut gesichert worden waren.

Helga war froh, dass Bobrows Leiche noch frisch war. Bevor sie vor einigen Jahren zur Mordkommission gewechselt war, hatte sie im Dezernat für Rauschgiftdelikte gearbeitet und mit Leichen stand sie nach wie vor auf Kriegsfuß, insbesondere, wenn sie eine Zeit lang gelegen hatten.

»Guten Morgen«, grüßte Dietmar Gering Thomas und Helga. Der Rechtsmediziner wirkte erstaunlich fit dafür, dass er in der Nacht ebenfalls am Tatort gewesen war. Über seinem grünen Kittel trug er eine durchsichtige Schürze, die Hände steckten in zwei Paar Latexhandschuhen. »Die äußere Nekroskopie haben wir bereits abgeschlossen, sämtliche Abstriche wurden genommen. Das dürfte Ihnen ja entgegenkommen, umso schneller sind wir hier durch. Wie gestern Nacht von mir vermutet, hat sich das Trauma am Hinterkopf als Schädelbruch herausgestellt.«

»Sie sagten, diese Verletzung allein wäre bereits tödlich gewesen?«, fragte Helga nach.

»Nicht unmittelbar, allerdings vermute ich ein subdurales Hämatom, also eine Blutansammlung unter der harten Hirnhaut, die ohne weitere Behandlung tödlich verlaufen wäre. Wenn wir den Schädel geöffnet haben, wissen wir mehr.«

Helga grauste es jetzt schon vor dem Geräusch der Säge, die sich durch den Schädelknochen fraß, ganz zu schweigen von dem, was darunter zum Vorschein kommen würde. Sie versuchte sich immer vorzustellen, dass es sich nur um eine Art grauen Pudding handelte, allerdings mit mäßigem Erfolg.

»Können Sie etwas zur Tatwaffe sagen?«, fragte Thomas.

»Sie sind den vorläufigen Bericht der Spurensicherung noch nicht durchgegangen?«

Helga und Thomas schüttelten beide den Kopf. »Dazu hatten wir noch keine Gelegenheit«, antwortete Helga.

Sie waren heute Morgen nicht im Büro vorbeigefahren, sondern direkt hergekommen.

Gering ging zu dem Leichnam und hob vorsichtig den Kopf an. Mit der freien Hand deutete er auf die Platzwunde. »Wie Sie sehen, ist der Wundverlauf gerade. Gestern Nacht hätte ich darauf getippt, dass etwas wie eine Eisenstange oder Ähnliches dafür verantwortlich ist. Nachdem ich mir den Bericht allerdings angeschaut habe, bin ich mir sicher, dass das Opfer gestürzt ist und sich den Hinterkopf angeschlagen hat. Entsprechende Blutanhaftungen wurden am Esstisch gefunden.«

»Das heißt, der Täter hat ihn gar nicht niedergeschlagen, sondern was? Ihm ein Bein gestellt?«, fragte Helga. Bevor Gering etwas erwidern konnte, hob Helga abwehrend die Hände. »Schon klar, das zu rekonstruieren, fällt in unseren Aufgabenbereich, Sie liefern uns nur die Fakten, was den Leichnam betrifft.«

»Normalerweise wäre das meine Antwort, aber in diesem Fall hab ich etwas für Sie.« Erneut hob er den Kopf der Leiche an und drehte ihn leicht nach links. Am Nacken unter dem Haaransatz kamen zwei kleine, kreisförmige Rötungen zum Vorschein. »Erytheme, der Durchmesser beträgt etwa fünf Millimeter.«

Helga hatte eine Vermutung, was diese Entdeckung zu bedeuten hatte. »Er wurde von hinten mit einem Elektroschocker angegriffen?«

»Ganz genau«, sagte Gering. »Anhand der Male haben wir es hier mit einem Hand- oder Stabgerät zu tun, nicht mit einer Elektroschockpistole.«

»Mist«, murmelte Thomas. »Die Dinger sind frei verkäuflich, es gibt Hunderte von Seiten im Internet, die

die anbieten. Da werden wir kaum eine Chance haben, den Kreis der Verdächtigen über das Nachvollziehen der Verkäufe einzugrenzen.«

»Infolge der Stromeinwirkung dürfte das Opfer durch die unwillentlichen Muskelkontraktionen gestürzt sein«, fuhr Gering unbeeindruckt fort, als hätte Thomas nichts gesagt. Klar, was sie aus den Ergebnissen machten, war ihre Sache. »Vermutlich hat er sich vorher noch umzudrehen versucht, um nach seinem Angreifer zu sehen, und fiel dann rückwärts gegen den Esstisch.«

»Ich dachte, die Interpretation wäre unsere Sache«, sagte Helga mit einem Augenzwinkern.

»Na ja, ein wenig Spekulieren dürfte mir auch erlaubt sein. In meinem Bericht werden Sie kein Wort darüber lesen«, entgegnete Gering und grinste dabei wie ein kleiner Junge. »Ich habe übrigens noch mehr Spuren dieser Art gefunden, auch an seiner Flanke. Während der Misshandlungen scheint der Täter sein Opfer mit den Stromstößen in Schach gehalten zu haben.«

»Er ist also ein Feigling, der eine direkte Konfrontation vermeiden wollte«, brummte Thomas.

»Oder er ist dem Opfer körperlich unterlegen und hat so sichergestellt, dass er die Oberhand behält.« Helga erinnerte sich, dass sie einen ähnlichen Gedanken schon einmal gehabt hatte, als es darum ging, dass der Täter Kim Czernik durch den Flur gezerrt und nicht getragen hatte. Womöglich hatten sie es in beiden Fällen mit ein und demselben Täter zu tun, um dessen Körperkraft es nicht sonderlich gut bestellt war.

»Oder ein schmächtiger Feigling«, schlussfolgerte Thomas.

»Verliert man durch diese Stromstöße das Bewusstsein?«, fragte Helga, um zurück zum eigentlichen Thema zu kommen. Sie kannte lediglich die Wirkung eines Tasers, der auch bei der Polizei eingesetzt wurde, nicht die von frei verkäuflichen Elektroschockern. Im Training hatten die Kollegen einmal mit einer solchen Distanzelektroimpulswaffe gegenseitig auf sich geschossen, um dadurch den Effekt dieser Waffe am eigenen Leib zu erleben.

Gering schüttelte den Kopf. »Die handelsüblichen Elektroschocker sorgen bei gesunden Menschen nicht für Bewusstseinsstörungen, lediglich ein kurzer Verlust der Körperkontrolle ist die Folge.«

»Auf jeden Fall hat der Täter dem Opfer bereits in der Wohnung aufgelauert. Reingekommen ist er sehr wahrscheinlich mit dem Schlüssel, der Bobrow auf der Jahrgangsfeier abhandengekommen ist, denn es gibt keine Einbruchsspuren. Am frühen Abend hat die Nachbarin durch den Türspion beobachtet, wie Bobrow allein und augenscheinlich betrunken nach Hause kam. Kurz darauf war ein Poltern aus der Wohnung zu hören. Der Täter hat demnach drinnen auf ihn gewartet, ihn mit dem Stromstoß handlungsunfähig gemacht und ihn die gesamte Misshandlung über auch gehalten, wie es aussieht«, fasste Helga zusammen.

»Apropos Folterung, da habe ich noch etwas für Sie.« Wie ein Verkäufer, der eine besondere Ware präsentierte, zog Gering das weiße Tuch effektvoll vom Leichnam, sodass der geschundene Oberkörper zum Vorschein kam. »Fällt Ihnen etwas auf?«, fragte er, während Helga die Wunden des Toten mit einer

Mischung aus beruflicher Neugier und Abscheu betrachtete.

»Da steht was«, rief Thomas aus und Helga wechselte ihre Position, sodass sie die Buchstaben richtig herum sehen konnte. »Warum ist uns das gestern Nacht nicht aufgefallen?«

»Schauen Sie sich die Tatortfotos an, dann haben Sie Ihre Antwort«, sagte Gering. »Die Haut des Toten war dermaßen mit Blut verschmiert und dazu die ganzen Verletzungen. Erst jetzt im sauberen Zustand erkennt man sehr gut, dass es sich um ein Wort handelt und keine willkürlichen Schnitte. Im Gegensatz zu den anderen Stellen sind das hier auch lediglich Oberhautanritzungen, keine Weichteilwunden.«

Helga neigte ihren Kopf und fuhr mit den Fingern in der Luft die Schnitte nach. »L... U... Steht da etwa auch Lust?«

»Auch?«, fragte Gering. »Wo haben Sie das denn schon einmal gesehen?«

»Bei Ihrem letzten Einsatzort stand das Wort mit Blut an die Wand geschrieben«, erklärte Helga.

»Ach, das ist mir gar nicht aufgefallen. Da sehen Sie mal, wie sehr ich auf meine Arbeit fokussiert bin. Wie auch immer, als Tatwerkzeug vermute ich ein sehr scharfes Ausbeinmesser, mit dem auch die Verletzungen im Genitalbereich zugefügt worden sind.«

»Wir haben hier eine eindeutig sexuelle Komponente. Die Verletzungen im Genitalbereich, das Wort *Lust* auf seiner Brust eingeritzt«, sagte Thomas. »Stellt sich die Frage, inwiefern das mit den Geschehnissen bei den

Siebenäugers zusammenhängt, denn eine Verbindung scheint es definitiv zu geben.«

»Zur sexuellen Komponente habe ich noch etwas entdeckt, das Sie interessieren dürfte«, sagte Gering und winkte dem Sektionsassistenten, der sich bislang im Hintergrund gehalten hatte. »Kommen Sie, helfen Sie mir mal, den Mann umzudrehen.«

Auch auf dem Rücken des Leichnams befanden sich einige Erytheme. Der Täter musste Bobrow mit dem Elektroschocker regelrecht traktiert haben.

Gering bemerkte Helgas Blick. »Durchaus bemerkenswert, aber das meinte ich nicht«, sagte er und zog die Abdeckung vom Unterkörper der Leiche. Was dort zum Vorschein kam, ließ Helga den Atem stocken.

26. Kapitel

Fabian war gerade dabei, den Frühstückstisch im Wohnzimmer zu decken, um Josi zu überraschen, wenn sie später nach Hause kam. Sie hatte am Vortag beschlossen, bei ihren Adoptiveltern zu übernachten. Anscheinend war deren Reaktion auf ihre Schwangerschaft euphorischer ausgefallen. Die beiden hatten nie eigene Kinder bekommen können und erhielten dank Josi nun die Gelegenheit, tatsächlich Großeltern zu werden. Klar, dass sie sich darüber freuten.

Es war ja nicht so, dass Fabian sich gar nicht freute. Er machte sich nur über Dinge Gedanken, die Josi so wohl noch gar nicht in Betracht gezogen hatte. In der momentanen Situation fiel es ihm schwer, zuversichtlich nach vorn zu blicken.

Würden er und Josi dem Kind auf Dauer eine sichere und vor allem gemeinsame Zukunft bieten können? Was, wenn sie sich trennten? Würde er dann sein eigenes Kind nur jedes zweite Wochenende zu Gesicht bekommen und ab und an mal in den Ferien, wofür er obendrein ordentlich Alimente abdrücken musste? Dafür gab es genug Beispiele in seinem Umfeld. Zwar traute er es Josi nicht zu, aber womöglich wurde sie zu so einer Ex-Frau, die das gemeinsame Kind als Druckmittel benutzte.

Nicht, dass er auch nur im Ansatz vorgehabt hätte, die Beziehung zu Josi zu beenden. Er liebte sie und war sich mittlerweile sicher, dass er sein Leben mit ihr verbringen wollte. Aber die Trennung von Gerrit und Nicole, die für ihn immer das perfekte Paar gewesen waren, hatte ihm deutlich vor Augen geführt, dass nichts sicher war, und wenn man es noch so sehr wollte.

Und dann waren da noch die Ermittlungen gegen Gerrit. Natürlich glaubte er an die Unschuld seines Bruders, aber es war durchaus möglich, dass er danebenlag. Immerhin war Gerrits Auto am Tatort gesehen worden und jetzt hatten seine Kollegen auch noch ein Tatwerkzeug darin sichergestellt. Doch selbst wenn er zu Recht bezweifelte, dass sein Bruder ein Mörder war, konnten die Indizien trotzdem dazu führen, dass Gerrit verurteilt wurde, obwohl er nichts mit der Tat zu tun hatte. Was würde es für das Kind bedeuten, wenn sein Onkel wegen Mordes lebenslang im Gefängnis saß?

Waren das wirklich gute Vorzeichen für ein neugeborenes Leben? Noch dazu, wo der Vater Polizist war. Vermutlich würden sie auf dem Spielplatz von anderen Eltern gemieden werden, weil die nicht wollten, dass ihre Kinder mit jemandem befreundet waren, dessen naher Verwandter angeblich ein Mörder war. Bestimmt musste sich das Kind spätestens in der Schule einiges dazu anhören. Fabian konnte es kaum beschützen, wenn es deshalb zum Mobbingopfer wurde. Überhaupt machte ihm der Gedanke der Machtlosigkeit besonders große Angst.

So sehr er sich bemühte, er konnte sein Kind nicht vor den Gefahren dieser Welt beschützen. Dieser Gedanke hatte ihn in der letzten Nacht kaum Schlaf finden lassen.

Er hatte versucht, sich damit zu trösten, dass er als Kripo-Beamter, der auch noch bei der Mordkommission arbeitete, einen besonders düsteren Blick auf seine Umwelt hatte. Allerdings konnte niemand abstreiten, dass es da draußen nun mal gefährlich war. Wie konnten sie ein Kind bekommen, bevor sie sich Gedanken darüber gemacht hatten, wie es aufwachsen sollte?

Er hoffte, dass Josi seine Erklärung verstehen würde, wenn sie gleich zum Frühstück kam. Wahrscheinlich war sie noch immer stinksauer wegen seiner Reaktion von gestern. Zu Recht. Um sie milder zu stimmen, war er extra zum Flughafen gefahren, wo ein Supermarkt auch sonntags geöffnet hatte. Natürlich hätte er auch einfach an der Tankstelle ein Frühstück besorgen können, aber er wollte Josi etwas Besonderes bieten.

Im Parkhaus war ihm gerade noch rechtzeitig eingefallen, dass es bestimmte Dinge gab, die Schwangere nicht essen durften, also hatte er schnell gegoogelt. Wobei schnell übertrieben war. Die Liste war ellenlang und die Zeit, in der er sich da durchackerte, trieb die Kosten des Parktickets in schwindelerregende Höhe.

Kein Alkohol war klar, und er hatte auch schon gewusst, dass rohe Eier wohl wegen der Salmonellen nicht gut waren. Rohes Fleisch, okay, irgendwie logisch. Rohe Wurstwaren stellten ihn schon vor ein größeres Problem. Was zählte dazu? War geräucherter Schinken roh? Vermutlich war er der schlechteste Metzgerssohn der Welt. Sein Vater hätte die Hände über dem Kopf zusammengeschlagen. Beim rohen Fisch stellte sich genau dieselbe Frage. Zählte Josis geliebter

Räucherlachs dazu? Beim Rohmilchkäse kapitulierte er endgültig, das war zu kompliziert für ihn.

Zur Sicherheit hatte er einfach ein süßes Frühstück eingeplant, in der Hoffnung, dass er die Pancakes so schön fluffig hinbekam, wie sie Josi immer machte. Außerdem gab es Croissants und Orangensaft, der unverfänglich war. Zusätzlich hatte er noch ein Glas saure Gurken eingepackt, denn zumindest in Filmen aßen Schwangere die doch gern.

Gegen elf hörte er endlich den Schlüssel in der Tür. Wenige Sekunden später kam Lumpi ins Wohnzimmer gestürmt. Auch für ihn hatte er etwas mitgebracht, einen Kauknochen. Der Weg zu Josis Herzen führte doch immer über ihren Hund.

Anstatt dem Tier zu folgen, stürmte Josi durch den Flur und rief: »Muss eben ins Bad«, wo sie die Tür hinter sich zuwarf. Würgende Geräusche drangen kurz darauf nach draußen.

Ein Mädchen, schoss es Fabian durch den Kopf. *Wenn sie sich morgens übergeben muss, wird es ein Mädchen.* Das hatte seine Mutter mal zu Nicole gesagt, als die beim gemeinsamen Mittagessen über Übelkeit geklagt hatte. Ob man das wirklich so ableiten konnte? Da musste er sich wohl auf seine Mutter verlassen, die in diesem Bereich eindeutig erfahrener war, auch wenn sie keine Tochter hatte.

Der Gedanke an das Geschlecht des Babys machte es für Fabian irgendwie konkreter und verdrängte für einen Moment seine Bedenken. Ein Anflug von Freude machte sich in ihm breit, wurde aber sofort wieder von seinem Gewissen überlagert. Wie konnte er sich auf etwas freuen, worauf er gar nicht vorbereitet war? Er hatte keine Ahnung vom Wickeln, wie man ein Baby hielt oder fütterte, von Erziehung ganz zu schweigen. Vermutlich würde er den schlechtesten Vater überhaupt abgeben, der noch dazu ständig nachts zu irgendwelchen Tatorten gerufen und täglich mit dem Tod konfrontiert wurde.

Wie zum Beweis klingelte sein Telefon. Es war Thomas.

»Hey, das kommt gerade etwas ungelegen«, begrüßte er seinen Kollegen, obwohl er neugierig war, was der von ihm wollte. Allerdings konnte er es Josi nicht antun, sich jetzt mit der Arbeit zu beschäftigen.

»Das kann ich mir vorstellen, an deinem freien Sonntag. Aber wenn du hörst, was ich zu berichten habe, wirst du das anders sehen«, sagte Thomas.

»Guten Morgen«, rief Helga aus dem Hintergrund. »Du bist auf Lautsprecher, also jetzt nicht über mich lästern!«

»Wartet mal einen Moment«, sagte Fabian und ging zum Bad, um anzuklopfen. In dem Moment wurde die Tür geöffnet und Josi stand ihm mit rotgeränderten Augen gegenüber. Um die Nase war sie noch ganz blass. Fabian schaltete das Mikrofon an seinem Handy stumm.

»Geht's?«, fragte er.

»Mh«, machte Josi. »Ist gleich wieder besser. So war's bisher jedenfalls.«

»Willst du denn was frühstücken?« Er führte sie ins Wohnzimmer, wo sie sich an den Tisch setzte. »Ich hab zwar gerade ein dringendes Telefonat, aber dann würde ich in der Zeit die Pancakes machen.«

Josi schenkte sich einen Schluck Wasser ein und verzog das Gesicht, als sie die Gewürzgurken entdeckte. Sie deutete darauf. »Wenn du die wegräumst, gern. Solange das Zeug da steht, bekomme ich ganz bestimmt keinen Bissen runter. Schon bei dem Anblick wird mir übel.«

»Oh«, sagte Fabian und nahm das Glas schnell in die Hand. Dann erinnerte er sich daran, dass Thomas ja am Telefon wartete, und stellte das Mikrofon wieder ein. »Bin gleich da«, flüsterte er Josi zu und ging in die Küche.

»Du brauchst nicht vorbeikommen, dafür gibt es Telefone. Peitsch würde vermutlich nur misstrauisch werden, wenn du am Sonntag hier aufkreuzt«, sagte Thomas.

»Ihr wart gar nicht gemeint. Also, leg los, ich hab leider nicht viel Zeit, sonst steigt mir Josi aufs Dach.« Einen Moment suchte Fabian verwirrt nach dem Rezept, das er sich rausgesucht hatte, bis ihm auffiel, dass es sich auf dem Handy befand. Er schloss die Küchentür, damit Josi nichts von dem Gespräch mitbekam, stellte Thomas auf Lautsprecher und wählte den Browser an.

»Mein Bruder hat mir schon erzählt, was ihr bei ihm im Auto gefunden habt«, sagte er, während er die frischen Bio-Eier, Milch und Butter aus dem Kühlschrank holte. »Er sagt außerdem, dass er nichts damit zu tun hat und das Brecheisen nicht ihm gehört.«

»Das hab ich mir schon gedacht. Deshalb hätte ich dich auch nicht am Sonntag aus deinem Schönheitsschlaf gerissen«, sagte Thomas und Helga lachte im Hintergrund.

Fabian schlug ein Ei auf und es gelang ihm, es ohne Schale in die Schüssel zu bugsieren. »He, ich bin heute extra früh aufgestanden, ja. Dann erzähl mal, was sonst so passiert ist.«

»Wir haben eine zweite Leiche.« Thomas' Stimme war nun ernst.

»Keine Sorge, es ist nicht Amelie Siebenäuger«, räumte Helga sogleich seine Befürchtung aus.

»Allerdings wird dir das tatsächliche Opfer auch nicht besser gefallen.« Wieder Thomas. »Es ist unser zweiter potenzieller Verdächtiger.«

»Bobrow?«, fragte Fabian fassungslos, während er das Mehl abwog, das er gleich zu den Eiern geben würde. Erst jetzt sah er, dass er die Eier hätte trennen müssen. Aber nun war es zu spät, es musste auch so gehen. »Was ist passiert? Hat er sich selbst gerichtet? Und habt ihr das Mädchen gefunden?«

»Selbstmord ist ausgeschlossen«, erklärte Helga. »Der Täter hat sich ganz schön an ihm ausgelassen. Ein Gewaltexzess, könnte man sagen, inklusive analer Vergewaltigung mit einem Gegenstand. Kam bei der Obduktion raus. Wir vermuten, dass es ein Besenstiel war. Würde dazu passen, denn der Täter hat nach dem Mord angefangen zu putzen.«

»Ich nehme an, weitere Details wollt ihr mir nicht verraten, oder?« Fabian hatte alle Zutaten für den Teig zusammengeschüttet und rührte mittlerweile lustlos darin herum. Der Appetit war ihm vergangen und er wäre am liebsten zum Präsidium gefahren, um sich dort an die Arbeit zu machen, die nicht mehr seine Sache war.

»Schon, dass wir das Telefonat führen, ist ein Verstoß gegen die Dienstvorschriften«, gab Thomas die Antwort, die Fabian bereits erwartet hatte.

»Auf die Möglichkeit einer Racheaktion von Siebenäuger muss ich euch wohl nicht hinweisen«, sagte er und bereute es sogleich. Er musste seinen Kollegen vertrauen und wollte sie keinesfalls als unfähig hinstellen.

»Haben wir natürlich überprüft, ist aber unwahrscheinlich«, antwortete Helga. »Es wurde ein blutiger Schuhabdruck am Tatort gefunden. Das Merkwürdige ist, dass der Täter wie gesagt zuvor penibel sauber gemacht hat. Sogar gesaugt hat er, den Abdruck dabei aber übersehen oder so.« Thomas räusperte sich, anscheinend war er nicht einverstanden damit, dass Helga so viel ausplauderte. »Wie dem auch sei, die Größe passt nicht zu der vom Siebenäuger und seine Frau bestätigt, dass er die ganze Nacht zu Hause war.«

»Wenn wir schon mal dabei sind, welche Größe trägt denn dein Bruder?«, fragte Thomas das Unausweichliche.

Fabian überlegte. Er konnte es nicht sagen. Vermutlich eine ähnliche wie er selbst. »Keine Ahnung«, antwortete er wahrheitsgemäß. »Gibt es Hinweise darauf, dass die beiden Taten zusammenhängen?«

»Wenn das Wort ›Lust‹ einer ist«, sagte Helga. »Der Täter hat es mit einem scharfen Gegenstand auf der Brust des Opfers eingeritzt. Morgen lassen wir einen Forensiker für Schriftexpertise ran, ob die Schriftzüge von derselben Person stammen könnten.«

»Davon ist wohl auszugehen«, warf Thomas ein. »Wer außer dem Täter und den Siebenäugers sollte von der Botschaft wissen? Die Information wurde nicht an die Presse weitergegeben.«

Die Tatsache, dass sich ein Experte mit der Analyse der Schrift beschäftigen würde, erleichterte Fabian. Wenn sich herausstellte, dass die nicht mit Gerrits Handschrift übereinstimmte, bewies das zwar nicht seine Unschuld, aber es würde im Falle eines Prozesses doch erhebliche Zweifel beim Richter wecken. Wenn jetzt auch noch die Schuhgröße nicht passte ... Fabian legte den Schneebesen weg. Der Teig war verklumpt und kein bisschen fluffig, weil er die Eier nicht getrennt hatte. Das konnte er Josi nie und nimmer zum Frühstück vorsetzen.

»War es das an Updates?«, fragte Fabian. »Ich habe nämlich eine hungrige Schwangere im Wohn...« *Scheiße, habe ich das gerade wirklich gesagt?*

»Wie bitte?«, riefen Helga und Thomas beinahe im Chor.

»Schwanger? Josi? Warum erfahren wir das jetzt erst?«, fragte Thomas und klang persönlich beleidigt, nicht schon früher über den Nachwuchs informiert worden zu sein. »Glückwunsch, altes Haus. Das ist ja eine heftige Neuigkeit.«

»Alles Gute, Papa, und Grüße an die werdende Mutter«, rief Helga fröhlich.

»Danke«, murmelte Fabian. Warum konnte er sich nicht so überschwänglich freuen, wie es andere taten? Vielleicht, weil die anderen keinen Bruder hatten, der des Mordes verdächtigt wurde. Er konnte nur hoffen, dass der Schuhabdruck Gerrit wieder aus dem Fokus der Ermittlungen nahm. Allerdings befürchtete er, dass dem nicht so sein würde.

27. Kapitel

15 Jahre zuvor

Alex konnte sich nicht erinnern, wie sie in das Auto gekommen war. Sie wusste, dass Lutz ihr angeboten hatte, sie nach Hause zu fahren, und dass sie das irgendwie für eine gute Idee gehalten hatte. Wie sie eingestiegen war, wie der Freund von Lutz dazugekommen war, an das Losfahren, daran erinnerte sie sich nicht. Das musste am Alkohol und dieser bescheuerten Droge liegen. Warum hatte sie das Zeug nur genommen? War sie eigentlich total hohl in der Birne?

Der Motor unter ihr vibrierte ungewöhnlich laut. Sie spürte es in ihrem Magen und sogar in den Knochen. Es kitzelte in ihrem Ohr. Hatte Lutz nicht was davon gesagt, dass er die Sportedition irgendeines Wagens fuhr? Wahrscheinlich lag es daran. Jetzt allerdings erstarb das Brummen. Alex fokussierte ihren Blick. Vor ihr befand sich ein Waldweg. Sie hatten angehalten.

»Was ist los?«, fragte, nein, lallte sie. Der Alkohol schien von Minute zu Minute immer mehr seine Wirkung zu entfalten.

»Wir wollen hier nur kurz Nachschub holen«, antwortete der Kerl auf der Rückbank. Alex hatte seinen Namen vergessen. Irgendwas mit M. Marek? Markus? Egal. Sie war hundemüde und wollte eigentlich nur noch schlafen.

»Hier? Mitten im Wald? Ich dachte, ihr wolltet an eine Tanke.«

»Klar. Wir haben vorher was gebunkert.«

»Dauert es lang?«, fragte sie und lehnte sich gegen die Kopfstütze. Ihr fielen die Augen zu.

Lutz stupste sie von der Seite an. »Eigentlich dachten wir, dass du mitkommst. Tragen helfen. Wir haben keinen Bock, mehrmals zu gehen.« Er rüttelte so lange an ihr, bis sie die Augen wieder öffnete.

Um von ihm wegzukommen, rutschte sie etwas nach rechts, wurde aber bald von der Beifahrertür aufgehalten. »Muss das sein?«

»Na klar, oder glaubst du vielleicht, wir spielen umsonst das Taxi«, sagte der Typ hinten. Maxim. Das war sein Name, jetzt fiel es ihr wieder ein.

Alex wollte protestieren, denn sie hatte keine Lust, mitten in der Nacht durch irgendeinen Wald zu stiefeln und am Ende auf eine Rotte Wildschweine oder so zu treffen. Anderseits riskierte sie mit einer Weigerung wahrscheinlich, dass die beiden sie einfach hier rauswarfen und sie den restlichen Weg zu Fuß laufen musste. Dabei hatte sie nicht die geringste Ahnung, wo sie langgehen müsste, um nach Hause zu kommen.

Also stieg sie widerwillig aus. Lutz schaltete die Scheinwerfer aus und es wurde stockdunkel.

»Ich sehe nichts«, sagte sie überflüssigerweise.

»Kein Problem, wir kennen den Weg. Du musst nur geradeaus.« Maxim stieß sie in den Rücken, um sie in Bewegung zu bringen.

Vorsichtig setzte Alex einen Fuß vor den anderen. Sie schwankte und für sie fühlte es sich an, als würde sie auf einem schmalen Balken balancieren. Wie damals, als ihre Mutter sie zum Turnen angemeldet hatte. Wie hieß dieses Teil noch? Schwebebalken? Ja, genau so fühlte sie sich jetzt.

Die beiden Jungs hinter ihr hatten ihre Handys rausgeholt und die Lampen eingeschaltet, liefen allerdings so weit weg, dass ihr das Licht nicht viel brachte.

»Gleich sind wir da. Da vorn ist schon unser Bauwagen.«

Alex stierte in die Dunkelheit und konnte tatsächlich einen hellen Umriss erkennen. »Das da?«, fragte sie. Das Teil machte ihr Angst. Wer konnte schon sagen, ob sich nicht ein Obdachloser oder Drogenjunkies für die Nacht dort einquartiert hatten und ausflippten, wenn sie gestört wurden. Am liebsten wäre sie auf der Stelle umgekehrt, doch die beiden trieben sie vorwärts. Mit zittrigen Knien erreichte sie schließlich den Wagen.

»Los, mach die Tür auf«, sagte Lutz, der so dicht bei ihr stand, dass sie seinen Atem spüren konnte.

Alex versuchte, sich zu überwinden, aber ihre Füße wollten nicht auf sie hören. »Warum geht nicht einer von euch vor? Was, wenn da jemand drin ist?«

Maxim lachte kehlig. »Machst du dir etwa ins Höschen, kleines Mädchen? Wer mit den Großen feiern kann, der kann auch mit den Großen buckeln.«

»Stell dich nicht so an, da ist niemand.« Wieder Lutz, der sie an der Hüfte packte und die drei wackeligen Eisenstufen zur Tür hinaufdrückte.

Zaghaft legte Alex ihre Hand auf die Klinke, dann gab sie sich einen Ruck und öffnete. Drinnen blieb alles ruhig. Kein Schnarchen, niemand beschwerte sich über die Störung oder kam ihr entgegengestürmt. »Ich sehe nichts«, sagte sie zum zweiten Mal in diesem verdammten Wald. »Wo ist denn das Zeug?« Sie wusste nicht mal, was genau sie hier eigentlich holen wollten. Nachschub wovon? Energy? Warum sollten die Jungs das in einem Bauwagen lagern?

»Geh mal ein paar Schritte vor, damit wir auch reinkommen können«, sagte Maxim. Seine Stimme klang irgendwie merkwürdig.

Alex setzte sich in Bewegung und trat mit ihrem Fuß auf irgendwas Weiches, das ein matschendes Geräusch von sich gab. Ein fauliger Geruch stieg auf.

Die beiden Jungs kamen nun ebenfalls in den Bauwagen und im schwachen Licht der Handylampen erkannte sie, in was sie reingelatscht war. Vor ihr lag ein halbverwester Rabe, die Flügel von sich gestreckt, die Augen quollen aus den Höhlen hervor. Ihr Fuß steckte mitten in seinen Gedärmen.

Alex schlug sich die Hand vor den Mund, drehte sich um und hechtete zur Tür, wo sie ihren Mageninhalt auf den Waldweg spuckte. Immer wieder übergab sie sich, bis ihr Bauch vor Krämpfen schmerzte und ihr schwindelig war. Als sie versuchte, sich aufzurichten, wurde ihr schwarz vor Augen.

28. Kapitel

Am Sonntagnachmittag waren Helga und Thomas noch immer auf dem Revier. Die vergangenen Stunden waren sie die Protokolle der Befragungen aus dem Umfeld der Siebenäugers durchgegangen. Nachdem nun auch Bobrow ermordet worden war, konzentrierten sie sich hauptsächlich auf die Aussagen der Anwesenden der Jahrgangsfeier. Ihrer Ansicht nach hingen die beiden Taten zusammen und die ehemaligen Klassenkameraden waren bislang die Einzigen, die sowohl Siebenäuger als auch Bobrow kannten.

Wegen des Schlafdefizits der letzten Nacht fielen Helga in immer kürzeren Abständen die Augen zu, da half auch der fünfte Kaffee nichts. Thomas hingegen bewies mal wieder, dass er ein Vampir oder Android sein musste, denn er wirkte fit wie ein Turnschuh. So würde es Helgas Vater jedenfalls formulieren.

Am Ende sind Sport und gesunde Ernährung tatsächlich gut für den Körper, dachte sie spöttisch mit einem Blick auf ihren Hüftspeck, den Mona so liebte.

Um sich etwas zu bewegen und so zu verhindern, dass sie mit dem Kopf vornüber auf den Schreibtisch knallte und einschlief, stand sie auf und ging an eines der Whiteboards. Es war an der Zeit für ein wenig Brainstorming, um die grauen Zellen in Schwung zu halten. Beim Analysieren von irgendwelchen Aussagen wurde man doch ganz stumpfsinnig.

Motiv, schrieb sie ganz oben und zog zwei Linien davon weg. Ans untere Ende der einen Linie schrieb sie *Siebenäuger* und ans andere *Bobrow.* Wenn sie erst herausfanden, warum Kim Czernik umgebracht und Amelie Siebenäuger entführt worden war und warum auch Maxim Bobrow hatte sterben müssen, würden sie dem Täter ein ganzes Stück näher kommen. Die beiden hatten vielleicht keine gemeinsamen Freunde, aber sie hatten definitiv einen gemeinsamen Feind.

Dass sie mit Gerrit Prior am Richtigen dran waren, bezweifelte Helga, auch wenn es momentan nicht gut für ihn aussah. Es kam ihr einfach zu merkwürdig vor, dass die Person auf dem Überwachungsvideo in Gerrits Auto Handschuhe getragen hatte.

»Wir sind uns doch einig, dass die Tat bei den Siebenäugers nicht wegen der Babysitterin begangen wurde, sondern um die Tochter zu entführen, oder?«, fragte sie Thomas, der über eins der Protokolle gebeugt war.

Er schaute auf und wiegte seinen Kopf hin und her, um seinen Nacken zu dehnen. »Das wird sich noch rausstellen, aber als Prämisse kannst du das gern so festhalten.«

»Also gut. Das Motiv für diesen Mord liegt in dem Fall also in der Entführung der Tochter. Der Täter wollte an Amelie Siebenäuger ran und deshalb musste die Babysitterin sterben.« Sie schrieb als ersten Unterpunkt *Kindesentführung* auf. »Aber was ist sein Hauptmotiv? Warum wollte er das Kind in seine Gewalt bringen?«

»Naheliegend wäre, dass wir es mit einem Pädophilen zu tun haben, deshalb die Botschaft.«

Helga nickte zögerlich und notierte dies als weiteren Unterpunkt.

»Allerdings halte ich das für unwahrscheinlich«, schob Thomas hinterher. »Pädophile suchen sich in der Regel leichte Opfer, häufig sogar welche, die ihnen bekannt sind. Es wäre außergewöhnlich, dass dafür jemand bei einer fremden Familie einbricht, noch dazu in einer so guten Gegend.«

»Sehe ich ähnlich«, sagte Helga. »Er riskiert, bei dem Einbruch gesehen oder erwischt zu werden, und begeht sogar einen Mord. Da kann man es sich wesentlich leichter machen.« Sie malte ein dickes Fragezeichen hinter das Wort *Pädophiler*.

»Lösegeld wäre eine Möglichkeit, wenn man sich das Bankkonto der Eltern anschaut. Das Autohaus Siebenäuger mit seinen Luxusschlitten ist regional bekannt.« Thomas lehnte sich in seinem Stuhl zurück und legte die Füße auf die Tischkante.

»Eine Forderung blieb jedoch bisher aus. Möglicherweise geht es hier um etwas Persönliches. Die Entführung soll die Eltern treffen, deshalb diese scheußliche Nachricht im Kinderzimmer.«

Thomas nickte. »Momentan ist das für mich die plausibelste Variante. Wir sollten da weiter dranbleiben. Gibt es alte Fehden oder Affären des Mannes? Fühlte sich jemand von dem Autohaus abgezockt? Lutz Siebenäuger bestreitet das, aber das heißt nicht, dass dem nicht so ist. Zu der Vergangenheit der Frau haben wir bisher fast nichts, auf sie sollten wir also auch einen genauen Blick werfen. Wenn wir herausfinden, wer die Familie so hasst, dass er dort einbricht und sogar bereit ist, einen Mord zu begehen, um die Tochter zu entführen, dann haben wir unseren Mann.«

»Nichts leichter als das«, entgegnete Helga ironisch.

»Die Auseinandersetzung von Lutz Siebenäuger und Maxim Bobrow wirkte auf den ersten Blick durchaus passend«, sagte Thomas, während Helga *persönliche Rache* als weiteren Punkt notierte. »Es ging um eine unschöne Frauengeschichte aus der Vergangenheit, wozu wiederum die Botschaft passen würde.«

Helga seufzte. »Was uns zurück zu Bobrow bringt, der aber als Täter sehr wahrscheinlich ausfällt.«

»Warum? Nur weil er tot ist? Zum Zeitpunkt der Entführung war er quicklebendig.« Thomas schüttelte den Kopf.

»Hauptsächlich, weil irgendjemand die Botschaft aus dem Kinderzimmer der Siebenäugers auf die Brust von Bobrow geritzt hat. Außer der Familie, dem Täter selbst und uns weiß niemand davon. Es muss also jemand sein, der einen Groll gegen beide hegt.«

»Für mich ist in diesem Tötungsdelikt der Siebenäuger ja noch nicht raus«, sagte Thomas achselzuckend. »Ja, seine Füße sind drei Nummern zu groß und doch hätte er sich für die Tat in ein Paar mit Größe 45 quetschen können. Davon abgesehen, wer sagt, dass er nicht jemanden engagiert hat, es zu tun? Genügend Geld, um einen Mord in Auftrag zu geben, hat er ja.« Er zauberte aus der Brusttasche seines Hemdes einen Müsliriegel hervor, den er aufriss und hineinbiss. Sofort verbreitete sich der Geruch von künstlichem Bananenaroma im Raum. Wie konnte man nur so auf diese Früchte abfahren wie Thomas? Helga konnte die Teile kaum noch sehen, und das nur, weil sie ihren Kollegen ständig dabei beobachten musste, wie er sie in sich hineinstopfte. Hatte er den Geschmack nicht irgendwann mal über?

»Möglich ist das, keine Frage«, sagte Helga und beobachtete die kleinen Krümel, die er auf seinem Hemd verteilte. Thomas ging gern den Weg des geringsten Widerstandes bei seinen Ermittlungen, wobei er häufig auf die richtige Spur kam, aber es gab durchaus auch genug Beispiele dafür, wo er daneben gelegen hatte. »Für mich sehen diese heftigen Verletzungen nicht nach einem Auftragsmord aus. Bei so etwas geht man rein, erledigt die Zielperson und fertig. Und schon gar nicht saugt man später stundenlang die Bude, bis die Nachbarn darauf aufmerksam werden.«

Für sie schied diese Variante aus. Ein Auftragskiller nahm sich nicht die Zeit, den Genitalbereich zu verstümmeln und ein Wort in die Brust des Opfers zu ritzen und er würde sehr wahrscheinlich auch nicht mitten in der Nacht anfangen zu putzen und dann trotzdem einen Schuhabdruck hinterlassen.

»Für mich haben wir es hier mit einem einzigen Täter zu tun, der Kim Czernik und Maxim Bobrow getötet hat«, fuhr sie nach einem Moment fort. »Das dürfte uns auch die Handschriftenanalyse bestätigen. Bleibt die Frage nach dem Motiv. Wer hat es auf Bobrow und Siebenäuger abgesehen? Es kam immer wieder die Aussage, dass sie nach dem Abitur nichts mehr miteinander zu tun hatten.«

»Ja, warte mal.« Thomas nahm die Füße vom Tisch und beugte sich vor, um in den Ausdrucken zu wühlen.

»Hier ist es. Nach dem Abitur gab es einige, zwischen denen der Kontakt zu den ehemaligen Mitschülern gänzlich abgebrochen ist. Dazu zählen Siebenäuger und Bobrow, aber auch Fabians Bruder und Mareike Knott sowie eine Katrin Rauh, die am Freitag nicht auf der Feier erschienen ist. Die Überraschung war bei einigen groß, dass die Genannten aufgetaucht sind, es hätten wohl die wenigsten mit ihnen gerechnet.«

»Aber dass man nicht mit jedem Kontakt hält, ist doch völlig normal«, sagte Helga und dachte an ihre eigene Schulzeit zurück. Mit ihrer Homosexualität hatte sie es schon damals nicht leicht gehabt und sie war froh gewesen, dass sie einige der Pappnasen nach ihrem Abschluss nicht mehr sehen musste.

»In diesem Fall erschien es einigen der Befragten aber schon ungewöhnlich. Besonders zwischen den fünf bestand wohl eine enge Bindung, die mit dem Ende der Schule ganz plötzlich abbrach. Keiner der Genannten hat überhaupt noch mit jemandem aus der Schulzeit in Kontakt gestanden. Könnte gut sein, dass damals irgendwas vorgefallen ist, von dem nur diese fünf wissen und das heftig genug war, ihre Freundschaft auseinanderbrechen zu lassen.«

»Bei Bobrow und Siebenäuger könnte diese Affäre der Grund sein«, mutmaßte Helga. »Aber wie hängen Fabians Bruder und die beiden Frauen da drin? War eine der beiden vielleicht die, um die der Streit am Freitag ging? Diese Katrin Rauh? Das würde erklären, warum sie der Feier ferngeblieben ist.«

»Oder sie hatte einfach keine Lust. Frag Fabian, den würden keine zehn Pferde zu einem Klassentreffen bewegen. Aber ich gebe dir recht, der Sache sollten wir auf den Grund gehen und noch mal mit Mareike Knott sprechen, Fabians Bruder vorladen und diese Katrin Rauh ausfindig machen.«

Es klopfte und Peitsch kam zur Tür rein, in der Hand ein Stück Papier. »Das Ergebnis der Brechstange ist da«, sagte er und legte den Ausdruck auf Thomas' Schreibtisch, der näher bei der Tür stand.

»Schon?«, fragte Helga verwundert. »Wir haben Wochenende.«

»Ich habe den Kollegen im Labor ein wenig Dampf unter dem Hintern gemacht. So aufwendig ist der mikroskopische Vergleich der Farbpartikel ja nicht. Eigentlich hatte ich gehofft, den Bruder von Herrn Prior damit zu entlasten. Leider hat sich herausgestellt, dass es sich um dasselbe Stemmeisen handelt, das zum Aufbrechen des Schlafzimmerfensters der Familie Siebenäuger verwendet wurde.« Er zog sichtlich geknickt die Mundwinkel nach unten. Obwohl Helga nicht die größten Sympathien für ihren Chef hegte, glaubte sie ihm in diesem Moment.

»Verdammter Mist«, murmelte sie.

»Womit aber noch nicht bewiesen wäre, dass es auch ihm gehört«, sagte Thomas. »Es kann genauso gut vom Täter dort platziert worden sein, nachdem er das Auto nach der Tat zurückgestellt hat.«

»Möglich, aber doch recht unwahrscheinlich, so gern ich auch daran glauben würde«, entgegnete Peitsch. »Die Analyse der Hautpartikel von der Rückbank steht noch aus. Dennoch will der Staatsanwalt einen Durchsuchungsbeschluss für die Wohnung und die

Kellerräume von Gerrit Prior beantragen. Stellen Sie sich darauf ein, morgen sehr früh aufzustehen, und teilen Sie sich Ihre Kräfte ein. Ich schlage vor, Sie machen für heute bald Schluss. Ich informiere Sie per SMS, wenn der Antrag durchgeht, was ich jedoch erwarte. Dass sich ein Tatwerkzeug in seinem Auto befunden hat, dürfte ausreichend sein.«

Helgas gerade aufgekeimtes Wohlwollen ihrem Chef gegenüber schwand sofort. »Sie klingen, als wären Sie bereits überzeugt davon, dass Herr Prior schuldig ist.« Das klang dermaßen falsch, dass es Helga einiges an Überwindung kostete, den Satz herauszubringen.

»Was ich glaube und was nicht, spielt keine Rolle, Frau Kannengießer. Das musste ich bei meinem Schwager am eigenen Leib erfahren.« Peitschs Gesichtsausdruck wurde streng. »Wir halten uns daran, wohin uns die Beweise in diesem Fall leiten, und wenn das bedeutet, dass der Bruder eines Kollegen tatverdächtig ist, dann ist das eben so.«

Thomas, der im Rücken des Kommissariatsleiters saß, stellte pantomimisch ein heulendes Kind nach.

Am liebsten hätte Helga Peitsch ins Gesicht gesagt, dass er sich nach der Sache mit seinem Schwager wohl klammheimlich darüber freute, scheinbar nicht der Einzige aus dem Kommissariat zu sein, dessen Verwandten Dreck am Stecken hatten. Sie drehte sich zu ihrem Monitor und tat, als würde sie dort etwas Interessantes lesen.

»Wie dem auch sei. Kann ich mich darauf verlassen, dass Sie unabhängig bleiben, oder muss ich Sie ebenfalls von dem Fall abziehen?«

»Natürlich bleiben wir das, wir sind professionell«, sagte Thomas sofort.

»Schauen Sie bei der Durchsuchung ganz genau hin. Ich will mir am Ende nicht nachsagen lassen, meine Beamten hätten nicht gründlich genug gearbeitet. Halten Sie auch Ausschau nach der Tatwaffe in dem Tötungsdelikt von gestern Abend, nach blutbeschmutzter Kleidung, die Abflüsse in Bad und Küche sollten auseinandergenommen werden ...«

»Das ist nicht unsere erste Durchsuchung«, stoppte Helga ihren Chef in seinem Redefluss. Sie hatte genug davon, sich wie eine Anfängerin behandeln zu lassen. Warum tat Peitsch immer so, als hätte niemand von ihnen was drauf? »Aber danke für Ihre wertvollen Hinweise«, schickte sie noch hinterher, als sie seinen wenig begeisterten Gesichtsausdruck sah.

»Also gut. Dann sollten Sie, wie bereits erwähnt, demnächst nach Hause gehen. Ich erwarte Sie morgen voll konzentriert und fokussiert bei der Sache. Wir haben alle damit zu kämpfen, dass ein Täter aus dem Umfeld eines Kollegen kommen soll, aber wir müssen da drüberstehen.« Er nickte ihnen noch einmal aufmunternd zu, dann verließ er den Raum.

»Man konnte ihm geradezu ansehen, wie sehr er zu kämpfen hat«, sagte Thomas mit gedämpfter Stimme, die vor Ironie nur so troff.

»Du meinst kein bisschen?«, fragte Helga. »Das hat man ihm während seiner überheblichen Ansprache tatsächlich angesehen. Aber freu dich, wir können jetzt nach Hause gehen und dort abschalten vor dem anstrengenden Tag morgen.«

»Ja, abschalten. Da hab ich so richtig *Lust* drauf. Vor allem mit dem Gedanken im Hinterkopf, dass sich irgendwo ein kleines Mädchen in der Gewalt eines gewissenlosen Mörders befindet.«

29. Kapitel

Katrin saß vor dem Fernseher, doch der Ton war ausgeschaltet. Heute war mal wieder so ein Abend, an dem Mariella einfach keine Ruhe geben wollte. Die Kita hatte für zwei Wochen geschlossen und ihre Tochter war mittlerweile in einem Alter, in dem sie ziemlich genau wusste, dass nicht früh aufstehen zu müssen gleichzeitig bedeutete, dass man auch länger wach bleiben konnte. Schon zweimal war sie heimlich aus ihrem Zimmer geschlichen, hatte sich hinter dem Sofa versteckt und neugierig verfolgt, was da gerade im Fernsehen lief.

Nach dem ersten Mal hatte Katrin vom Tatort zu einer unverfänglichen Dokumentation gewechselt. Es musste ja nicht sein, dass es Mariella wie ihr selbst erging. Katrin war etwa in demselben Alter gewesen, als sie im Türrahmen zum Wohnzimmer stand und gefühlt den gesamten Film »Der weiße Hai« mit angesehen hatte. Vermutlich war es wesentlich kürzer gewesen, aber die Szenen, die sie mitbekommen hatte, hatten ausgereicht, um sie nachhaltig zu traumatisieren. Lange Zeit hatte sie sogar im Schwimmbad Angst vor Haien gehabt und bis heute fühlte sie sich unwohl, in Gewässern zu schwimmen, bei denen man nicht bis zum Grund sehen konnte. Da half ihr auch das Wissen nicht, dass in einem hessischen See ganz sicher kein Hai zu finden war.

Immerhin herrschte jetzt, nachdem sie Mariella zum zweiten Mal zurück ins Bett geschickt hatte, seit einer Weile Ruhe. In der Zwischenzeit hatte sie mit ihrem

Mann telefoniert, der sich gerade auf einer Geschäftsreise befand. Mal wieder. So langsam nahmen die Reisen überhand und sie machte sich Gedanken, ob er nicht stattdessen in irgendeinem schicken Hotel in Frankfurt übernachtete und sich eine Auszeit von seiner Familie gönnte. Was sie durchaus verstehen würde, Mariella war kein einfaches Kind. Aber sie fände es auch unfair, da sie nie eine Auszeit bekam.

Nicht mal der Besuch in der Therme mit ihren Freundinnen hatte geklappt. Eigentlich sollte an dem Tag ihre Mutter auf Mariella aufpassen, aber die hatte kurzfristig abgesagt. Ein paar Stunden zum Ausspannen würden Katrin ja schon reichen, einfach mal abschalten, den Alltag vergessen. Sie musste ihren Mann davon überzeugen, dass sie zumindest wieder eine halbe Stelle annehmen durfte, auch wenn er genug verdiente und eigentlich nicht wollte, dass sie arbeitete. Andernfalls würde sie hier zu Hause noch wahnsinnig.

Wie aufs Stichwort hörte sie leise ein paar nackte Füße über die Diele tapsen. Keine zwei Sekunden später stand Mariella vor ihr.

»Mama?« Sie schaute Katrin aus großen Augen an.

»Ella, Schätzchen, was haben wir besprochen?«, fragte Katrin streng. Es reichte ihr. Mittlerweile war es nach elf und sie wollte endlich etwas Zeit für sich. Außerdem gab es keinen vernünftigen Grund, warum eine Vierjährige so spät immer noch wach sein sollte. Die Ausreden »Ich muss aufs Klo« und »Ich hab Durst« waren schon für die letzten beiden Male verwendet worden.

»Aber Mama, da …«

»Schluss jetzt, Ella. Ich will nichts hören. Wenn du Pipi musst, dann geh. Ansonsten hast du jetzt im Bett zu liegen. Wenn du nicht schlafen kannst, mach dir noch eine Tonies-Figur an.«

Als Nächstes würde sie sicher darum betteln, im Elternbett übernachten zu dürfen, aber Katrin fand, dass sie jetzt alt genug war, das nicht mehr ständig machen zu müssen.

Mariella machte ein paar Schritte nach vorn und klammerte sich an Katrins Bein. Erst jetzt merkte sie, dass ihre Tochter zitterte. »Was ist denn? Geht's dir nicht gut? Ist dir schlecht?«, fragte sie besorgt.

»Da ist jemand durchs Fenster in mein Zimmer gekommen«, flüsterte sie.

War Katrin eben noch besorgt gewesen, wechselte ihr Gefühl jetzt zu Verärgerung. Die Ausreden wurden immer kruder. »Ganz bestimmt ist niemand in dein Zimmer gekommen. Schon gar nicht durchs Fenster. Dein Zimmer ist im ersten Stock, da bräuchte man eine Leiter.«

Ihre Tochter zog eine Schnute. Die Lippen zitterten und sie presste ein paar Tränchen hervor. »Aber Mama ...«

»Schluss jetzt, Mariella. Es geht jetzt ins Bett, ohne weitere Diskussion. Es gibt keine Monster, die durch dein Fenster fliegen können.« Sie stand auf und nahm die Hand ihrer Tochter, die sich zappelnd wehrte. »Ich bringe dich hoch und dann sehen wir, dass da niemand ist, okay?«

Mariella jammerte, doch Katrin hielt die Hand fest und ging zielstrebig die Treppe nach oben in den ersten

Stock. Die Tür zum Kinderzimmer stand offen, das Nachtlicht leuchtete schwach und ein Hörspiel aus der Toniebox war zu hören. Der Rest des Stockwerks lag im Dunkeln.

Wenn sie ehrlich war, bekam Katrin nun auch ein mulmiges Gefühl. Dabei wusste sie, dass das vollkommen irrational war. Zwar hatte sie von dem Mädchen aus Frankfurt gehört, das seit Freitagnacht verschwunden und vermutlich entführt worden war. In ihrem Haus aber war es gänzlich unmöglich, dass jemand ohne Weiteres durch das Fenster im Kinderzimmer einstieg. Niemand stellte einfach mal so eine Leiter an ein fremdes Wohnhaus. Andererseits ... Vorhin war kurz das Außenlicht angesprungen. Katrin hatte eine Katze vermutet, die den Bewegungsmelder getriggert hatte. Was, wenn es nicht so war?

Ach, Unsinn. Hör auf, dich selbst zu verunsichern! In ihrem Kopf sagte sie sich das mantraartig auf, während sie auf das Zimmer ihrer Tochter zuging. Fast schon in Zeitlupe streckte sie ihren Kopf um den Türrahmen und lugte hinein. Hinter ihr stand Mariella und krallte sich immer fester in ihre Hand.

Katrin atmete auf. Da war niemand. Doch schon im nächsten Augenblick fiel ihr das sperrangelweit geöffnete Fenster auf. Hatte sie es nicht nur auf Kipp gestellt, als sie Mariella ins Bett gebracht hatte? Doch, ganz sicher. Sie hatte viel zu große Bedenken, dass ihre Tochter mal auf die dumme Idee kam, dort herumzuklettern, und hinausstürzte, auch wenn sie sonst nicht gerade abenteuerlustig war.

»Du bleibst hier stehen«, flüsterte sie, weil es ihr sicherer vorkam, nicht zu laut zu sprechen. Bestimmt eine sinnlose Maßnahme; wenn dort jemand war, hatte er sie längst gehört.

Katrin ließ die Hand ihrer Tochter los, atmete noch einmal tief durch und betrat dann das Zimmer. Sie war hier die Erwachsene und dafür verantwortlich, ihr Kind zu beschützen. Nach ein paar Schritten machte sich Erleichterung in ihr breit. Offenbar war tatsächlich niemand hier. Wahrscheinlich hatte sie einfach den Hebel des Fensters nicht ganz in die korrekte Position gebracht und es war von allein aufgegangen.

Mit mehr Selbstbewusstsein stiefelte sie zum Fenster, um es zu schließen. »Du kannst reinkommen«, rief sie ihrer Tochter zu.

»Ich bin doch schon da«, antwortete eine fremde Stimme.

Katrin fuhr herum und sah gerade noch den Eisenstab, der auf ihren Kopf zusauste. Dann spürte sie den dumpfen Schmerz des Schlages, eine warme Flüssigkeit lief ihr über die Stirn in die Augen und nahm ihr die Sicht. Zur Abwehr hob sie die Hände. Der nächste Schlag brach ihr einen Finger. Vor Schmerz ging sie in die Knie. Die Schritte des Eindringlings entfernten sich.

Nein! Mariella!

Panisch versuchte sie, das Blut aus ihren Augen zu blinzeln, wischte mit den Händen darüber. Ihre Tochter gab einen spitzen Schrei von sich. Halb blind hechtete Katrin nach vorn, die Arme ausgestreckt, um den Angreifer zu packen, doch er war nirgends. »Lassen Sie meine Tochter in Ruhe!«, kreischte sie. »Nehmen Sie, was Sie wollen, aber bitte, tun Sie ihr nichts.«

Sie wischte sich erneut über die Augen und konnte endlich verschwommen etwas sehen. Die Beine ihrer Tochter schwangen vom Bett herunter, der Eindringling stand vor ihr und machte sich an ihr zu schaffen. Ein ratschendes Geräusch, dann fiel eine Rolle Klebeband zu Boden. Mariella hatte mehrere Lagen davon um den Mund gewickelt bekommen.

»Du bewegst dich keinen Millimeter«, drohte der Angreifer Katrins Tochter, dann drehte er sich um. »Und jetzt zu dir.«

30. Kapitel

Als Fabians Wecker am Montagmorgen klingelte, hätte er sein Handy am liebsten aus dem Fenster geworfen. Sein erster und einziger freier Tag seit zwei Wochen war wie im Flug vergangen. Den ganzen Mittag hatten er und Josi damit verbracht, sich gründlich auszusprechen. Glücklicherweise war sie nicht wirklich wütend über seine dämliche Reaktion gewesen, sondern hatte sogar Verständnis gezeigt, wenngleich sie etwas enttäuscht war. Nachdem er ihr seine Bedenken erklärt hatte, wobei er die Geschichte um seinen Bruder ausließ, hatte sie ihn verstanden und ihm einige seiner Ängste genommen.

Abends waren sie dann noch mit seinen Eltern essen gewesen, um die frohe Botschaft zu verkünden, und seine Mutter war natürlich völlig aus dem Häuschen. Sie hatte von ihrem zukünftigen Enkel geschwärmt und sich bereits überlegt, was sie alles gemeinsam unternehmen würden. Besonders unangenehm war es für Fabian, als sie erwähnte, dass ja nun nur noch Gerrit und Nicole nachziehen mussten.

Das schlechte Gewissen hatte ihn den ganzen Abend begleitet, weil seine Eltern bisher weder von Gerrits Trennung noch von den Vorwürfen gegen ihn wusste. Ihm war klar, dass er es ihnen hätte sagen müssen, aber er brachte es einfach nicht über sich. Außerdem war es nicht seine Aufgabe, seine Eltern darüber zu informieren. Aber irgendwie trug er dann doch die Verantwortung dafür. Es fühlte sich falsch an, sie über die aktuellen Entwicklungen im Dunkeln zu lassen. Er konnte nur hoffen, dass sich alles aufklären würde und seine Eltern wenigstens niemals von dem Mordverdacht erfahren musste.

Der Tag war für Fabian jedenfalls ein Wechselbad der Gefühle gewesen und die Aufregung hatte ihn in der Nacht lange wachgehalten.

Jetzt quälte er sich völlig übermüdet aus dem Bett und duschte eiskalt, um seine Lebensgeister zumindest ein wenig zu wecken. Als er in die Küche kam, hatte Josi schon Kaffee gekocht und war mit Lumpi auf seiner Morgenrunde unterwegs. Fabian füllte sich einen Thermobecher voll, schrieb Josi einen Zettel, dass er losmusste, und machte sich auf den Weg ins Büro. Vor Dienstantritt wollte er unbedingt noch bei Helga und Thomas vorbeischauen. Er wünschte, er könnte mit ihnen an vorderster Front ermitteln, anstatt sich dem Archivieren von abgeschlossenen Fällen zu widmen, bis er anderen Ermittlungen zugeteilt wurde. Nicht alle Informationen zu haben und trotzdem gewissermaßen involviert zu sein, fühlte sich grauenvoll an. Fabian war niemand, der gern die Kontrolle abgab. Diese Situation forderte ihn enorm.

In der Adickesallee fand er das Büro seiner Kollegen verwaist vor. Dass Helga um die Zeit noch nicht da war, wunderte ihn nicht sonderlich, für Thomas jedoch war das außergewöhnlich. Er betrachtete das Whiteboard, auf dem in Helgas Handschrift Notizen über mögliche Motive der beiden Taten festgehalten waren. Immerhin sah es nicht danach aus, als hätten die beiden sich auf seinen Bruder als möglichen Täter versteift. Das beruhigte ihn.

Auf Helgas Schreibtisch lag ein Stapel Papiere. Fabian warf einen Blick darauf. Die Befragungsprotokolle der Zeugen. Es juckte ihn in den Fingern, sich näher damit zu beschäftigen, aber er hielt sich zurück. Wenn Peitsch ihn dabei erwischte, dürfte Fabian sich von ihm eine Gardinenpredigt anhören. Stattdessen schielte er auf einen weiteren Zettel, der vom kriminaltechnischen Labor stammte. Das Analyseergebnis der Brechstange, die man in Gerrits Wagen gefunden hatte. Die Partikel stimmten mit denen überein, die am aufgebrochenen Fenster bei den Siebenäugers sichergestellt worden waren.

Fabian seufzte. Das war zu erwarten gewesen und doch hatte er sich gewünscht, es würde etwas anderes herauskommen. Immerhin waren keine Fingerabdrücke seines Bruders darauf gewesen. Das hätte Fabian auch sehr gewundert. Gerrit war handwerklich genauso unbegabt wie er selbst: Sie besaßen beide zwei linke Hände oder aber, wie ihr Vater sie früher immer geneckt hatte, zehn Daumen. Wahrscheinlich hätte Gerrit sich bei dem Versuch, das Schlafzimmerfenster aufzuhebeln, den Arm gebrochen oder die Schulter ausgekugelt.

Hoffentlich entlasteten die weiteren Ermittlungen zu Bobrows Tod Gerrit. Anhand dessen, was Fabian bislang dazu erfahren hatte, war er sich sicher, dass in beiden Fällen derselbe Täter am Werk gewesen war. Die Handschriftenanalyse würde das bestätigen und seinen Bruder aus dem Fokus der Ermittlungen nehmen. An diesen Gedanken klammerte er sich, denn irgendwie musste sich das doch alles aufklären. Dann mussten sie nur noch herausfinden, wer Gerrit diese schrecklichen Taten anhängen wollte.

Sein Privathandy klingelte. Fabian zog es aus der Hosentasche. Es war sein Bruder.

Wenn man vom Teufel spricht, dachte er und nahm das Gespräch an.

»Ich bin's«, sagte Gerrit überflüssigerweise. »Du musst sofort zu mir nach Hause kommen.«

»Guten Morgen wünsche ich dir auch. Momentan bin ich auf der Arbeit, anscheinend im Gegensatz zu dir«, sagte Fabian. Seit Nicoles Auszug schien sein Bruder sich ganz schön gehen zu lassen. Verständlich, aber das Leben musste auch irgendwie weitergehen. Wenn er seinen Job verlor, war damit niemandem gedient. Außerdem wirkte verändertes Verhalten immer verdächtig. Er sollte lieber zusehen, dass er seinen Alltag ganz normal gestaltete. »Was gibt es denn so Wichtiges?«

»Was es gibt?« Gerrit schrie fast. »Deine Kollegen stehen mit einem Durchsuchungsbeschluss vor meiner Tür. Ich brauche dich jetzt hier!«

»Verdammter Mist«, rutschte es Fabian heraus und er hätte sich am liebsten auf die Zunge gebissen. Er sollte seinen Bruder in dieser Situation besser nicht verunsichern. »Nach dem, was sie bei dir im Auto gefunden haben, ein logischer Schritt. Momentan kann ich dabei gar nichts für dich tun. Bleib einfach ruhig. Wenn du mit der Sache nichts zu tun hast, musst du dir keine Gedanken machen. Vielleicht wäre ...«

»Wenn?«, brüllte Gerrit nun wirklich. »Was soll das denn heißen, wenn? Du bist mein Bruder und ich erwarte, dass du mir glaubst!«

»Natürlich glaube ich dir«, beschwichtigte Fabian ihn.

»Dann setz dich in dein Auto und komm her. Ich habe das Recht auf einen Zeugen bei der Durchsuchung und ich möchte, dass du dieses Mal dabei bist. Ich habe schon letztes Mal den Fehler gemacht, darauf zu verzichten.«

In diesem Punkt musste Fabian seinem Bruder zustimmen. Bei einer Wohnungsdurchsuchung war es gut, wenn ein unabhängiger Zeuge anwesend war. »Vielleicht wäre ein Anwalt die bessere Wahl«, sagte er vorsichtig.

Gerrit war nicht überzeugt. »Noch mal, du bist mein Bruder und außerdem Polizist. Also komm gefälligst her und steh mir zur Seite. Einen Anwalt habe ich nicht, den müsste ich erst suchen. Das erledige ich später.« Er wurde leiser, anscheinend sprach er jetzt mit dem Polizisten, der ihn überwachte, bis die Durchsuchung startete. »Ja, da brauchen Sie gar nicht so zu schauen. Das ist ebenfalls mein Recht!«

»Schon gut, Gerrit. Reiß dich zusammen und bleib ruhig, ja? Du redest dich um Kopf und Kragen. Ich setze mich ins Auto und bin gleich bei dir«, lenkte Fabian ein.

Peitsch wäre sicher nicht begeistert, wenn er davon erfuhr, aber grundsätzlich sprach nichts dagegen. Fabian wäre lediglich als neutraler Zeuge anwesend und nicht in seiner Funktion als Kommissar. Da er von den Ermittlungen ausgeschlossen war, konnte er genauso gut seinen Bruder unterstützen. »Und Gerrit? Red ab jetzt mit niemandem mehr. Auch keine Plauderei. Am Ende kann alles zu deinen Lasten ausgelegt werden, okay? Das ist eine Hausdurchsuchung, keine Befragung. Du musst nichts beantworten.«

Nach quälenden 35 Minuten durch den Berufsverkehr kam Fabian bei der Wohnung seines Bruders an. Vor der Tür standen fünf uniformierte Beamte sowie Helga und Thomas.

»Ihr hättet ruhig mal was sagen können gestern«, knurrte Fabian ihnen im Vorbeigehen zu, obwohl er genau wusste, dass die beiden ihm schon sehr entgegenkamen mit den Informationen, die sie an ihn weitergaben. Gerade wuchs ihm einfach alles über den Kopf.

Oben wartete Gerrit in Anwesenheit eines weiteren Beamten. Die anderen kamen gefolgt von Thomas und Helga hinter Fabian die Treppe hoch.

»Ah, Prior, habe ich mir doch gedacht, dass ich den Namen kenne. Dann können wir ja endlich loslegen«, sagte der Mann neben Gerrit. Er war sichtlich wenig begeistert darüber, dass er so lange hatte warten müssen.

Während die Beamten die Wohnung betraten und systematisch mit ihrer Arbeit begannen, stellte Fabian sich neben seinen Bruder. »Du hast dich hoffentlich nicht in ein Gespräch verwickeln lassen«, murmelte er ihm zu.

»Nein, wir haben uns angeschwiegen wie bei einem missglückten Tinder-Date«, gab Gerrit zurück.

Die beiden gingen ebenfalls in die Wohnung und beobachteten die Polizisten dabei, wie sie in Gerrits Intimsphäre eindrangen. Es war immer noch so unordentlich wie bei Fabians Besuch am Samstag.

So kommt wenigstens niemand auf die Idee, dass Gerrit aufgeräumt hat, um verdächtige Gegenstände verschwinden zu lassen, dachte Fabian.

Die folgenden Stunden durchwühlten die Beamten nach und nach jeden Raum, offenbar ohne dabei auf etwas zu stoßen, das für sie von Interesse schien. Mit der Zeit wurde Fabian ein wenig entspannter. Er hatte nicht damit gerechnet und es doch irgendwie befürchtet, dass sie etwas Verdächtiges finden würden. Zwei der Polizisten kamen aus dem Schlafzimmer. Einer ging an ihnen vorbei in den Hausflur und betrachtete den Schuhschrank, der neben der Wohnungstür an der Wand stand. Der andere blieb bei ihnen stehen. »In den Keller würden wir dann auch noch gern. Ihre Werkzeugsammlung ansehen«, sagte er.

»Da muss ich Sie enttäuschen. Werkzeug besitze ich gar nicht«, antwortete Gerrit und Fabian stieß ihn mit dem Ellenbogen an. »Aber gern, ich gebe Ihnen den Schlüssel.«

»Den nehme ich mir schon selbst, danke«, entgegnete der Uniformierte. »Auf die Schlüsselbunde wollte ich ohnehin einen Blick werfen.«

»Herr Prior«, meldete sich der Beamte aus dem Hausflur.

Aus Gewohnheit drehte Fabian sich um und ging zu ihm. »Was gibt es?«, fragte er.

»Den anderen meinte ich«, gab der Polizist zurück. Fabians Anwesenheit schien ihm unangenehm zu sein.

Gerrit kam zu ihnen und der Beamte zeigte auf das Schuhregal. »Das hier gehört Ihnen, nehme ich an«, sagte er.

»Wem denn sonst?« Gerrit klang wie ein patziges Kind. Nicht dass es darauf ankäme, aber so machte er sich sicherlich keine Freunde.

»Da fehlt ein Paar.« Der Mann holte sein Handy heraus und fotografierte das Schuhregal. »Wo sind die Schuhe, die ursprünglich in dieser Lücke standen?«

»Keine Ahnung. Ich führe doch kein Buch über die Anordnung im Regal. Meine Frau ist kürzlich ausgezogen, vermutlich stand dort ein Paar von ihr«, sagte Gerrit.

Halt dich an meinen Rat und antworte einfach nicht auf ihre verdammten Fragen, beschwor Fabian ihn im Geiste. Mit einem intensiven Blick versuchte er, seinen Bruder darauf aufmerksam zu machen, dass er den Mund halten sollte. Die Kollegen waren sehr wahrscheinlich auf der Suche nach den Schuhen, die den Abdruck in Bobrows Wohnung hinterlassen hatten. Natürlich war da eine so offensichtliche Lücke in einem sonst vollen Schuhregal auffällig.

»Ach, ist das so? Bestimmt keine einfache Zeit momentan für Sie, hm?«, ging der Beamte sofort darauf ein. Fabian wusste genau, was er vorhatte. Gerrit in ein Gespräch verwickeln, bei dem er sich möglicherweise verplapperte. Die Lebensumstände ausloten, um die später gegen ihn zu verwenden oder in damit während einer Vernehmung weichzuklopfen. Er würde es genauso machen, stünde ein Verdächtiger vor ihm.

Sie hatten es in letzter Zeit nicht leicht. Ihre Frau hat Sie verlassen, alles geht den Bach runter, da kann man schon mal durchdrehen, wenn man auf dem Klassentreffen sieht, welch perfektes Leben die ehemaligen Freunde doch so führen.

Gerrit zuckte mit den Schultern.

»Ansonsten sieht es nicht so aus, als wären hier kürzlich Schuhe entfernt worden. Besitzt Ihre Frau nur ein Paar?«

»Sie hat einen Extraschrank in der Diele. Den dürften Sie schon leer vorgefunden haben«, erklärte Gerrit bereitwillig. »Aber warum interessieren Sie sich so dafür?«

»Ach, ich frage mich nur, ob Sie gestern oder heute ausgemistet und ein paar Turnschuhe entsorgt haben.«

Endlich schaltete Gerrit. Er verschränkte die Arme vor der Brust und schüttelte den Kopf.

»Heißt das Nein?«, fragte der Beamte.

»Das heißt, dass ich nichts mehr sagen werde«, antwortete Gerrit. »So wie es mein Bruder mir geraten hat.«

Ach, halt doch den Mund, dachte Fabian und lächelte den Kollegen gequält an. Er machte sich mit seiner Anwesenheit hier ohnehin nicht sonderlich beliebt, da musste Gerrit nicht auch noch darauf hinweisen, dass Fabian den Beamten die Tour vermasselte.

Hinter ihnen in der Diele klimperte der andere Polizist mit einem Schlüsselbund, den er in ihre Richtung hielt.

»Haben Sie eine Laube angemietet oder eine Garage oder sonstige Lagerfläche?«, fragte er.

Gerrit blickte kurz zu Fabian, der kaum merklich den Kopf schüttelte. Die Fragezeichen, die in seinen Augen standen, konnte er vermutlich nicht verbergen. »Wie ich Ihrem Kollegen gerade erklärt habe, antworte ich auf Ihre Fragen nicht.«

Der Beamte zuckte die Schultern. »Dann werden wir den hier wohl vorerst konfiszieren müssen, um ihn zu überprüfen. Der passt nämlich nicht zu den anderen, die Sie haben.« Demonstrativ nahm er einen Beweismittelbeutel und packte den Bund dort hinein.

Gerrit betrachtete ihn durch die durchsichtige Tüte genauer. »Ach, den meinen Sie. Das habe ich ganz vergessen. Den habe ich ...«, setzte er an, doch Fabian stoppte ihn mit einem Stoß seines Ellenbogens.

»Na schön.« Der Beamte warf Fabian einen finsteren Blick zu. Dann drehte er sich um und rief. »Kollegen? Schaut mal, ob ihr einen Pacht- oder Mietvertrag für weitere Räumlichkeiten findet.«

Es dauerte noch eine Stunde, bis die Kollegen ihre Arbeit einstellten, nachdem sie auch den Keller durchsucht und nichts gefunden hatten. Fabian würde für den heutigen Tag wohl nachträglich Urlaub einreichen müssen. Das war es ihm aber allemal wert, denn ohne ihn hätte Gerrit sich um Kopf und Kragen geredet.

»Was hat es mit diesem Schlüssel auf sich?«, fragte Fabian, als die Beamten sowie Thomas und Helga sie allein in der Wohnung gelassen hatten. Er konnte sich ausmalen, was ein solcher Fund für die Ermittlungen bedeutete. Bis klar war, wozu der Schlüssel gehörte, führte er potenziell zu dem Ort, an dem Amelie Siebenäuger festgehalten wurde.

»Ach, das war seltsam. Den muss ich gestern in Gedanken bei Mareike eingesteckt haben. Als ich wieder nach Hause kam, hab ich ihn in meiner Jackentasche gefunden. Eigentlich wollte ich ihr den heute zurückbringen.«

Fabian atmete auf. Dann konnte er Gerrit wohl nicht gefährlich werden. Immerhin das. »Und die Schuhe? Da fehlt doch eindeutig ein Paar.«

»Das hat mich ehrlich gesagt auch gewundert. Hier draußen stehen normalerweise nur meine und der Schrank ist eigentlich voll. Die muss irgendjemand mitgenommen haben.«

»Passiert es öfter, dass hier im Treppenhaus was wegkommt?«

Gerrit schüttelte überzeugt den Kopf. »Dann würde ich wohl kaum meine Sachen draußen stehen lassen.«

Fabian überlegte. Wenn jemand Gerrit den Mord – oder mittlerweile die Morde – anhängen wollte und dafür sogar sein Auto gestohlen hatte, wäre er wahrscheinlich auch nicht davor zurückgeschreckt, ins Haus einzudringen, um ein paar Schuhe zu entwenden und damit einen Abdruck an einem Mordschauplatz zu hinterlassen. Aber hätte er dann, um den Verdacht zu erhärten, diese nicht ebenfalls wieder in Gerrits Besitz bringen müssen? Möglicherweise hatte er dazu noch keine Gelegenheit gehabt, oder aber die Schuhe befanden sich im Auto, denn dazu hatte der Täter ja offensichtlich den elektronischen Schlüssel geknackt.

»Warum sind diese verdammten Schuhe denn so interessant?«, fragte Gerrit naiv.

»Das darf ich dir nicht beantworten. Nur so viel: Sie könnten dich noch ganz schön in Bedrängnis bringen.« Fabian seufzte. Dieser Fall war zum Verrücktwerden und es fuchste ihn, dass er nicht sämtliche Informationen hatte. Wie sollte er seinem Bruder so helfen? Konnte er das überhaupt? Jedenfalls konnte er die Sache nicht einfach laufen lassen. Selbst wenn Thomas und Helga in alle Richtungen ermittelten, war da immer noch die Staatsanwaltschaft. Hatte die erst mal in ihren Augen genügend gegen Gerrit in der Hand, würde sie ein Verfahren eröffnen.

»Ich brauch jetzt einen großen Pott Kaffee«, sagte Gerrit und sprach Fabian damit aus dem Herzen.

»Mir kannst du einen mitmachen. Der Arbeitstag ist für mich jetzt eh gegessen«, sagte er und folgte Gerrit in die Küche.

»Das kommt mir ganz gelegen. Ich muss da nämlich mit dir reden.« Gerrits Gesichtsausdruck verriet Fabian, dass es sich um etwas Ernstes handelte. Augenblicklich trat ihm der Schweiß auf die Stirn. Gerrit würde ihm doch jetzt nicht etwa gestehen, dass er tatsächlich der Mörder war?

»Eine richtig blöde Geschichte«, beunruhigte Gerrit ihn noch mehr. »Vor vielen Jahren bei unserer Abiparty, da haben ein paar Leute ziemlichen Mist gebaut. Und ich war einer von ihnen.«

31. Kapitel

15 Jahre zuvor

Das Nächste, was Alex bewusst wahrnahm, war, dass sie auf hartem Boden lag. Es roch muffig nach Schweiß, nach Verwesung und nach Wald. Sie öffnete die Augen und stellte fest, dass sie sich im Bauwagen befand. Maxim und Lutz standen vor ihr, das Licht ihrer Handylampen beleuchtete ihre grinsenden Gesichter. Lutz beugte sich runter und hielt das Gerät direkt vor sich. Es gab ein klackendes Geräusch von sich. Anscheinend hatte er sie fotografiert.

Alex rappelte sich in eine sitzende Position. Ihr Unterleib brannte und ihre Oberschenkel und Hüfte taten weh, als wären sie mit blauen Flecken übersät. Etwas Feuchtes lief zwischen ihren Beinen hinab. Sie schaute an sich hinunter. Ihr Rock war bis zur Hüfte hochgeschoben, sie trug keine Unterhose. Erst jetzt bemerkte sie, dass auch die beiden Jungs unten rum nackt waren. Mit einem Mal wurde sie klar im Kopf.

»Ihr Schweine, was habt ihr getan?«, fragte sie und schlug nach dem Handy, das Lutz immer noch vor sie hielt. Er zog es lachend aus ihrer Reichweite, sie war viel zu langsam.

»Wir hatten etwas Spaß zu dritt. Ist doch kein Problem«, sagte Maxim achselzuckend.

»Du musst dich im Nachhinein nicht dafür schämen, dass du dich hast gehen lassen«, ergänzte Lutz. »Wir fanden das heiß, nicht wahr, Maxim?«

»Richtig heiß. So sehr, dass ich sogar ein Video davon gemacht habe. Schade, dass man nur wenig erkennt, weil das Licht hier drin so schlecht ist, aber wer konnte denn ahnen, dass du uns verführen willst.«

Alex spürte, wie ihr die Magensäure in der Speiseröhre brannte. Mit einem Schlag kehrte die Erinnerung zurück. An den ekelhaften Vogel, auf den sie getreten war, dass sie sich danach übergeben hatte. Als ihr wegen des ganzen Alkohols und dieser verdammten Droge schwindelig geworden war, hatte Maxim sie von hinten gepackt und in den Bauwagen gezogen. Sie hatte sich gewehrt, aber gegen die beiden Jungs keine Chance gehabt. Sie hatten ihr das Shirt hoch und die Unterhose ausgezogen und erst an ihr rumgefummelt. Dann hatte Lutz ihr seinen Schwanz an die Lippen gepresst, während Maxim mit dem Handy danebengestanden hatte.

Wut kochte in ihr hoch. »Ihr Wichser! Ihr verdammten Schweine habt mich vergewaltigt«, rief sie. »Ich werde euch anzeigen.«

Die beiden schauten sich an. »Verstehst du, was sie meint? Ich habe ganz genau gehört, wie sie gesagt hat, dass sie uns schon immer vögeln wollte. Am liebsten beide auf einmal«, sagte Lutz und lachte dreckig.

»Genau so war es«, stimmte Maxim ihm zu. »Man muss vorsichtig sein mit dem, was man sich wünscht. Nur, weil es zwischendurch dann mal wehgetan hat, musst du nicht gleich rumheulen. Hier drin ist es eben eng, genau wie in deinem Arschloch.«

»Ganz im Gegensatz zu deiner Muschi. Da hast du wohl schon einige rangelassen.« Lutz schlug sich vor Lachen auf den nackten Oberschenkel.

Da Maxim gerade damit beschäftigt war, seine Hose und Boxershorts auseinanderzupfriemeln, nutzte Alex die Gelegenheit. So schnell sie konnte, sprang sie auf, griff nach Lutz' Handy und riss es ihm aus der Hand. Sie stürmte zwischen den beiden hindurch und raus aus dem Bauwagen, wo sie beinahe die Stufen vergaß und gerade so verhindern konnte, dass sie der Länge nach hinfiel.

»Hey, du verdammte Schlampe! Bleib stehen!« Das war Lutz. Alex ignorierte ihn und rannte einfach los den Weg entlang, den sie vom Auto gekommen waren.

»Dir wird eh niemand glauben«, brüllte Maxim hinter ihr her. »Das sind zwei Aussagen gegen eine.«

Seine Stimme wurde leiser. Anscheinend folgten sie ihr noch nicht. Alex rannte und rannte, bis sie am Auto ankam. Von dort aus war es nicht mehr weit bis zur Straße. Gehetzt schaute sie sich um, konnte aber keinen der beiden Jungs hinter sich entdecken.

Einen Moment blieb sie stehen und nahm das Handy hoch. Es hatte keinen Empfang. Sie konnte keine Polizei rufen. Verzweifelt überlegte sie, wohin sie sich wenden sollte.

Die beiden waren mit dem Auto schneller als sie und hätten sie bald eingeholt. Bestimmt vermuteten sie, dass sie nach Hause lief, also schlug sie die andere Richtung ein. Sie würde zurück zur Party rennen und Gerrit erzählen, was passiert war. Er würde ihr glauben. Sein Bruder war bei der Polizei. Den könnte er anrufen.

Damit sie nicht sofort entdeckt wurde, presste sie das Handy mit der Lampe an ihre Brust und hielt sich im Straßengraben. Sie hatte keine Ahnung, wie lange sie brauchte, doch irgendwann erreichte sie die Villa von Katrin Rauh. Die Musik war bis auf die Straße zu hören und einige Gäste standen im Vorgarten und rauchten.

Erst jetzt wagte sie, das Handy von ihrer Brust zu nehmen und draufzuschauen. Es war nach eins. Sie war mindestens eine Stunde in dem Bauwagen gewesen. Der Ton war lautlos gestellt und das Display zeigte ihr, dass Maxim anrief. Sie drückte ihn weg und ging auf das Hoftor zu. Direkt vor der Haustür stand Gerrits Freundin, die im Takt der Musik die Hüften wiegte.

Alex stürmte auf sie zu und packte ihre Schultern. »Wo ist Gerrit?«, fragte sie und merkte, wie ausgetrocknet ihr Mund war. Ihre Zunge schien am Gaumen zu kleben.

Gerrits Freundin warf ihr einen abfälligen Blick zu und wich einen Schritt vor ihr zurück. »Was machst du denn immer noch hier? Ich dachte, Lutz hätte dich längst nach Hause gebracht! Wo steckt der überhaupt?«

Die anderen, die draußen geraucht hatten, verzogen sich nach drinnen.

»Lutz hat …« Eine Welle des Ekels und der Verzweiflung brach über Alex zusammen. Sie konnte ihre Tränen nicht zurückhalten. »Er und Maxim. Sie haben mich vergewaltigt«, presste sie hervor, während ihr Körper von Schluchzern geschüttelt wurde.

Das Gesicht von Gerrits Freundin nahm einen Ausdruck an, der zwischen Besorgnis und Zweifel lag. »Was erzählst du da?«

»Bitte, ich muss mit Gerrit reden. Sag mir, wo er ist. Er muss seinen Bruder anrufen. Der ist doch bei der Polizei!« Alex hielt das Handy hoch. »Ich lüge nicht. Sie haben sogar ein Video davon gemacht. Es muss hier drauf sein, ich weiß nur nicht, wie man das entsperrt.«

Gerrits Freundin nahm ihr das Telefon aus der Hand. »Vermutlich lang Raute drücken«, sagte sie, da hielt ein Auto vor dem Tor der Einfahrt. Alex drehte sich um und sah Lutz aus dem Wagen springen. Instinktiv stellte sie sich hinter Gerrits Freundin und presste sich Schutz suchend an sie.

»Ah, da ist sie ja, die Diebin«, sagte Lutz und kam mit ausgestreckter Hand auf sie zu. »Das da ist mein Handy, sie hat es mir geklaut.« Er langte danach und hatte es Gerrits Freundin im nächsten Moment entrissen.

»Wo wart ihr?«, fragte die in scharfem Ton.

»Wie, wo waren wir? Wir wollten die Zicke nach Hause fahren, so wie es abgesprochen war. Du wolltest sie doch loswerden. Aber auf halbem Weg hat sie sich überlegt, dass sie doch lieber noch auf der Party bleiben will, wo sie nicht hingehört, und ist aus dem Auto gesprungen.«

»Das ist nicht wahr«, rief Alex. »Er lügt.«

Gerrits Freundin löste sich von ihr und betrachtete sie. »Bei voller Fahrt?«, hakte sie nach. »Da hätte sie sich doch bestimmt verletzt.«

»Na ja, nicht ganz.« Lutz packte sie am Arm und zog sie etwas von Alex weg, redete allerdings laut genug, sodass sie ihn noch hören konnte. »Eigentlich wollte ich es ja gar nicht anbringen, aber sie hat sich während der Fahrt an mich rangeschmissen. Hat an meiner Hose rumgefummelt und wollte mir unbedingt einen blasen.«

»Nein! Das stimmt nicht«, murmelte Alex.

»Natürlich bin ich dann vom Gas gegangen und hab schließlich auf einem Feldweg angehalten, weil sie nicht aufhören wollte. Wir sind dann zusammen in einen Bauwagen gegangen und hatten zu dritt ein bisschen Spaß. Weißt du, ich bin auch nur ein Mann, und wenn mir jemand zwischen die Beine geht, kann ich wohl kaum widerstehen.«

Alex taumelte auf ihn zu und schlug nach ihm. »Das ist nicht wahr. Ihr habt … ihr habt mich zu diesem Bauwagen gelockt, um mich zu vergewaltigen.« Verzweifelt schaute sie Gerrits Freundin ins Gesicht. »Warum sollte ich lügen? Wieso?«

»Weil es dir im Nachhinein doch keinen Spaß gemacht hat, mit den Großen zu spielen?«, sagte Maxim, der mittlerweile auch ausgestiegen und zu ihnen herübergekommen war. »Weil du beleidigt bist, dass wir dich trotzdem nicht mit zurück zur Party lassen wollten, obwohl du uns deinen Körper als Bestechung angeboten hast?«

»Das ist nicht wahr!«, rief Alex. »Bitte, du musst mir glauben. Ich gehe jetzt Gerrit suchen, der muss seinen Bruder anrufen!«

Lutz packte sie am Handgelenk und riss sie brutal zurück. »Einen Scheiß wirst du«, zischte er.

»Hey, lass sie los, okay? Das lässt sich bestimmt klären«, sprang ihr Gerrits Freundin bei.

»Nichts wird sich klären. Was glaubst du, was hier los ist, wenn die Bullen aufkreuzen, hm? Glaubst du, die freuen sich, da drin einen Haufen Speed und X zu finden? Wer erklärt ihnen das, hm? Wirst du dann sagen, dass du die Drogen hier angeschleppt hast, damit wir anderen keinen Ärger bekommen?«

Die Haustür öffnete sich. In der Hoffnung, Gerrit dort zu entdecken, schaute Alex in die Richtung, aber es war nur Katrin, die nach draußen kam. »Was ist denn hier für eine Veranstaltung und was hat die hier zu suchen?«, fragte sie und zeigte auf Alex.

»Katrin, du musst mir helfen, die beiden ...«

Maxims Hand legte sich von hinten auf ihren Nacken und drückte zu. »Wir haben hier ein kleines Problem, das irgendwie gelöst werden muss«, sagte er und rüttelte an ihr.

Alex schaute zu Gerrits Freundin, die nur mit den Schultern zuckte. »Sorry«, formten ihre Lippen, da wusste Alex, dass ihr hier niemand glauben würde.

32. Kapitel

Fabian musste das Gehörte erst einmal sacken lassen. Gerrit und er saßen im Wohnzimmer inmitten der Unordnung, die durch die Durchsuchung ein noch größeres Ausmaß angenommen hatte. Überall lag der Inhalt der Schränke auf dem Boden, Schubladen waren aufgezogen, Schranktüren standen offen. Es sah aus, als wäre eine Bande Einbrecher durch die Wohnung gefegt. Immerhin ein Grund für Gerrit, endlich mal aufzuräumen. Wobei das gerade sein geringstes Problem war. Fabian ließ sich durch den Kopf gehen, was Gerrit ihm gestanden hatte.

»Dir ist hoffentlich klar, dass diese Informationen und der Zettel in deinem Briefkasten für die Ermittlungen von höchster Relevanz sein könnten«, redete er dann auf seinen Bruder ein.

Er hatte damals von diesem schrecklichen Unfall gehört, ihm aber keine Bedeutung beigemessen. Der Vorfall war der Presse nur einen winzigen Artikel wert gewesen. Jetzt wurde ihm auch klar, warum sein Bruder nach dem Abitur sämtlichen Kontakt zu seinen ehemaligen Klassenkameraden abgebrochen hatte. Damals hatte Fabian sich keine großartigen Gedanken darüber gemacht. Er selbst war in der Schule wegen seines Übergewichts gemobbt worden und hatte keine Freundschaften innerhalb des Jahrgangs geschlossen.

»Hör auf, mit mir zu reden, als würdest du gerade eine Pressekonferenz geben«, giftete Gerrit ihn an. Seine

Nerven lagen blank. »Dass das irgendwie wichtig sein könnte, habe ich mir ja auch überlegt. Aber es stecken eben noch mehr Leute mit drin.«

»Leute, die in Gefahr sein könnten. Jemand will dir was anhängen, die Tochter von Siebenäuger ist spurlos verschwunden, sehr wahrscheinlich entführt.« Fabian fiel ein, dass Gerrit vermutlich noch gar nichts von Bobrows Tod wusste. »Und es hat noch einen Mord gegeben. Maxim Bobrow wurde in seiner Wohnung umgebracht. Ihr alle hattet damals mit dieser Alex zu tun.« Er beobachtete aufmerksam Gerrits Reaktion. Sein Bruder schien ernsthaft erschüttert.

»Ach du Scheiße!«, murmelte er.

»Das kannst du laut sagen. Falls die Delikte damit zusammenhängen, wird der Täter womöglich erst aufhören, wenn ...«

»Schon gut, ich bin nicht blöd, ja?« Gerrit stand vom Sofa auf und warf dabei seine Tasse um, die auf dem Tisch stand. Um den Rest Kaffee, der sich über der Platte verteilte und auf den Boden tropfte, kümmerte er sich nicht. Fabian schaute sich um, fand aber nichts, um die Flüssigkeit aufzusaugen.

»Du hast recht, ich muss reinen Tisch machen. Zuerst will ich mich aber mit einem Anwalt beraten. Die ganze Sache wirft nicht gerade ein gutes Licht auf mich.«

Fabian nickte. In diesem Punkt musste er seinem Bruder recht geben. Möglicherweise war es vernünftiger, erst mal Ruhe zu bewahren. Nicht jeder würde die Geschichte auslegen wie er und sie als entlastend für Gerrit einstufen.

»Also schön«, sagte Fabian. »Dann such dir am besten sofort einen Anwalt raus. Wir wissen nicht, wann der Täter erneut zuschlagen wird.«

»Vielleicht sollte ich zuerst mit Katrin sprechen. Jemand muss sie warnen. Bei Mareike war ich gestern, sie wollte nichts davon hören.« Gerrit tigerte unruhig im Zimmer auf und ab, wobei er herumliegenden Gegenständen auswich.

»Du wirst dich hüten, Kontakt zu irgendjemandem aufzunehmen, der da mit drinhängt«, sagte Fabian, um Gerrits Aktionismus zu bremsen. »Was glaubst du, wie das aussieht, wenn dann wirklich was passiert und meine Kollegen finden heraus, dass ausgerechnet du kurz zuvor dort angerufen hast?«

Gerrit stolperte über einen Stapel Zeitschriften, den die Beamten bei der Durchsuchung auf dem Boden abgelegt hatten. »Aber was soll ich denn sonst machen? Hier sitzen und Däumchen drehen, während irgendjemand meine ehemaligen Klassenkameraden abschlachtet und mir die Schuld dafür in die Schuhe schiebt? Du hast selbst gesagt, dass dieses Arschloch jeden Moment wieder zuschlagen könnte.«

Fabian überlegte. Bisher hatte der Täter nur nachts agiert. Was jedoch nicht bedeutete, dass er seine Vorgehensweise nicht ändern konnte. Aus dem Bauch heraus traf er eine Entscheidung. »Also gut. Da du bereits mit Mareike gesprochen hast, bleibt nur noch diese Katrin.« Fabian erinnerte sich sogar an sie. Sie war eines der beliebtesten Mädchen in Gerrits Jahrgang gewesen, hübsch, reiche Eltern. »Gib mir ihre Adresse, dann fahre ich dort vorbei und rede mit ihr.«

»Die hab ich nicht.«

»Und wie wolltest du sie dann bitte kontaktieren?«, fragte Fabian genervt. Gerrit hatte noch nie sonderlich vorausschauend gedacht, aber gerade kam ihm sein Bruder einfach nur neben der Spur vor. In seiner Situation war das nicht sonderlich hilfreich, sie mussten jetzt die Nerven bewahren.

»Mareike war an der Organisation des Jahrgangstreffens beteiligt und hat alle Kontaktdaten. Ich kann sie anrufen und bitten, mir die Adresse zu sagen.«

Nun platzte Fabian aber der Kragen. War Gerrit so schwer von Begriff oder wollte er sich absichtlich derart unvernünftig verhalten? »Einen Teufel wirst du tun. Hast du es immer noch nicht verstanden? Kein Kontakt zu niemandem. Überleg mal, Katrin passiert was und du hast kurz vorher bei Mareike nach der Adresse gefragt.«

Gerrit zog geknickt die Mundwinkel nach unten. »Ist ja gut, ich hab halt nicht nachgedacht. Aber was machen wir dann?«

»Was du machst, kann ich dir genau sagen. Du schnappst dir jetzt deinen Laptop, mit dem du nach Anwälten googelst und dir einen suchst, bei dem du möglichst noch heute einen Termin bekommst. Danach räumst du deine Wohnung auf oder lenkst dich sonst wie ab. Um den Rest kümmere ich mich.« Er stand auf und trat in die Kaffeepfütze auf dem Boden, um danach beinahe auf einem Pizzakarton auszurutschen. Obwohl gar nichts passiert war, fluchte er laut vor sich hin. Nicht nur Gerrits Nerven lagen blank.

Wer auch immer behauptet, dass alles im Leben seinen Grund hat und man später erst erkennt, wozu etwas gut gewesen ist, der war wohl noch nie in einer derart beschissenen Situation, dachte er und ließ seinen Bruder mit einem unguten Gefühl allein.

Am frühen Nachmittag stand Fabian vor der Tür von Katrin Rauh. Ob es sich bei ihr um die Richtige handelte, würde sich gleich erst herausstellen. Es gab diverse Frauen mit diesem Namen in Frankfurt und Umgebung, doch nur das Alter dieser einen hatte gepasst. Wenn die Katrin Rauh aus Gerrits Jahrgang nicht geheiratet und einen neuen Namen angenommen hatte oder weggezogen war, standen die Chancen gut, dass er die richtige Adresse herausgesucht hatte.

Das sanierte Fachwerkhaus lag etwas außerhalb von Frankfurt im alten Ortskern von Bad Vilbel. Fabian schaute über das Tor in einen begrünten Innenhof. Ein blank geputzter Tesla parkte vor der Garage, die früher wohl mal eine Scheune gewesen war. Fabian klingelte und hörte den Gong bis nach draußen. Erneut lugte er über das Tor und sah, dass die Haustür einen Spalt offen stand. Obwohl jemand zu Hause sein musste, regte sich nichts. Er klingelte erneut, trat einen Schritt zurück und schaute an der Fassade hinauf, ob er jemanden an einem der Fenster entdeckte, doch niemand war zu sehen.

Als nach einigen Minuten immer noch niemand zur Tür gekommen war, griff er durch den Schlitz im Tor, um innen an die Klinke zu kommen. Vielleicht war die Frau ja hinten im Garten und hörte die Klingel dort nicht.

»Hallo, ist jemand da?«, rief er und blieb vor der Tür stehen. Er stieß sie ein Stück weiter auf und blickte ins Haus. Die Diele lag verlassen vor ihm. Diese Katrin Rauh hatte auf jeden Fall Kinder, denn am Fuß der Treppe lag ein Paar rosafarbene Sandalen, sodass man aufpassen musste, nicht darüberzustolpern, wenn man runterkam.

Er ging weiter durch den Hof und gelangte in einen kleinen Garten. In der Mitte auf der Wiese stand ein Apfelbaum, der ordentlich Früchte trug. An der Wand zur Garage wucherten Himbeersträucher und in einem überdachten Beet wuchsen Tomaten. Menschen konnte Fabian nicht entdecken. Dafür etwas anderes, das ihn augenblicklich beunruhigte.

An der Rückwand des Hauses stand eine Leiter, die zu einem geöffneten Fenster im ersten Stock führte. Wahrscheinlich handelte es sich um das Kinderzimmer, denn an der Scheibe klebten mit Fensterfarben gemalte Bilder und er konnte ein Stück Wand erkennen, das in einem knalligen Pink gestrichen war.

»Ist jemand zu Hause? Mein Name ist Prior von der Kripo Frankfurt«, rief er erneut.

Niemand antwortete. Was war hier los? War jemand von der Leiter gestürzt, sodass die Bewohner das Haus fluchtartig verlassen hatten, um ins Krankenhaus zu fahren? Hatten sie dabei vergessen, die Tür zu schließen? Nein, das hier war vielleicht nicht die Großstadt, aber auch kein Dorf, in dem die Leute so viel Vertrauen in ihre Mitmenschen besaßen, dass sie alles offen stehen ließen, obwohl sie nicht zu Hause waren. Es musste eine andere Erklärung geben und Fabian bezweifelte, dass die harmlos war. Jetzt wünschte er sich, er hätte seine Waffe nicht auf dem Präsidium zurückgelassen. Andererseits durfte er sie ohnehin nicht benutzen, er war nicht in offizieller Funktion hier.

Am vernünftigsten wäre es, wenn er einfach wieder ging. Er wusste ja nicht mal, ob das hier die Katrin Rauh war, die er suchte. Andererseits schien etwas nicht in Ordnung zu sein. Und außerdem war der Täter auch bei den Siebenäugers durchs Fenster eingedrungen.

Kurzentschlossen betrat Fabian das Haus. Noch einmal rief er, um sich anzukündigen, erhielt jedoch weiterhin keine Antwort. Er schaute sich im Erdgeschoss um. In dem gemütlich eingerichteten Wohnzimmer lief der Fernseher ohne Ton. Die Fernbedienung lag auf dem Sofa, auf dem Tisch stand ein halb volles Glas Wein, in dem eine ertrunkene Fliege schwamm. Die Küche sowie ein kleines Bad und ein aufgeräumtes Gästezimmer waren leer.

Er stieg die Treppe hoch, die alten Holzstufen knarrten unter seinen Füßen. Auf halber Strecke blieb er stehen, da er einen metallischen Geruch wahrnahm. Blut! Spätestens jetzt sollte er die Kollegen informieren. Aber was, wenn er daneben lag? Oder andersrum, wenn er genau richtig lag und sich im Haus eine verletzte Person aufhielt, die Hilfe benötigte? Er würde sich zumindest noch die Räume im oberen Stockwerk ansehen. Fabian nahm die restlichen Stufen.

Die Türen zu den Zimmern waren bis auf eine geschlossen. Fabian ging zuerst darauf zu. Der Geruch wurde mit einem leichten Luftzug stärker. Es musste sich um den Raum mit dem geöffneten Fenster und der Leiter davor handeln. Auf der Türschwelle klebte etwas

Blut. Beim Näherkommen erkannte Fabian Buchstaben. »*LuSt*« stand dort. Dahinter kamen ein paar Füße in sein Sichtfeld. Er stürmte in den Raum. Vor ihm lag eine blutüberströmte Frau mit einer großen Kopfwunde.

»Scheiße«, rief er aus, ging auf die Knie und zückte sein Handy, um Hilfe zu rufen.

33. Kapitel

Der Anruf erreichte sie, noch bevor Helga und Thomas nach der Durchsuchung zurück auf dem Präsidium waren. Auf dem 14. Polizeirevier war ein Notruf eingegangen, dass im Keller eines Wohnblocks im Ben-Gurion-Ring ein kleines Mädchen gefunden worden war. Das ungefähre Alter und die Beschreibung passten auf Amelie Siebenäuger, das Mädchen hatte einen rosafarbenen Schlafanzug getragen. Das Wichtigste aber war, dass das Kind lebte.

»Das muss sie einfach sein«, rief Helga, nachdem sie den auf Lautsprecher gestellten Anruf beendet hatte. »Jetzt kriegen wir dieses Schwein!«

Thomas stellte das mobile Blaulicht auf das Dach seines Dienstwagens und gab Gas. Fabian wäre bei dem Fahrstil wahrscheinlich durchgedreht, aber Helga hatte kein Problem damit, wenn jemand schnell fuhr. Innerhalb von 20 Minuten hatten sie den Zielort erreicht und parkten hinter einem Streifenwagen. Helga sprang aus dem Auto, noch bevor Thomas den Motor abgestellt hatte.

Mit großen Schritten stürmte sie auf das Haus zu, vor dem sich eine Traube Schaulustiger gebildet hatte. Einige der Umstehenden hatten ihre Handys ausgepackt und filmten das Geschehen, obwohl es von dieser Position aus nicht mehr zu sehen gab als ein paar Sanitäter, die rauchend neben dem Hauseingang standen, sowie einen Streifenbeamten, der die Leute davon abhielt, den Hausflur zu betreten.

Helga drehte sich zu Thomas um, der hinter ihr hergetrabt kam. Sie zückte ihren Dienstausweis und rief laut: »So, jetzt gehen wir alle mal schön ein Stück zur Seite und lassen die Kripo durch.«

Die Gaffer, die sich vor dem Hauseingang versammelt hatten, drehten sich zu ihnen um, einige der Handys richteten sich auf sie.

Na wunderbar, willkommen auf Facebook, dachte Helga. Hätte sie doch lieber ihre Klappe gehalten, sie wäre auch so schon irgendwie an denen vorbeigekommen. Sie schenkte den Schaulustigen ein bitteres Lächeln und drängte sich durch die schmale Gasse, die sich gebildet hatte. Immerhin behinderte hier niemand die Rettungskräfte. Das war alles schon vorgekommen und im Extremfall konnte es dazu führen, dass eine hilfsbedürftige Person ihren Verletzungen erlag, weil die Helfer ihre Arbeit nicht machen konnten.

Dem Polizisten an der Tür zeigten sie ihren Ausweis und er wies ihnen den Weg in den Keller. Anders als es normalerweise in solchen Blöcken der Fall war, gab es hier keine Holzverschläge, durch deren Bretterwände man durchsehen konnte, sondern richtige Kellerabteile mit massiven Türen. Am Ende des Gangs zu ihrer Rechten, der von ein paar nackten Glühbirnen an der Decke beleuchtet wurde, standen weitere Streifenbeamte vor einem dieser Räume.

Thomas und Helga traten zu ihnen und stellten sich vor.

»Hier wurde das arme Ding also gefunden?«, fragte Helga und warf einen Blick in einen heruntergekommenen Abstellraum.

An der Außenwand stapelten sich modrige Kisten unter einem kleinen, vergitterten Fenster. Davor lag eine stockfleckige Matratze mit einer löchrigen Wolldecke und einem Eimer daneben, der dem Geruch nach zu urteilen mit Exkrementen gefüllt war. Ein Malbuch und ein paar Stifte lagen ebenfalls neben der Matratze sowie zwei in die Jahre gekommene Barbiepuppen, die Haare vom staubigen Boden ganz dreckig, außerdem ein Tablet mit gesprungenem Display. In einem Regal sah sie zwei leere Plastikflaschen Apfelschorle und eine ebenfalls leere Packung mit Milchhörnchen von einem Discounter.

So furchtbar es auch war, dass man in diesem Kellerloch ein Kind eingesperrt hatte, wirkte es doch auf den ersten Blick so, als hätte man es ihm den Umständen entsprechend komfortabel einrichten wollen, um ihm die Zeit nicht ganz so schlimm zu gestalten. Spuren wie Blut von Misshandlungen waren keine zu sehen.

»Was konnten Sie bisher herausfinden?«, fragte Thomas, da alle nur betreten in den Raum starrten.

»Nicht viel. Wir haben bislang nur mit den Zeugen gesprochen, die uns alarmiert haben. Nachbarn haben sich gemeldet, nachdem sie ein leises Weinen im Keller wahrgenommen haben«, erklärte eine der Kolleginnen von der Streife. »Das Mädchen muss hier mehrere Tage festgehalten worden sein, denn sie haben am Samstag schon was gehört.«

»Am Samstag? Und warum in Gottes Namen ist niemand auf die Idee gekommen, schon da die Polizei zu rufen?«, fragte Helga entgeistert.

Der männliche Kollege in Uniform zuckte die Schultern. »Hier ist es wohl keine Seltenheit, dass mal ein Kind zur Strafe in den Keller gesperrt wird oder mit seinen Freunden hier unten spielt. Man kümmert sich nicht um das, was die anderen Anwohner so Erziehung nennen. Erst als die Zeugen heute festgestellt haben, dass das Kind noch immer dort drin ist und die Tür sich nicht öffnen ließ, haben sie sich wohl doch Sorgen gemacht.«

Helga wurde immer fassungsloser. »Lesen die denn keine Zeitung? Ganz Frankfurt sucht nach einer verschwundenen Vierjährigen und hier interessiert sich kein Schwein dafür, dass offensichtlich ein Mädchen eingesperrt wurde?«

»Mann, solche Nachbarn sollte man gleich mit verhaften«, sagte Thomas. »Wie geht es der Kleinen? Irgendwelche Anzeichen dafür, dass sie misshandelt wurde?«

»Wir haben keine offensichtlichen Verletzungen oder so feststellen können«, antwortete die Kollegin. »Laut dem Notarzt ist sie wohl etwas dehydriert, aber nichts Lebensbedrohliches. Sie wird gerade im RTW behandelt und dann zur Sicherheit in ein Krankenhaus gebracht.«

»Hat schon jemand mit ihr gesprochen? Konnte sie ihren Namen nennen?«, wollte Thomas wissen, während Helga fast schon auf dem Weg zurück nach oben war. Sie hatte genug gesehen und wollte sich das Kind selbst anschauen und dann herausfinden, zu welcher Wohnung dieser Keller gehörte, um sich die Mieter vorzunehmen.

»Ich hab's versucht, aber nicht wirklich was aus ihr rausbekommen«, sagte die Polizistin. »Wahrscheinlich steht sie unter Schock oder so. Sie hat nur etwas davon gestammelt, dass sie zu ihrer Mama will, aber nicht, wer sie ist.«

Helgas Handy klingelte. Sie schaute auf das Display und erkannte Fabians Nummer. Den Anruf würde sie jetzt auf keinen Fall annehmen. Nach seinem Auftritt bei seinem Bruder war sie ziemlich wütend auf ihn. Glaubte er, ihre Arbeit überwachen zu müssen, weil sie sonst ohne nachzudenken der Theorie des Staatsanwaltes folgen würden, oder warum war er dort aufgekreuzt? Die Situation war so schon unangenehm genug für alle, da musste er nicht auch noch den Beamten während einer Durchsuchung auf den Füßen rumstehen. Vermutlich wollte er jetzt nur weiter seinem Unmut darüber Luft machen, dass sie das getan hatten, was nun mal ihre Pflicht war.

Thomas schaute Helga fragend an. Die steckte das Handy zurück in die Tasche. »Das hat auch bis nachher Zeit«, sagte sie. Das Klingeln verstummte, doch wie um sie Lügen zu strafen, setzte es gleich wieder ein.

»Ist ja schon gut«, murmelte Helga und nahm den Anruf entgegen.

»Verdammt, was dauert da so lang«, brüllte Fabian, bevor sie etwas sagen konnte.

»Entschuldige, dass ich auch anderes zu tun habe, als mich nur mit dir auseinanderzusetzen«, entgegnete Helga, bemüht, vor den Kollegen von der Schutzpolizei nicht allzu zickig rüberzukommen. »Wir sind gerade in einer Befragung. Was gibt es?«

»Thomas ist bei dir? Sehr gut! Ich brauche euch in Bad Vilbel.«

»Wie gesagt, gerade sind wir in einer Befragung und die ist momentan ...«

»Der Täter hat wieder zugeschlagen«, unterbrach Fabian sie. »Ich bin hier bei einer gewissen Katrin Rauh. Sie ist schwer verletzt, ihre Tochter ist allem Anschein nach verschwunden. Ihr solltet euch wirklich auf den Weg machen.«

»Verflucht, was hast du denn bei der zu suchen?«, zischte Helga. Das konnte nicht Fabians Ernst sein, sich in die Ermittlungen einzumischen, obwohl er von dem Fall abgezogen war. Erwartete er etwa noch, dass sie ihn deckten? Da hatte er sich aber geschnitten. Peitsch schaute ihnen ohnehin genau auf die Finger, da mussten sie seine Bedenken nicht auch noch bestätigen.

»Wir sind gleich da.« Helga legte auf. Die ersten Ermittlungen hier vor Ort mussten sie wohl den Kollegen überlassen. Sie würde auf dem Weg Mario und Tillmann informieren, damit sie den Einsatz im Ben-Gurion-Ring übernahmen. »Wir müssen leider los, ein Notfall. Wir schicken Ihnen Ersatz. In der Zwischenzeit könnten Sie herausfinden, wer der Mieter des Abteils ist. Wenn Sie ihn finden, nehmen Sie ihn in Gewahrsam«, sagte sie zu den beiden Uniformierten, obwohl sie bezweifelte, dass sie die Person antreffen würden, nachdem nun ein weiteres Kind verschwunden war. Wahrscheinlich war der Täter gerade auf dem Weg zu einem anderen Unterschlupf, jetzt, wo sein Versteck im

Keller aufgeflogen war. Sie packte den sichtlich verwirrten Thomas am Arm und zog ihn nach draußen.

Als sie bei der Adresse ankamen, die Fabian ihnen zugeschickt hatte, fuhr gerade ein Rettungswagen vom Hof. Der Fahrer schaltete die Sirene ein, was wohl bedeutete, dass die Verletzte noch am Leben war. Thomas und Helga stiegen aus und gingen auf das Haus zu, vor dem Fabian auf dem Bürgersteig stand. Von der Spurensicherung, die Helga während der Fahrt herbeordert hatte, war noch nichts zu sehen.

»Was hat das zu bedeuten? Was machst du hier?«, fragte Thomas.

»Erkläre ich euch später, das wird zu kompliziert jetzt«, sagte Fabian. Aus der Nähe erkannte Helga, dass seine Ärmel und Hände mit Blut verschmiert waren. Offenbar hatte er Erste Hilfe geleistet.

Sie schüttelte tadelnd den Kopf. »Dir ist hoffentlich klar, dass Peitsch alles andere als begeistert sein wird.«

Fabian schaute sie finster an. »Bescheuert bin ich nicht, danke. Im Endeffekt sollte er mir aber dankbar sein, denn durch meine Anwesenheit wurde Katrin Rauh rechtzeitig gefunden. Hätte sie noch ein wenig länger dort gelegen, wäre das wohl ihr Todesurteil gewesen.«

»Wie geht es ihr denn? Was ist passiert?«, fragte Helga etwas ruhiger.

Fabian hatte Mist gebaut, so viel war klar, aber jetzt war es wichtig, sich auf den Fall zu konzentrieren. Alles Weitere würden sie später klären. Allerdings würden sie ihn, das hatte sie mit Thomas abgesprochen, keinesfalls auf den neuesten Stand bringen und ihm verraten, dass sie womöglich Amelie Siebenäuger gefunden hatten. Auch wenn der Ort, an dem das Mädchen festgehalten worden war, nicht dafür sprach, dass Fabians Bruder der Täter war.

»Schwerste Kopfverletzungen. Sie hat eine Menge Blut verloren und war nicht bei Bewusstsein«, erklärte Fabian. »Der Notarzt vermutet einen Schädelbasisbruch. Sie lag im Kinderzimmer, von der Tochter keine Spur. Was genau passiert ist, kann ich nur mutmaßen. Das Fenster steht offen, eine Leiter ist von außen daran angelehnt. Vermutlich ist der Täter so ins Haus eingedrungen und hat die Mutter niedergeschlagen, um das Kind zu entführen.«

»Wie kommst du darauf, dass es sich um denselben Täter aus unserem Fall handelt?«, fragte Thomas, während Helga sich darüber ärgerte, dass Fabian hier auf eigene Faust Ermittlungen angestellt hatte.

»Weil er eine Botschaft hinterlassen hat. *Lust*. Auf der Schwelle zum Kinderzimmer, wahrscheinlich mit dem Blut der Mutter geschrieben. Ist jetzt allerdings kaum mehr zu erkennen, nachdem die Sanitäter und der Notarzt da durchgetrampelt sind. Ich hab Fotos zur Sicherung gemacht.«

Helga stöhnte innerlich auf. Das verkomplizierte alles, auch wenn es zu erwarten gewesen war. Wenn es darum ging, das Leben einer verletzten Person zu retten, achtete man kaum darauf, keine möglichen Spuren zu verwischen. Wäre Fabian nicht gewesen, hätten sie überhaupt kein Bild vom ursprünglichen Zustand. Insofern hatte er recht, seine Anwesenheit hatte doch etwas Positives, auch wenn Peitsch das sicherlich anders sehen würde.

»Verrätst du uns jetzt noch, was du hier machst und wie du ins Haus gekommen bist?« Thomas verschränkte die Arme vor der Brust. Ihn schienen die Umstände noch nicht versöhnt zu haben.

Fabian war anzusehen, dass er mit sich rang. »Um sie zu warnen«, sagte er schließlich. »Mein Bruder hat mir etwas erzählt, das mit den Vorfällen zusammenhängen könnte und in das auch Katrin Rauh verwickelt war.«

»Ach, und da denkst du dir, es wäre doch klüger, selbst hierherzufahren, anstatt mit uns darüber zu reden?«, giftete Thomas. Ihn verband ein enges, freundschaftliches Verhältnis mit seinem langjährigen Kollegen, weshalb das vermutlich eine Art Vertrauensbruch für ihn darstellte.

Bevor Fabian antworten konnte, traf endlich die Spurensicherung ein. Thomas winkte ab und ging rüber zu dem Van, um die Kollegen zu begrüßen.

»Berechtigte Frage«, sagte Helga. »Warum bist du nicht zu uns gekommen? Vertraust du uns nicht?«

»Natürlich tue ich das«, sagte Fabian. Er wirkte aufrichtig. »Allerdings habe ich meinem Bruder versprochen, dass ich vorerst nicht mit euch rede. Er wollte erst einen Anwalt suchen. Wie man sieht, habe ich zu Recht befürchtet, dass das zu viel Zeit kostet, die Katrin Rauh nicht hat. Wäre ich nicht hergefahren, hätte mein Bruder versucht, sie zu kontaktieren, und das hätte schlecht für ihn ausgesehen.«

Helga pustete die Luft durch die zusammengepressten Lippen aus. Anscheinend waren sie auf der richtigen

Fährte gewesen, dass die Taten etwas mit der ehemaligen Clique zu tun hatten. »Warum glaubst du, dass dein Bruder einen Anwalt braucht, um mit uns zu reden?«, fragte sie, konnte sich die Antwort aber im Grunde selbst geben.

»Das war nicht meine Idee, wobei ich ihm auch dazu geraten hätte. Anscheinend ist er für euch momentan der Hauptverdächtige ...«

Helga holte Luft, um sich zu rechtfertigen, doch Fabian stoppte sie, indem er die Hand hob.

»... was ich euch überhaupt nicht zum Vorwurf mache. Die Indizien sprechen eine recht eindeutige Sprache. Jedenfalls wäre es schon deshalb unvernünftig, sich ohne Anwalt mit der Polizei zu unterhalten, ob ihr nun die zuständigen Ermittler seid oder jemand anderes. Zum anderen ist es besser, wenn ein Anwalt vorher bewertet, was er mir erzählt hat.«

Helga nickte. Ihr Riecher war offenbar besser, als sie geahnt hatte. Irgendwas musste unter diesen fünf Freunden damals vorgefallen sein. Etwas, das so schlimm war, dass nicht nur ihre Freundschaft daran zerbrochen war, sondern das heute jemanden dazu trieb, Kinder aus ihren Zimmern zu entführen und Menschen gewaltsam das Leben zu nehmen.

Am liebsten würde sie Fabian packen und die Informationen aus ihm herausschütteln, aber als Bruder des Tatverdächtigen, was Gerrit Prior nun mal war, hatte er ein Zeugnisverweigerungsrecht und ihr blieb nichts anderes übrig, als dies zu respektieren. Sie musste sich wohl oder übel gedulden.

»Helga!«, rief Thomas, der mit den Mitarbeitern der Spurensicherung bereits nach drinnen gegangen war.

Sie schaute nach oben, wo er seinen Kopf aus einem Fenster steckte. »Ich komme«, rief sie zurück und wandte sich noch einmal an Fabian. »Also gut. Wie du hörst, muss ich mal meiner Arbeit nachgehen. Halt dich für deine Aussage zur Verfügung.«

»Keine langen Reden schwingen«, sagte Thomas, der nach wie vor am Fenster stand. »Hier an der Leiter wurde was gefunden, das dich garantiert interessiert.«

34. Kapitel

Amelie wollte nicht schlafen, denn sie hatte Angst, was dann passieren würde. Das Monster aus der Ecke könnte sich losreißen und zu ihr rüberkommen, um ihr wehzutun. Oder das andere Monster würde zurückkommen und sie aufessen, wie die Hexe aus Hänsel und Gretel. Vor der fürchtete sich Amelie ja immer besonders, wenn ihre Mama ihr Märchen vorlas. Vielleicht war das andere Monster von der Tür ja überhaupt keines, sondern eine Hexe, die ihr nur zu Essen brachte, damit sie schön rund und lecker wurde.

Deshalb bemühte sich Amelie wirklich, wach zu bleiben, aber irgendwann schaffte sie es einfach nicht mehr und ihr fielen die Augen zu. Im Traum sah sie, wie die Hexe – sie war mittlerweile sicher, dass es eine sein musste – ein anderes Kind in ihr Gefängnis brachte und neben sie setzte. Auch ein Mädchen, das bitterlich weinte und schrie.

Als Amelie aufwachte, merkte sie, dass es gar kein Traum gewesen sein konnte, denn bei ihr saß wirklich jemand und schluchzte.

Amelie schaute sich ängstlich um, ob die Hexe in ihrer Nähe war, doch sie waren allein mit dem Monster aus der Ecke, das nun immer seltener brüllte und schrie.

»Wer bist du?«, flüsterte Amelie und das Schluchzen verstummte.

»Ma… Mariella«, antwortete das andere Mädchen.

Erschrocken hob Amelie ihre Hände, um den Leisefuchs zu machen, den die Erzieherinnen in der Kita immer vorzeigten, wenn es zu laut wurde. »Pst«, wisperte sie. »Wenn wir zu viel Lärm machen, wacht das andere Monster auf!«

»Monster?«, rief das Mädchen, was Amelie wütend machte. Sie hatte ihr doch gerade erklärt, dass sie leise sein musste, hatte sie das nicht kapiert?

»Da drüben in der Ecke«, sagte sie. »Ich glaube, es kann uns nichts tun, weil es festgebunden ist, aber es macht mir trotzdem Angst.«

»Was ist das für ein Monster? Ich sehe nichts«, flüsterte Mariella nun endlich leise genug, dass Amelie sich keine Sorgen machen musste.

»Ich weiß nicht. Gerade schläft es, glaube ich, aber wenn es wach ist, dann jault es wie ein Wolf oder es brüllt wie ein Bär. Die Hexe mag es nicht, sie schimpft manchmal mit ihm, wenn sie hier ist.«

Mariella hatte wohl schon wieder vergessen, dass sie leise sein sollte, denn sie heulte lauthals los. »Ich … ich hab Angst«, jammerte sie.

»Ich auch«, flüsterte Amelie. Sie hatte so dolle Angst wie noch nie in ihrem Leben, nicht mal, als Hänsel von der Hexe in den Käfig gesperrt worden war oder als der böse Wolf sich im Bett der Großmutter versteckt hatte. Aber wenigstens war sie nicht mehr allein. Hänsel und Gretel hatten es auch geschafft, zu zweit die Hexe zu überlisten. Vielleicht würde sie das mit Mariella ja auch hinbekommen.

Ihre Zuversicht wurde in dem Moment zerstört, als das Monster in der Ecke anfing zu stöhnen und sie so daran erinnerte, dass es noch da war.

Nur kurz darauf bäumte es sich auf, die Ketten rasselten. Es versuchte, sich zu befreien. Amelie schloss die Augen und begann lauthals zu singen.

35. Kapitel

Dienstagmorgen stand Fabian vor Peitschs Büro und wartete darauf, sich seine Moralpredigt abzuholen. Eigentlich hatte er schon gestern damit gerechnet, aber da war es wichtiger gewesen, die Ermittlungen voranzutreiben. Ein weiteres Kind war verschwunden, und soweit er informiert war, fehlte auch von Amelie Siebenäuger weiterhin jede Spur. Katrin Rauh war nicht bei Bewusstsein und konnte nicht zu den Vorkommnissen befragt werden, so viel hatte Fabian mitbekommen.

Für den Vormittag war sein Bruder vorgeladen, der mittlerweile einen Anwalt gefunden hatte. Mit seiner Aussage würde hoffentlich endlich etwas Bewegung in den Fall kommen.

Die Tür öffnete sich und das Gesicht des Kommissariatsleiters erschien. »Dann kommen Sie mal rein«, sagte er ohne Begrüßung.

Fabian gehorchte. Er fühlte sich wie beim Gang zum Schafott, als er vor dem Schreibtisch seines Vorgesetzten Platz nahm.

Peitsch lehnte sich in seinem Stuhl zurück, verschränkte die Arme vor der Brust und schaute Fabian streng an. »Erzählen Sie«, forderte er ihn auf.

»Was genau wollen Sie hören? Dass es mir leidtut, wie ich gestern wahrscheinlich das Leben einer Frau gerettet habe?« Fabian hatte nicht vor, sich wie ein unterwürfiger Welpe zu verhalten. In seinen Augen hatte er nichts

Falsches getan, auch wenn sein Chef da anderer Meinung war.

»Nun kommen Sie mir nicht so, Herr Prior. Sie wissen ganz genau, dass dies der einzige Umstand ist, der für Sie spricht. Ansonsten haben Sie sich unerlaubterweise in Ermittlungen eingemischt, von denen Sie abgezogen waren.«

»So würde ich das nicht bezeichnen.«

»Wie dann? Sie torpedieren eine offizielle Wohnungsdurchsuchung, halten anschließend potenziell wichtige Informationen zurück und fahren schließlich zu einer Frau, die noch auf der Zeugenliste steht. Was sollte das?« Man konnte an Peitschs Gesichtsausdruck ablesen, dass Fabian dabei war, ihn in den Wahnsinn zu treiben. Es wäre gelogen, zu behaupten, dass er das nicht ein kleines bisschen genoss.

»Ich habe meinem Bruder an meinem freien Tag Beistand geleistet.«

»Warum weiß ich nichts davon, dass Sie gestern frei hatten?«, ging Peitsch dazwischen.

»Ich reiche nachträglich Urlaub ein, keine Sorge. Mein Bruder wollte mich als Zeuge bei der Durchsuchung dabeihaben, und da ich nicht an den Ermittlungen beteiligt bin, sollte mir das gestattet sein.« Fabian schaute Peitsch fest in die Augen. »Im Anschluss hat er mir im Vertrauen etwas erzählt, von dem ich wiederum, als jemand, der von den Ermittlungen abgezogen ist, nicht verpflichtet war, es weiterzugeben.«

»Anscheinend hielten Sie es aber für so relevant, dass Sie zu dieser Katrin Rauh gefahren sind, um sie zu warnen. So wurde mir das von Ihren Kollegen mitgeteilt«, stoppte Peitsch seinen Redefluss. Er war mittlerweile ganz rot im Gesicht. »Sehen Sie denn nicht die Problematik dahinter? Anstatt uns zu informieren, verzögern Sie die Ermittlungen, indem Sie Ihrem Bruder raten, sich erst einen Anwalt zu nehmen, bevor er uns die Informationen zukommen lässt, die die Ermittlungen vorantreiben könnten.«

»Lassen Sie mich andersrum fragen. Sehen Sie nicht mein Problem? Ich bin nicht nur Kriminaloberkommissar, sondern eben auch der Bruder des Mannes, den Sie zu Unrecht verdächtigen, zwei Morde begangen und zwei Mädchen entführt zu haben. Das sind Dinge, die mein Bruder niemals tun würde«, sagte er im Brustton der Überzeugung.

Gerrit hatte vor 15 Jahren vielleicht Mist gebaut, von dem Peitsch noch gar nichts wusste, aber er wäre nicht in der Lage, einen Menschen gewaltsam zu töten. Davon abgesehen war es undenkbar, dass er irgendwo zwei kleine Kinder versteckt hielt. Spätestens seit Gerrit ihm den Zettel gezeigt hatte, der in seinem Briefkasten gewesen war, wusste Fabian, dass irgendjemand seinem Bruder etwas anhängen wollte. Wenn Peitsch und seine Kollegen das nicht sehen wollten, war es an ihm, es zu beweisen.

Peitsch seufzte, beugte sich vor und stemmte die Hände auf der Schreibtischplatte auf. »Vielleicht sollten Sie für einen Moment aufhören, wie ein Bruder zu denken, und den Kommissar einschalten. Ihre Loyalität der Familie gegenüber in allen Ehren, aber selbst Sie sollten wissen, dass es genügend Hinweise gibt, die eine eindeutige Sprache sprechen. Aber ich verrate Ihnen noch einen, da Sie keine Gelegenheit mehr haben dürften, Ihren Bruder zu warnen.«

»Was unterstellen Sie mir denn hier?«, platzte es aus Fabian heraus. Glaubte Peitsch etwa, dass er seinen Bruder ständig über den aktuellen Stand der Ermittlungen auf dem Laufenden hielt? Bis auf die Tatsache, dass sein Wagen gesehen worden war, hatte er kein Sterbenswörtchen darüber verloren.

»Nun, mich macht es schon ein wenig stutzig, dass beispielsweise ein Paar Schuhe aus dem Schuhschrank Ihres Bruders verschwunden ist. Herr Wendtner und Frau Kannengießer haben mich darüber in Kenntnis gesetzt, dass ihnen bei einem Telefonat mit Ihnen die Information über den blutigen Schuhabdruck in Bobrows Wohnung rausgerutscht ist.«

Fabian schüttelte den Kopf. »Und deshalb glauben Sie, ich hätte ihm gesagt, er solle die Schuhe entsorgen, die er vermeintlich bei einem Mord getragen hat? Das ist ja eine detektivische Meisterleistung. Jeder, der auch nur ein wenig Hirnschmalz übrig hat, bräuchte diesen Tipp wohl nicht und würde sich von ganz allein Dingen entledigen, die ihn so eindeutig überführen könnten.« Er wusste genau, dass er eigentlich vorsichtig sein musste mit dem, was er sagte, aber Peitsch reizte ihn bis aufs Blut, sodass er sich nur schwer unter Kontrolle hatte.

»Sie geben also zu, dass Ihr Bruder die Schuhe entfernt hat, die zu den Spuren in Bobrows Wohnung passen?«

»Natürlich habe ich das nicht gesagt. Da mein Bruder nicht der Täter ist, waren diese Schuhe ganz sicher nicht bei ihm. Solange sie nicht gefunden und ihm eindeutig zugeordnet werden können, ist es reine Spekulation, die Sie da betreiben.« Fabian konnte nur hoffen, dass diese verdammten Schuhe niemals auftauchten, denn er war sich fast sicher, dass der wahre Täter sie aus dem Treppenhaus seines Bruders geklaut hatte, um eine weitere falsche Spur zu legen.

Peitsch warf theatralisch die Arme in die Luft. »Ich kann nicht glauben, dass sich bei Ihnen nicht mal der geringste Zweifel regt. Aber ich habe da noch etwas für Sie, vielleicht öffnet Ihnen das die Augen. Erklären Sie mir doch bitte mal, wie der Schlüsselbund von Herrn Bobrow in die Wohnung Ihres Bruders kommt. Dreimal dürfen Sie raten, wie der Täter Samstagnacht bei Bobrow eingedrungen ist. Richtig, aller Wahrscheinlichkeit nach mit einem Schlüssel.«

Diese Information musste Fabian erst einmal verdauen. Deshalb waren die Beamten bei der Durchsuchung so auf diesen Schlüssel eingegangen. Nicht, weil sie glaubten, dass er zum Versteck von Amelie Siebenäuger passte, sondern weil sie gehofft hatten, dass es sich um einen weiteren Gegenstand handelte, der Gerrit mit den Taten in Verbindung brachte. Was hatte sein Bruder gesagt? Er hatte den Schlüssel aus Versehen bei Mareike eingesteckt? Merkwürdiger Zufall und eine Geschichte, die zugegebenermaßen seltsam klang. Zu seltsam, als dass er sie sich ausgedacht haben könnte?

»Jetzt hat es Ihnen wohl die Sprache verschlagen. Wollen Sie mir keine Antwort geben, hm?«, spöttelte Peitsch.

»Tut mir leid, da werden Sie meinen Bruder fragen müssen«, entgegnete Fabian, bemüht, möglichst leidenschaftslos zu klingen.

»Der nachher mit seinem Anwalt hier aufschlagen wird. Ein weiterer Stein im Weg, den wir Ihnen zu verdanken haben.« Peitsch schnaufte durch die Nase wie ein wütender Bulle.

»Also hören Sie mal, dass man als Beschuldigter einen Anwalt zur Vernehmung hinzuzieht, ist wohl nicht außergewöhnlich und sein gutes Recht. Abgesehen davon, dass ich ihm gar nicht erst dazu raten musste, weil er dafür selbst intelligent genug ist, wollen Sie mir wohl nicht gerade erzählen, dass es Ihnen lieber wäre, mein Bruder würde sich ohne anwaltlichen Beistand von Ihnen festnageln lassen.«

»Wir könnten Ihren Bruder gar nicht festnageln, wenn die Sachlage nicht so eindeutig wäre«, polterte Peitsch. »Sie können ja gern Ihre Augen weiter vor den Tatsachen verschließen, aber lassen Sie Ihre Kollegen unbehelligt und ohne weitere Einmischung ihre Arbeit machen. Wenn mir noch einmal zu Ohren kommt, dass Sie irgendwie Ihre Nase in diese Angelegenheit stecken und damit die Ermittlungen behindern, dann lasse ich Sie suspendieren, haben Sie das verstanden?«

»Alles klar, Chef«, sagte Fabian. Er konnte sich weiter rechtfertigen, dass er nichts und niemanden behindert hatte, aber eine Diskussion mit Peitsch war an dieser Stelle sinnlos. Sobald der wahre Täter gefasst wäre, würde Peitsch sich schon wieder beruhigen und dann wäre es an ihm, sich zu entschuldigen. Fabian freute sich schon jetzt auf diesen Moment. »Darf ich dann gehen?«, fragte er unterwürfig wie ein Schüler, der während der Stunde auf die Toilette wollte. Das gefiel Peitsch sicher.

»Sehen Sie zu, dass Sie mir aus den Augen kommen und da auch bleiben, bis die Ermittlungen in dem Fall abgeschlossen sind.«

Fabian stand auf und verließ den Raum. Eines stand fest, er würde mit Sicherheit aufpassen, nicht mehr ins Visier seines Chefs zu geraten. Die Füße still halten und tatenlos dabei zusehen, wie sich die Schlinge um den Hals seines Bruders immer fester zog, würde er trotzdem ganz bestimmt nicht. Woher sollte er wissen, dass Helga und Thomas die neuen Informationen genauso interpretierten wie er? Möglicherweise glaubten sie Gerrit nicht und gingen davon aus, dass er die Nachricht auf dem Zettel in seinem Briefkasten selbst verfasst hatte, um von sich abzulenken. Es blieb ihm gar nichts anderes übrig, als die Sache selbst in die Hand zu nehmen.

36. Kapitel

»Wir sind fast am Ziel.«

Sie umklammerte den Hörer. Das bedeutete wohl, dass nun zwei Mädchen verschwunden waren. Weg von ihren Eltern, irgendwo gefangen, voller Angst. So langsam glaubte sie auch nicht mehr an die Zusicherung, dass den beiden nichts passieren würde. Vermutlich waren sie längst tot und ihre kleinen Körper begannen zu verwesen. Würde man sie je finden?

»Ich merke schon, von dir kann ich keine Begeisterung erwarten. Dabei hast du allen Grund, erleichtert zu sein. Du hast es fast geschafft.«

Fast. Wie oft hatte sie das jetzt schon gehört? Und dann war doch wieder eine neue Aufgabe dazugekommen, die sie tiefer in den Sumpf riss. Sie hatte ihr Gewissen erleichtern wollen und es nur mit mehr Schuld beladen.

»Bist du noch dran?«

»Ja.«

»Es gibt da nur noch eine Sache, die du für mich erledigen musst.«

Wie sie es sich gedacht hatte. Nur noch eine und dann noch eine und noch eine. Es würde nie aufhören, da war sie sich mittlerweile sicher. »Ich kann nicht mehr«, flüsterte sie.

»Na, na, na! Wer wird denn jetzt kurz vor der Ziellinie schlappmachen?«

»Du hast mir versprochen, dass ich meine Aufgaben erledigt habe und raus aus der Nummer bin.« Sie musste es wenigstens versuchen. Wenn sie widerspruchslos alles hinnahm, signalisierte sie doch nur, dass sie mit all dem einverstanden war.

»Das ist richtig, aber du hast einen wichtigen Punkt versaut. Deshalb bekommst du einen weiteren Auftrag von mir.«

»Wer garantiert mir, dass du mich danach endlich in Ruhe lässt?«

»In dieser Hinsicht wirst du mir wohl vertrauen müssen.«

Ja sicher, wollte sie antworten. *Weil das in der Vergangenheit so prima funktioniert hat.* Stattdessen fragte sie: »Worum geht es?«

»Wie schon erwähnt, hast du bei deiner letzten Aufgabe versagt. Deshalb wirst du nun selbst in Erscheinung treten und eine Aussage machen, die die Polizei in die richtige Richtung lenkt.«

Wohl eher in die falsche, dachte sie und schüttelte den Kopf. »Das kann ich nicht.«

»Du wirst müssen, denn du weißt genau, was sonst passiert. Vielleicht entscheide ich mich ja auch um und bin doch nicht so gnädig zu den beiden Mädchen. Willst du das? Ihr Leben liegt in deiner Hand.«

»Das ist nicht fair.«

»Fair?« Das Lachen klang eiskalt. »Was ist schon fair? Du kannst froh sein, dass ich mich dir gegenüber so entgegenkommend verhalte. Also, wie lautet deine Entscheidung?«

Sie seufzte. Im Endeffekt hatte sie keine Wahl. »Ich tu's«, sagte sie.

37. Kapitel

Fabians Bruder saß bereits mit seinem Anwalt im Verhörraum. Die beiden waren pünktlich erschienen und hatten ihre volle Kooperation zugesichert. Schon diese Tatsache bestärkte Helga in ihrem Gefühl, dass Gerrit tatsächlich unschuldig war. Je weiter sie mit ihren Ermittlungen voranschritten und je mehr Hinweise und Indizien in seine Richtung deuteten, desto stärker wurden die Zweifel in ihr.

Insbesondere die Haare, die sie gestern an der Leiter zum Fenster von Katrin Rauhs Tochter sichergestellt hatten, ließen sie stutzig werden. Bislang deutete nur die Farbe auf Gerrit Prior hin, aber Peitsch und der Staatsanwalt waren sich sicher, dass eine DNS-Analyse ihre Vermutung bestätigen würde. Helga war weniger überzeugt.

Nicht nur, weil sich das Büschel an einer seltsamen Stelle befunden hatte – wer blieb schon mit den Haaren dort hängen, wo die Sprossen an die Seitenteile montiert waren? –, wirkte es auf Helga wie eine fingierte Spur. Es war auch kein wirkliches Büschel gewesen, mehr als hätte jemand einzelne Haare in die Lücke hineingefädelt. Zu guter Letzt wiesen nur einige davon eine Wurzel auf. Wären sie hängen geblieben und ausgerissen worden, würde das ihrer Meinung nach anders aussehen. Viel eher glaubte sie, dass es Haare waren, die man einer Bürste oder einem Kamm entnommen und dort platziert hatte.

Im Gegensatz zu ihr vertrat Thomas eher die Meinung des Staatsanwaltes und von Peitsch, die ohnehin in diesem Fall ein Arsch und ein Eimer zu sein schienen. Bestimmt spielte bei Thomas mit rein, dass er Fabian übel nahm, bei der Durchsuchung aufgekreuzt zu sein und ihnen dann auch noch einen Spruch gedrückt zu haben. Ihr Kollege konnte ein ganz schöner Sturkopf sein. Dennoch hoffte sie, dass er Gerrits Aussage rational bewerten würde. Was auch immer er gestehen wollte, es musste sie nach dem Rückschlag am gestrigen Abend unbedingt weiterbringen.

Die Spur im Ben-Gurion-Ring hatte sich leider als Sackgasse oder so herausgestellt. Kurze Zeit, nachdem man das Kind aus dem Keller befreit hatte, meldete sich eine Frau bei den Beamten vor Ort: die Mutter.

Sie hatte das Mädchen Samstagmittag in dem Keller eingesperrt, weil sie für ein paar Stunden wegwollte. Ihrer Aussage zufolge hatte sie das schon öfter so gehandhabt, da sie den Keller im Gegensatz zu ihrer Wohnung für einen sicheren Raum hielt, immerhin gab es dort keinen Herd, keine Steckdosen und auch keine Fenster. Allerdings hatte sie sich dermaßen zugedröhnt, dass sie angeblich zwei komplette Tage lang die Zeit vergessen hatte. Das Jugendamt würde sich ab jetzt um die Familie kümmern, von Amelie Siebenäuger fehlte weiterhin jede Spur.

Helga nahm die Unterlagen vom Tisch. Ihre Anspannung wuchs, denn auch wenn ihr Gefühl untrüglich in die Richtung deutete, dass Gerrit die Wahrheit sagte, stellte sich die Sachlage mit den gefundenen Beweisen doch gänzlich anders dar. Sie würde ihm einige Fragen zu den Spuren stellen müssen, die ihn belasteten, und hoffte für ihn und auch für Fabian, dass er eine zufriedenstellende Erklärung dafür liefern konnte.

Auf dem Flur traf sie auf Thomas, der mit ernster Miene vier Kaffeetassen balancierte, zwei in jeder Hand. Er hatte sie ein wenig zu voll gegossen und seine Mühe damit, nichts überschwappen zu lassen.

»Ein Kellner wirst du in diesem Leben nicht mehr«, sagte Helga augenzwinkernd, worüber Thomas gar nicht lachen konnte.

Sie öffnete die Tür zum Verhörraum und ließ ihn vorangehen. Tatsächlich schaffte er es, die Tassen unfallfrei und ohne etwas zu verschütten, zu dem Tisch in der Mitte des Raumes zu bringen.

Als Thomas Fabians Bruder eine davon hinschob, sagte Gerrit: »Danke dir«, korrigierte sich aber sogleich. »Danke Ihnen.« Sicher kannte er Thomas von irgendwelchen privaten Feiern bei Fabian und war es gewohnt, ihn zu duzen.

Thomas nickte nur zurückhaltend, dann startete er die Aufnahme und Helga nannte fürs Protokoll Datum, Uhrzeit und die Namen der Anwesenden.

»Also, Herr Prior«, sagte Helga und es fühlte sich komplett falsch an. Sie schlug den Aktendeckel auf. »Wir haben da einige Fragen an Sie, wie Sie sich vorstellen können.«

»Und ich bin gern bereit, alles zu beantworten. Allerdings würde ich darum bitten, dass Sie sich erst anhören, was ich zu sagen habe. Vielleicht klärt sich dann einiges schon von selbst.«

Helga schaute zu Thomas rüber, der gleichgültig mit den Schultern zuckte. Anscheinend hatte er beschlossen, diese Befragung völlig lethargisch anzugehen.

»Dann legen Sie los«, sagte Helga, da sie neugierig war, welches Geheimnis Fabians Bruder ihnen enthüllen würde. Fabian hatte sie ja bereits vorgewarnt, dass das, was sein Bruder ihm gestern gestanden hatte, einiges in dem Fall änderte.

Der atmete tief durch, wechselte noch einen Blick mit seinem Anwalt und beugte sich dann vor, um seine Ellenbogen auf dem Tisch abzustützen und die Hände vor seiner Brust zu falten. »Ich muss etwas weiter ausholen«, erklärte er. »Das Ganze ist jetzt etwa fünfzehn Jahre her und ereignete sich bei einer privaten Abschlussfeier unseres Abiturjahrgangs.«

Während Helga sich beherrschen musste, nicht nervös im Raum auf und ab zu gehen, schien Thomas vergessen zu haben, dass sie bereits etwas in diese Richtung vermutet hatten. »Und was soll das mit den Ereignissen von heute zu tun haben?«, fragte er barsch. Offensichtlich wollte er gar nicht zuhören.

»Ob es etwas damit zu tun hat, weiß ich nicht, es ist nur eine Vermutung«, erklärte Gerrit beeindruckend ruhig. »Mein Bruder hielt es für durchaus relevant.«

»Na, dann muss es wohl stimmen«, brummte Thomas und Helga verdrehte innerlich die Augen. War sie hier eigentlich die Einzige, die sich professionell verhielt?

Glücklicherweise ließ Fabians Bruder sich nicht beirren. »Wie gesagt war es am Abend unserer Abschlussfeier, die eine Klassenkameradin von uns bei sich zu Hause ausrichtete. Die Eltern von Katrin Rauh waren ziemlich wohlhabend, sie hatten ein großes Haus inklusive Pool und waren verreist, da bot sich das an. Jedenfalls war ich zu diesem Zeitpunkt mit Mareike Knott liiert und außerdem gut mit Lutz Siebenäuger, Maxim Bobrow und eben auch mit Katrin Rauh befreundet.«

»Ich schlage vor, Sie kommen zum Punkt«, trieb Thomas ihn an. Helga überlegte, eine Pause einzulegen, um ihn zurechtzuweisen, doch nach der kurzen Zeit würden alle im Raum ahnen, warum sie nach draußen auf den Flur gingen. Er sollte sich langsam mal zusammenreißen.

Gerrit stierte in seine Kaffeetasse, dann hob er den Blick, schaute aber auf einen Punkt an der Wand und niemandem ins Gesicht. »Nun, es ist mir etwas unangenehm, das zu sagen, aber mein Anwalt hat mich darüber aufgeklärt, dass Verstöße gegen das Betäubungsmittelgesetz nach fünf Jahren verjähren.«

»Und Sie damit nichts zu befürchten haben, richtig«, meldete sich der Rechtsanwalt nach der Begrüßung zum ersten Mal zu Wort.

»Wir hatten uns vorgenommen, den Abend zu etwas ganz Besonderem zu machen, also haben wir alle zusammengelegt. Ich weniger, Leute wie Lutz oder Katrin, die von Haus aus mehr Geld hatten, eben etwas mehr. Damit haben wir ein paar Gramm Speed und einige Ecstasy-Pillen geholt. Einfach so, zum auf den Tisch legen und wer was wollte, konnte sich bedienen.«

Thomas verzog die Stirn. »Und das ist das dunkle Geheimnis, das alles erklären soll? Dass Sie sich abgeschossen haben an diesem einen Abend? Ich sehe noch immer nicht den Zusammenhang zu den Verbrechen, die in den letzten Tagen begangen wurden.«

»Ich bin ja noch nicht fertig. Jedenfalls waren wir alle über achtzehn und meinten, wir würden verantwortungsbewusst mit dem Zeug umgehen.«

Nun entfuhr Helga ein leises Lachen. »Verantwortungsbewusster Umgang mit harten Drogen, okay.«

»Niemand behauptet, dass es kein Fehler war. Vor allem nicht, wenn man bedenkt, was danach passiert ist. Es war nämlich so, dass plötzlich auch zwei Mädels aus einem niedrigeren Jahrgang auftauchten. Alexandra Enders und Sina ...« Er richtete die Augen zur Decke und rieb sich über den Hinterkopf. »Ich erinnere mich nicht mehr genau an ihren Nachnamen, er begann mit S. Schott oder Schlett. Alex kannte ich aus dem Schwimmverein, sie wohnte auch in Neu-Isenburg und irgendwie stand sie auf mich, denn sie hatte mich nach dem Training schon mal nach einem Date gefragt.«

»Herr Prior«, sagte Thomas, der die Arme vor der Brust verschränkte und eine strenge Miene zog. »Ich fordere Sie noch mal auf, zum Punkt zu kommen und dabei auf unnötige Ausschmückungen zu verzichten. Wir fragen schon nach, wenn uns etwas genauer interessiert.«

»Das gehört eben alles dazu, um die Situation zu verstehen. Alex war anscheinend etwas überrumpelt davon, dass ich mit Mareike zusammen war, obwohl sie eigentlich wusste, dass ich vergeben bin. Sie hat sich im Laufe des Abends nicht nur übermäßig an der Bar bedient, sondern irgendjemand hat ihr wohl auch von den Drogen angeboten und sie hat mit der Zeit die Kontrolle über sich verloren.«

Er schwieg einen Moment. Wie es aussah, fiel es ihm nicht leicht, darüber zu sprechen, und Helga hoffte, dass Thomas nicht wieder mit seiner ruppigen Art eingriff. Zum Glück hielt er sich zurück.

»Mareike hat das verständlicherweise nicht gepasst, weil Alex sich betrunken ziemlich an mich rangeworfen hat und so. Ich hab das damals nur am Rande mitbekommen, aber sie hat wohl mit Katrin, die ja die Gastgeberin war, und mit Lutz besprochen, dass sie Alex irgendwie dazu kriegen müssten, freiwillig zu verschwinden.«

Helga spannte ihre Kiefermuskulatur an. Was hatten die fünf mit dieser Alex angestellt? War es so schlimm gewesen, dass die Frau sich Jahre später dafür rächte? Normalerweise kannte sie es nur von Männern, dass sie auf gekränkte Ehre mit Gewalt reagierten. Aber doch nicht nach 15 Jahren ...

Gerrit hatte wohl ihre Reaktion bemerkt, denn er sagte schnell: »Nicht so, wie es sich jetzt vielleicht anhört. Und das Ende der Geschichte, so tragisch es auch gewesen sein mag, hatte garantiert niemand von uns im Sinn. Lutz und Maxim haben ihr lediglich angeboten, sie nach Hause zu bringen, da sie ohnehin an die Tankstelle wollten, um noch was zu trinken zu kaufen. Sie hat eingewilligt, es sich auf dem Weg jedoch wohl anders überlegt. Ich war nicht dabei, aber Lutz erzählte damals, dass sie im Auto eine Art Tobsuchtsanfall bekommen hat. Erst hat sie rumgezetert, dann fing sie an zu heulen und drohte damit, sich umzubringen.«

»Ein sechzehnjähriges Mädchen auf Drogen und Alkohol, so eine Reaktion ist da wenig verwunderlich«, sagte Helga. Sie erinnerte sich an ihre eigene Jugend. Auf der Geburtstagsfeier einer Freundin hatte sie sich im Alter von 17 Jahren mal dermaßen betrunken, dass sie sich grundlos mit allen möglichen Gästen angelegt hatte und schließlich außer Kontrolle heulend und schimpfend über einen Friedhof geflüchtet war. Bis heute konnte sie sich nur bruchstückhaft daran erinnern und schämte sich zu Tode, wann immer ihre Freundin darauf zu sprechen kam.

»Da haben Sie bestimmt recht und es war auch nicht unsere Absicht, als wir den Abend planten. Während dieses Anfalls sprang sie jedenfalls an einer roten Ampel auf einer Landstraße aus dem Auto und rannte in den Wald. Lutz und Maxim haben sich natürlich Sorgen gemacht und eine ganze Weile nach ihr gesucht, sie aber nicht mehr gefunden. Leider. Denn, wie die beiden schon befürchtet hatten, hat sie ihre Drohung wahr gemacht. Auf dem Rückweg kamen sie an einer Unfallstelle vorbei. Ein Zug hatte eine Person auf den Gleisen erwischt. Alex.«

Helga hielt unbewusst den Atem an. Mit einer solchen Wendung hatte sie nicht gerechnet. Damit schied die junge Frau als Täterin aus.

»Die beiden haben doch hoffentlich sofort die Polizei alarmiert?«, fragte Thomas.

Fabians Bruder schüttelte den Kopf. Seinem Gesicht war echtes Bedauern abzulesen. »Sie sind in Panik geraten und zurückgekommen, wo sie sich mit Mareike und Katrin beraten haben. Gemeinsam beschlossen sie, dass niemand jemals von Alex' Anwesenheit auf dieser Party erfahren dürfte.«

»Wie bitte?«, fragte Thomas gleichermaßen entsetzt, wie Helga sich fühlte. »Wie sollte das funktionieren? Sie sagten doch vorhin, dass diese Alex mit einer Freundin dort war.«

»Tja, das bekam alles seine eigene Dynamik. Zuerst kamen sie zu mir. Da mein Bruder bei der Polizei war, brauchte es nicht viel, mich zu überzeugen. Ich hatte natürlich Angst vor den Konsequenzen, nicht nur für mich, sondern auch für meinen Bruder. Immerhin hatten wir einen Haufen Drogen besorgt und sie Minderjährigen zugänglich gemacht. Nachdem ich eingewilligt hatte, überzeugten Lutz und Maxim auch noch Sina, niemandem etwas davon zu erzählen, dass sie an diesem Abend mit Alex zusammen gewesen war. Alex hatte eigentlich bei ihr übernachten wollen und vor der Mutter behauptete sie, das sei nur eine Lüge gewesen und sie hätte keine Ahnung, wo Alex wirklich gewesen war. Die übrigen Gäste der Party kannten Alex nicht und so lange war sie auch nicht dort, dass sie jemandem aufgefallen wäre.«

Helga schüttelte fassungslos den Kopf. Deshalb war die Freundschaft damals also so plötzlich zerbrochen. Die Beteiligten hatten es zwar geschafft, das Geheimnis für sich zu behalten, aber anscheinend nicht, sich danach noch in die Augen zu schauen. Die Akte, die unter ihren Fingern lag und zu der sie so viele Fragen hatte, war längst vergessen. »Der Zugunfall muss doch trotzdem der Polizei gemeldet worden sein«, sagte sie. »Wenn nicht von Ihren Freunden ...«

»Es sind nicht mehr meine Freunde«, unterbrach Fabians Bruder sie.

»..., dann doch wohl von dem Lokführer«, ließ Helga sich nicht beirren. »Wie kann es sein, dass niemand darauf gekommen ist, dass dieses Mädchen mit Drogen und Alkohol im Blut auf der Abiparty war, die an diesem Abend stattfand? Und ihre Freundin? Wieso zum Teufel hat sie die Lüge mitgetragen?«

Fabians Bruder zuckte mit den Schultern. »Glauben Sie mir, diese Fragen habe ich mir in der ersten Zeit auch ständig gestellt. Wahrscheinlich hat niemand eine Verbindung gezogen, weil die Unglücksstelle ziemlich weit entfernt von Katrins Haus lag. In der Nähe befand sich ein berüchtigter Club, wahrscheinlich dachte die Polizei, dass sie dort den Abend verbracht hat. Nur Sina wurde wohl befragt, da Alex' Mutter natürlich angegeben hatte, dass ihre Tochter dort übernachten wollte. Die hat aber dichtgehalten und behauptet, dass sie nur als Vorwand benutzt wurde und nichts davon wusste. Vermutlich auch aus Angst vor den Konsequenzen, immerhin hatte sie auch was von den Drogen genommen. Es konnte ja niemand was für Alex' Tod und wir haben uns wohl alle eingeredet, dass es keinen Unterschied mehr für sie macht, ob wir zugeben, dass sie an dem Abend mit uns zusammen war, und ...«

»Und sie eben von Ihnen die Drogen bekommen hat, die im Endeffekt dafür verantwortlich waren, dass sie sich vor den Zug geworfen hat«, führte Thomas den Satz zu Ende und in diesem Fall war Helga vollständig auf seiner Seite.

»Es ist nicht so, als hätte mich mein Gewissen nicht deswegen geplagt. Natürlich weiß ich, dass wir falsch gehandelt haben. Aber wenn man sich erst mal dafür entschieden hat, ist es schwer, da wieder rauszukommen und plötzlich die Wahrheit zu sagen.«

»Nennen wir das Kind doch beim Namen, Ihre weiße Weste war Ihnen wichtiger. Geschenkt.« Thomas machte eine großzügige Geste mit der Hand. »Wenn die Kollegen von damals einen Unfall festgestellt haben, dann sind Sie rechtlich fein raus, das wird Ihnen Ihr Anwalt bereits mitgeteilt haben. Aber wie schlagen Sie nun die Brücke zu heute?«

»Ist das nicht offensichtlich?«, fragte Gerrit.

»Möglicherweise, aber wir würden das gern von Ihnen hören«, antwortete Helga.

Fabians Bruder hob die Hände, wie um zu zeigen, dass er unbewaffnet war, und stand langsam auf. Anscheinend hatte er zu viele amerikanische Krimiserien geschaut und befürchtete, gleich im Polizeigriff auf dem Boden zu landen. »Ich hole was aus meiner Hosentasche«, sagte er und zog einen Zettel hervor, den er auf den Tisch legte. »Das hier lag gestern Morgen in meinem Briefkasten. Seitdem hab ich keine Zweifel mehr, dass die Taten mit den Ereignissen an dem Abend vor fünfzehn Jahren zusammenhängen.«

Helga beugte sich vor, um entziffern zu können, was auf der Notiz stand. Ihre Nackenhaare stellten sich auf. Ein Akronym. Mario hatte recht gehabt. »*LuSt*« war eine Warnung, eine Botschaft an die Personen, die damals die wahren Umstände um den Tod von Alexandra Enders verschleiert hatten. Sie konnten nur hoffen, dass es noch nicht zu spät war.

38. Kapitel

Von Peitschs Büro aus machte sich Fabian ohne Umwege auf den Weg ins Archiv. Der angebliche Zugunfall, bei dem Alexandra Enders ums Leben gekommen war, hatte sich vor 15 Jahren ereignet, sodass die Unterlagen dazu garantiert noch nicht elektronisch archiviert waren. Es war kalt im Archivkeller und Fabian fröstelte in seinem kurzen Hemd. Zum Glück musste er nicht allzu lang suchen, bis er den entsprechenden Ordner fand.

Erwartungsgemäß war die Akte nicht sonderlich dick. Die ermittelnden Beamten hatten schnell auf einen tragischen Unfall, alternativ Suizid geschlossen. Fabian betrachtete die Fotos, die obenauf lagen. Unschöne Aufnahmen vom Unglücksort zeigten den verdrehten Körper der jungen Frau. Der Zug hatte sie mit einer Geschwindigkeit von 80 Stundenkilometern mitten auf den Schienen erwischt und nach vorn geschleudert. Bei dem Aufprall hatte sie sich mehrere Knochenbrüche zugezogen. Ihr Gesicht war von den Steinen im Gleisbett zerschmettert worden und kaum noch zu erkennen. Der eintreffende Notarzt hatte nur noch den Tod feststellen können, sie hatte keine Chance gehabt.

Ihr Outfit ließ darauf schließen, dass sie sich für eine Party fertiggemacht hatte. Laut Aussage der alleinerziehenden Mutter wollte ihre Tochter an dem Abend bei einer Freundin übernachten, die dies aber bestritt. Da diese zu der Sache befragt worden war, fand

Fabian auch ihren Namen in der Akte. Sina Schlett. Fabian machte ein Foto davon und blätterte weiter.

Ein Bild von Alexandra zu Lebzeiten war der Akte weiter hinten beigelegt. Sie war ein hübsches Mädchen gewesen, das schüchtern in die Kamera lächelte. Auf Fabian wirkte sie nicht so, als hätte sie regelmäßig Drogen konsumiert, was der Obduktionsbericht bestätigte. An dem Abend ihres Todes wies ihr Blut einen Alkoholwert von über zwei Promille auf, außerdem fanden sich Spuren eines Amphetamin-Derivates, die allerdings keine Rückschlüsse auf längerfristigen Konsum zuließen.

Da sich in der Nähe des Unglücksortes ein Club befand, der immer wieder Schlagzeilen durch Drogenexzesse der Besucher gemacht und diverse Male kurz vor der Schließung gestanden hatte, war man davon ausgegangen, dass Alexandra Enders sich vor ihrem Tod dort aufgehalten hatte. Zeugen konnten dafür keine gefunden werden.

Und noch etwas fand Fabian in dem Bericht. Sowohl in der Vagina von Alexandra Enders als auch in ihrem Enddarm waren Spermaspuren von zwei verschiedenen Männern gefunden worden. Zum Zeitpunkt ihres Todes hatte sie keine Unterhose getragen. Sie musste am Abend ihres Todes heftigen Sex gehabt haben, denn die Schleimhäute und die Haut um den After waren eingerissen. Fabian rief sich in Erinnerung, was genau sein Bruder gesagt hatte.

Im Laufe des Abends schmiss Alex sich an Gerrit ran, was seiner damaligen Freundin Mareike nicht passte. Es war also unwahrscheinlich, dass Gerrit einer der Männer war, mit denen sie Geschlechtsverkehr gehabt hatte, denn mit Sicherheit hatte Mareike Knott seinen Bruder nicht aus den Augen gelassen. Vor lauter Eifersucht und weil Alex eindeutig nicht auf die Party gehörte, wandte sie sich an die Gastgeberin. Diese wiederum machte mit Lutz Siebenäuger und Maxim Bobrow aus, dass die beiden Alex nach Hause bringen sollten, die aufgrund der Abfuhr von Gerrit zunächst einwilligte. Angeblich flippte sie auf dem Weg dann grundlos aus und sprang aus dem Wagen.

Die Ergebnisse der Obduktion ließen durchaus einen anderen Schluss zu. Hatten die jungen Männer Alexandra Enders vergewaltigt und hatte sie sich deswegen vor den Zug geworfen? Oder waren Siebenäuger und Bobrow gar dafür verantwortlich, dass das Mädchen auf den Schienen gelandet war? Ohne Zeugen war es fast unmöglich, zu unterscheiden, ob jemand vor einen Zug geworfen worden war oder freiwillig sprang. Der Lokführer hatte so unter Schock gestanden, dass er sich nur an den Moment des Aufpralls erinnerte.

Lust. Abgesehen davon, dass es sich um ein Akronym handelte, würde der gewählte Begriff des Täters zu der Vergewaltigungstheorie passen. Aber wer konnte davon wissen? Hatte Alexandra Enders es geschafft, sich vor ihrem Tod noch jemandem anzuvertrauen? Ihr Handy war seit dem Abend ausgeschaltet und nie gefunden worden. Es war unwahrscheinlich, dass sie es auf den Schienen bei sich gehabt hatte. Hatten Bobrow und Siebenäuger mit ihrer Tat geprahlt, nachdem sie zurück auf der Party waren? Katrin Rauh musste ebenfalls darin verwickelt sein, denn auch bei ihr hatte der Täter oder die Täterin den Schriftzug hinterlassen. Sie musste also mindestens davon gewusst haben oder war sogar beteiligt gewesen.

Aber wenn es unter den Partygästen die Runde gemacht hatte, hätte auch Gerrit es mitbekommen und Fabian konnte sich nicht vorstellen, dass sein Bruder ein so widerliches Verbrechen deckte. Oder etwa doch? Immerhin hatte auch er diesen ominösen Zettel im Briefkasten gehabt.

Bis gestern hätte Fabian sich auch nicht vorstellen können, dass Gerrit früher Drogen konsumiert hatte, und sei es nur für einen Abend. Oder dass er Teil eines solchen Lügenkonstrukts sein könnte, das die wahren Umstände verschleierte, wie es zum Tod eines jungen Mädchens gekommen war. Anscheinend musste er seine Meinung bezüglich seines Bruders gründlich überdenken. Und er musste mit Sina Schlett reden. Hatte er gerade noch geglaubt, dass sie möglicherweise hinter den Taten steckte, kamen ihm nun Zweifel.

Wenn Siebenäuger und Bobrow irgendjemandem von der Vergewaltigung erzählt hatten, dann bestimmt nicht der Freundin ihres Opfers. In dem Wissen, dass man ihrer Freundin etwas Derartiges angetan hatte, wäre sie sicher nicht bereit gewesen, über die Vorkommnisse des Abends zu schweigen. So oder so, Fabian musste mit ihr reden, um in Erfahrung zu bringen, wie viel genau sie gewusst und wer noch davon erfahren hatte. Unter den Mitwissern war garantiert der Täter und der musste gestoppt werden. Was auch immer Lutz Siebenäuger oder Katrin Rauh damals getan hatten, ihre Töchter waren verschwunden und sie sollten auf keinen Fall die Fehler ihrer Eltern ausbügeln müssen.

Fabian klappte die Akte zu, er hatte genug gelesen. Nachdem er den Ordner zurück an seinen Platz gestellt hatte, ging er in sein Büro an den Computer. Thomas und Helga waren anscheinend noch in der Befragung mit Gerrit, was Fabian ganz recht war. Er öffnete die Datenbank und gab Sinas Namen und Geburtsdatum ein. Er fand mehr als nur eine Meldeadresse; das Ergebnis stimmte ihn traurig.

Im Laufe der Jahre war Sina oft von der Polizei aufgegriffen worden, meist wegen Drogenbesitzes. Für ein Jahr hatte sie sogar im Gefängnis gesessen, nachdem sie zuvor immer wieder mit Bewährungsstrafen davongekommen war. Die Auflagen hatte sie meist nur kurze Zeit eingehalten, bis es einem Richter zu bunt wurde und er ihr eine Haftstrafe aufbrummte.

Anscheinend hatte sie die Lügengeschichte weniger gut weggesteckt als der Rest der Truppe. Erneut fragte Fabian sich, wie sein Bruder es all die Jahre geschafft hatte, sein Gewissen erfolgreich zum Schweigen zu bringen. Von nun an würde er Gerrit mit völlig anderen Augen sehen, ganz egal, wie viel er nun tatsächlich gewusst hatte.

Fabian notierte sich die zuletzt gemeldete Adresse. Nach ihrem Gefängnisaufenthalt war Sina Schlett in den Ben-Gurion-Ring gezogen. Nicht gerade der beste Ort für jemanden, der sich von Drogen fernhalten wollte.

39. Kapitel

Der kahle Raum wurde nur schwach von dem Licht beleuchtet, das durch die Ritzen zwischen den vor die Fenster genagelten Brettern fiel. Sie stand im Schatten und beobachtete die verängstigten Mädchen. Als sie angekommen war, hatten die beiden geschlafen, und seit sie aufgewacht waren, hatte sie sich noch nicht bemerkbar gemacht, sondern verharrte als stille Beobachterin. Die Mädchen waren auch viel zu beschäftigt damit, auf die Frau zu starren, die an die Wasserleitung gefesselt war.

Mittlerweile war sie ruhig geworden, jedenfalls im Vergleich zu den ersten Tagen, nachdem sie hergebracht und angekettet worden war. Gemeinsam mit dem »Monster«, wie das erste Mädchen die Frau genannt hatte, hier gefangen gehalten zu werden, musste traumatisch für die Kinder sein. Für den Rest ihres Lebens würden sie sich an das Stöhnen erinnern, an die Schreie, das Kettenrasseln, die vom Knebel gedämpften Wutausbrüche und die Heulkrämpfe, die sie im Dämmerlicht zwar hören, aber deren Quelle sie nicht wirklich identifizieren konnten.

Für sie musste es so wirken, als läge unter diesem Schlafsack tatsächlich ein Monster und sie hatte den Irrtum nicht aufgeklärt. Warum auch? Nun aber regte sich etwas wie ein Gewissen in ihr. Nicht, dass sie generell Reue empfunden hätte. Es war ihr gutes Recht, was sie getan hatte, daran hegte sie keine Zweifel.

Andererseits empfand sie nun doch Mitleid mit den beiden Mädchen. Sie hatten niemandem etwas getan, zumindest nichts, wovon sie gewusst hätte. In dem Alter konnte man auch noch keinem anderen Menschen ernsthaften Schaden zufügen. Und trotzdem mussten sie leiden, sie mussten das Unrecht ausbaden, das ihre Eltern begangen hatten. Eigentlich unfair, doch es gab keine andere Möglichkeit.

Jemanden umzubringen, das lag ihr so gar nicht. Um den Mord an der Babysitterin war sie nicht herumgekommen. Das arme Mädchen hatte ihr eigenes Todesurteil unterschrieben, als sie Amelies Mutter angerufen hatte. Dieser Anruf hatte einen Countdown gestartet, also war ihr keine Zeit geblieben, die Babysitterin aufwendig zu fesseln und zu knebeln.

Da war ihr der Mord an Maxim schon wesentlich leichtergefallen, auch wenn der sie nicht wirklich befriedigt hatte. Für ihren Geschmack war sein Tod einfach zu endgültig, er hatte es hinter sich und musste nicht mehr leiden. Immerhin hatte er das vor seinem Ableben ganz sicher ausgiebig getan. Bei ihm hatte sie keine andere Möglichkeit gehabt, als sich an ihm selbst auszulassen, denn es gab nichts in seinem Leben, das ihm etwas bedeutete. Keine Frau, keine Kinder, nichts.

Hier war die Sache anders gelagert. Die Eltern der beiden Mädchen sollten genauso leiden, wie sie all die Jahre gelitten hatte. Dafür durften sie ihre Töchter niemals wiedersehen. So unfair es den Kindern gegenüber auch war, dass sie sterben mussten, momentan sah sie keine Alternative. Vermutlich wäre es anständiger gewesen, sie sofort zu töten, nachdem sie sie aus ihren Kinderzimmern entführt hatte. So wäre ihnen das Leid vor ihrem Tod erspart geblieben. Das war aber nun mal nicht mehr zu ändern. Sie konnte nur verhindern, diesen Fehler fortzuführen, indem sie das Leben der Mädchen auf der Stelle beendete.

Und doch zögerte sie. Das hier waren Kinder. Sie brauchte einfach noch Zeit, um darüber nachzudenken, ob ihr nicht doch eine andere Lösung einfiel. Geräuschlos löste sie sich aus dem Schatten, öffnete die Tür und ignorierte das Jammern der Mädchen, als sie ihr Versteck verließ.

40. Kapitel

Gerrit konnte es kaum glauben, dass er nach der Befragung das Präsidium einfach verlassen durfte. Obwohl sein Anwalt ihn zuvor beruhigt hatte, war er fest davon ausgegangen, dass Fabians Kollegen ihn dortbehalten würden. Wegen der Nachricht in seinem Briefkasten waren die beiden skeptisch gewesen und hatten ihn Handschriftproben abgeben lassen. Aber sogar ein Legastheniker hätte erkannt, dass er ganz bestimmt nicht der Verfasser des Zettels war, also hatten Helga Kannengießer und Thomas die Befragung beendet. Ganz raus war er noch nicht, das hatte er ihren Gesichtern angesehen. Aber sie waren nicht mehr so überzeugt von seiner Schuld wie zu Beginn der Befragung.

Fabian hatte recht gehabt. Mit dieser Nachricht hatte der wahre Täter einen Fehler begangen, der früher oder später Gerrits Unschuld beweisen würde. Er fühlte sich wie ausgewechselt. Nicht nur, dass er endlich ein wenig Zuversicht verspürte, auch war ihm, als hätte ihm sein Geständnis eine tonnenschwere Last von den Schultern genommen.

All die Jahre hatte er sich eingeredet, dass es damals keinen Unterschied gemacht hätte, wenn sie die Wahrheit gesagt hätten. Alex hatte sich entschieden, ihrem Leben ein Ende zu setzen, und sie würde auch nicht wieder lebendig werden, wenn jemand wusste, wo sie sich vor ihrem Tod aufgehalten hatte. Er hatte erfolglos versucht, die Geschehnisse zu verdrängen. Jetzt, wo es endlich raus war, fühlte er sich besser, als könnte er plötzlich klarer sehen.

Auf dem Heimweg vom Präsidium war er einkaufen gewesen und schleppte nun die Tüten in seine Wohnung. Gemüse, Obst, Quark. Er musste aufhören, sich selbst zu bemitleiden, weil Nicole ihn verlassen hatte, und sein Leben wieder in die Hand nehmen. Immerhin hatte er eine zweite Chance bekommen, auch wenn er noch nicht offiziell als unschuldig galt. Dazu gehörte, dass er sich nicht mehr von Lieferdiensten ernährte und endlich die Wohnung in Ordnung brachte.

Nachdem er die Einkäufe im Kühlschrank verstaut hatte, machte er sich daran, das Chaos zu beseitigen, das die Beamten bei der Durchsuchung hinterlassen hatten. Da der Mülleimer voll war, verknotete er die Tüte und trug sie nach unten. Als er die Mülltonne öffnete, die zu seiner Wohneinheit gehörte, erstarrte er. Obenauf lag ein Paar blutverschmierte Sneakers. Seine Schuhe, das Paar, das in dem Regal im Treppenhaus fehlte und für das sich der Polizist so interessiert hatte.

Eine Welle Adrenalin durchflutete seinen Körper, er fing an zu schwitzen. Waren die Schuhe gestern schon dort gewesen? Falls ja, konnte er von Glück reden, dass die Beamten nicht in die Mülltonne geschaut hatten. Bei der Vernehmung nach seinem Geständnis hatten Fabians Kollegen ihn auch zum Tod von Maxim befragt und sich dabei nach seiner Schuhgröße erkundigt. Das Blut an den Schuhen gehörte sehr wahrscheinlich zu seinem früheren Klassenkameraden und würde ihn gehörig in Erklärungsnot bringen. Womöglich würde es sogar all die frisch geweckten Zweifel an seiner Schuld endgültig ausräumen. Zusammen mit dem Schlüssel, den sie bei ihm gefunden hatten, sprachen die Schuhe eine eindeutige Sprache. Der Schlüssel, den er aus Versehen bei Mareike eingesteckt haben musste. Er passte ins Schloss an Maxims Wohnungstür, das hatten ihm Fabians Kollegen bei der Befragung vorgehalten.

Mareike! Plötzlich fiel es Gerrit wie Schuppen von den Augen. Es passte alles zusammen. Sie hatte ihm beim Jahrgangstreffen den Sekt gebracht, um auf das Wiedersehen anzustoßen, woraufhin ihm so schlecht geworden war, dass er sich kurze Zeit später nach Hause verabschiedet hatte. Sie musste ihm etwas ins Getränk gemischt haben, um dafür zu sorgen, dass er die Party frühzeitig verließ und sich ins Bett legte. Seit der Einladung zu dem Treffen wusste sie, dass Nicole und er sich getrennt hatten und er somit kein Alibi für die Nacht hatte.

Am Samstagmorgen hatte Mareike vor seiner Tür gestanden, angeblich, um ihm von den Vorfällen bei Lutz zu erzählen. Bei dieser Gelegenheit musste sie seine Schuhe aus dem Regal genommen haben. Als er am Sonntag schließlich bei ihr gewesen war, hatte sie ihn im Flur angerempelt. Hatte sie ihm bei dieser Gelegenheit Maxims Schlüssel in die Jackentasche geschmuggelt? So musste es sein.

Aber warum? Was hatte er Mareike getan, dass sie ihm diese furchtbaren Taten anhängen wollte? Und weshalb drehte sie nach 15 Jahren durch, entführte die Kinder von Lutz und Katrin und ermordete Maxim?

Gerrit überlegte fieberhaft, was er tun sollte. Er hatte Angst, die Polizei darüber zu informieren, dass er die blutverschmierten Schuhe in seiner Mülltonne gefunden hatte und zu welchem Schluss er dadurch gekommen war. In seinen Augen war es höchst unwahrscheinlich, dass sie ihm glaubten. Die Sneakers würden eher dazu führen, dass sich der Verdacht gegen ihn erhärtete. Wer sollte ihm abnehmen, dass Mareike, eine Frau, hinter diesen verabscheuungswürdigen Taten steckte und versuchte, den Verdacht mit allen Mitteln auf ihn zu lenken?

Andererseits lief er Gefahr, dass sein Nachbar vom selben Stock die Schuhe entdeckte, der die Mülltonne ebenfalls benutzte, und prompt die Polizei rief. Für Gerrit würde es ziemlich übel aussehen, dass er nichts gesagt hatte. Was war die bessere Alternative? In die Offensive zu gehen und zu riskieren, dass er erneut in den Fokus der Ermittlungen geriet oder die Füße stillzuhalten?

Am vernünftigsten wäre es wohl, wenn er zuerst mit Fabian sprach. Der wusste sicher, was zu tun war. Kurzerhand warf er seinen Müllbeutel in die Tonne, die den Nachbarn aus dem Erdgeschoss gehörte, um keine möglichen Spuren zu verwischen. Dann stürmte er zurück in seine Wohnung, wo er seinen Bruder anrief. Der nahm nicht ab. Schöner Mist. Er konnte unmöglich hier sitzen und Däumchen drehen und dabei riskieren, dass alles aus dem Ruder lief.

Nein, Gerrit musste die Sache selbst in die Hand nehmen. Vielleicht konnte er Mareike zur Vernunft bringen und sie davon überzeugen, reinen Tisch zu machen. Und wenn nicht, würde er dafür sorgen, dass sie wenigstens vor ihm ein Geständnis ablegte, das er mit seinem Handy aufnahm. So hätte er etwas gegen sie in der Hand und konnte Fabians Kollegen über seinen Fund in der Mülltonne informieren.

Gerrit nahm das Festnetztelefon und wählte Mareikes Nummer. Eine ganze Weile lauschte er dem Freizeichen. Als er gerade auflegen wollte, hob sie ab. Schnell startete er die Aufnahmefunktion auf seinem Handy und stellte das Telefon auf Lautsprecher.

»Hallo Gerrit«, sagte sie. Ihre Stimme klang müde und etwas verwaschen, als hätte sie getrunken. Das käme ihm gar nicht so ungelegen, denn Alkohol lockerte bekanntlich die Zunge. Jetzt musste er nur die Ruhe bewahren, um die Wahrheit aus ihr rauszukitzeln.

»Ja, ich bin es«, sagte er und hoffte, dass sie ihm seine Nervosität nicht anhörte.

»Warum rufst du an? Ich hab gerade an dich gedacht.«

»Weil ich mich erkundigen wollte, wie es dir geht«, sagte er, da ihm auf die Schnelle nichts Besseres einfiel. Vielleicht hätte er das Gespräch vorbereiten sollen, anstatt kopflos zu handeln. Aber jetzt war es zu spät.

»Nicht gut«, antwortete sie und zog die Nase hoch. Weinte sie etwa? Womöglich würde es doch nicht so schwierig, sie dazu zu bringen, die Wahrheit zu sagen.

»Ist was passiert?«, fragte er und gab sich Mühe, sich seine Aufregung nicht anmerken zu lassen und besorgt zu klingen. »Du kannst mit mir über alles reden, ich werde dich nicht verurteilen.«

Mareike schwieg. Mist. War er zu schnell vorgeprescht?

»Vorhin war ich bei der Kripo. Meine Aussage machen. Bei der Durchsuchung haben sie noch was gefunden, das auf mich als Täter hinweist«, sagte er, da von Mareike weiterhin nichts kam.

»Ach, Gerrit. Ich … Es tut mir leid, hörst du?«, stammelte sie.

Gerrits Herz schlug schneller. Die Erkenntnis, dass er richtig gelegen hatte, trieb ihm die Tränen in die Augen. Warum tat sie ihm das an? »Ach, dir muss es nicht leidtun. Du kannst ja nichts dafür«, sagte er großzügig. »Irgendjemand versucht, mir was anzuhängen und zerstört dabei mein Leben.«

»Ich bin ein schlechter Mensch.« Mareike flüsterte so leise, dass Gerrit sich unsicher war, ob sein Handy das aufgezeichnet hatte.

»Wie bitte? Ich hab dich leider nicht ganz verstanden.«

»Damals … was geschehen ist, war furchtbar. Wir haben richtig Mist gebaut, aber du … dich trifft am wenigsten Schuld.« Ihre Stimme klang immer müder, als würde sie gleich einschlafen.

»Wir können alle nichts dafür«, sagte Gerrit. Er musste sie irgendwie zurück zum Thema lenken. »Was geschehen ist, ist geschehen, aber dass Lutz' und Karins Töchter darunter leiden müssen, ist einfach nicht fair. Und dass ich …«

»Hast du dich nie gefragt, ob da nicht mehr dahintersteckt?«, fragte Mareike, als hätte sie ihm gar nicht zugehört.

»Wie meinst du das? Was sollte dahinterstecken?«

»Glaubst du denn wirklich …« Sie schluckte hörbar, dann räusperte sie sich. »Alex hätte sich doch nicht umgebracht, weil man sie von der Party nach Hause geschickt hat.«

»Sondern?« Gerrit überlegte. Auf einmal wurde ihm übel. Sollten Maxim und Lutz etwa nachgeholfen haben? Aber warum?

Mareike lachte kurz auf, was sofort in ein Schluchzen überging. Sie weinte nun laut und heftig. »Die beiden haben ... ich wusste es, aber ich hab ihr nicht geglaubt. Sie hat es mir gesagt und ich habe nichts getan.« Sie schrie fast.

»Ganz ruhig, Mareike. Erzähl mir genau, was damals passiert ist. Redest du von Lutz und Maxim? Was haben sie getan?«

»Es ist nicht meine Schuld. Du ... musst mir glauben! Gezwungen haben sie ... Ich musste ... das Auto fahren. Was hätte ich tun sollen?« Ihre Stimme klang nun weiter weg. Anscheinend hatte sie den Hörer irgendwo abgelegt. »Ich hätte nicht ... Ich hätte es nicht tun dürfen. Es tut mir so leid.«

»Warte, jetzt langsam. Ich komme nicht mit.« Das Gespräch verlief gerade in eine ganz falsche Richtung. Natürlich war Gerrit neugierig, wovon sie sprach, aber das brachte ihn nicht weiter. Er brauchte ein Geständnis, das er der Polizei vorspielen konnte. Eines darüber, wie sie versucht hatte, ihm die Taten anzuhängen. »Was auch immer damals geschehen ist, ich bin mir sicher, dass es sich klären lässt. Die Frage ist, warum versucht mir heute jemand etwas in die Schuhe zu schieben, das ich gar nicht getan habe?«

»Ich muss jetzt auflegen«, sagte Mareike so leise, dass Gerrit sie kaum verstand. »Ist eh alles ... zu spät.«

»Nein, halt! Leg nicht auf«, rief er.

»Brief. Ich habe ... einen geschrieben. Du findest dort ...« Sie brach ab. Gerrit hörte nur noch ihren Atem.

»Einen Brief? Hast du diese Nachricht in meinen Briefkasten geworfen, meinst du das?«

»Lügen und Schweigen töten.«

Er hatte gelogen und der Mutter von Alex bei der Beerdigung ins Gesicht gesagt, dass er keine Ahnung hatte, was ihre Tochter am letzten Abend ihres Lebens getan hatte. Und er hatte geschwiegen. 15 verdammte Jahre lang. Aber musste er deshalb für Morde ins Gefängnis, die er nicht begangen hatte? Was war an dem Abend wirklich passiert?

»Mareike? Sag mir jetzt sofort, was du getan hast!«, sagte er, da sie nicht antwortete. »Es ist Zeit, reinen Tisch zu machen. Noch ist es nicht zu spät. Was damals geschehen ist, war richtiger Mist, keine Frage, aber du machst es nicht ungeschehen mit dem, was du gerade tust.«

»Behalt mich ... in guter ... Erinnerung. Im Brief ist alles ...« Sie hatte aufgelegt, bevor Gerrit noch etwas sagen konnte.

Entsetzt starrte er den Hörer in seiner Hand an. Was sollte das heißen, »behalt mich in guter Erinnerung«? Hatte sie so seltsam geklungen, weil sie etwas eingenommen hatte? Wollte sie sich etwa umbringen? Das musste er unbedingt verhindern. Wenn sie starb, dann starb mit ihr auch seine Chance, dass jemals die Wahrheit rauskam.

Sämtliche Vernunft über Bord werfend, sprang Gerrit auf und schnappte sich seine Autoschlüssel. Was auch immer sie getan hatte, er musste dafür sorgen, dass sie überlebte.

41. Kapitel

15 Jahre zuvor

Mareikes Hände umklammerten das Lenkrad. Sie hasste es, in der Dunkelheit zu fahren. Seit sie in der Fahrschule einen Wildunfall gehabt hatte, geriet sie geradezu in Panik, wenn sie nachts hinters Steuer musste. Ihr Fahrlehrer hatte zwar noch eine Vollbremsung eingeleitet, aber dennoch nicht verhindern können, dass sie frontal gegen das Kitz geprallt waren. Das Tier war über die Motorhaube und in die Frontscheibe geschleudert worden und nur wenige Zentimeter von Mareikes Augen qualvoll verendet, während sie sich vor Schock nicht rühren konnte.

Jetzt lenkte sie den Wagen von Lutz über die stockfinstere Landstraße und hoffte, dass ihr kein Wildschwein oder Reh vors Auto lief. Der Audi hatte viel zu viel PS und vom Fahrgefühl her konnte man unmöglich sagen, wie schnell man unterwegs war, sodass ihr Blick ständig zwischen der Straße und dem Tacho hin und her wanderte, was nicht unbedingt zu ihrer Entspannung beitrug. Bisher hatte sie die 70 Stundenkilometer nicht überschritten und das würde sie auch nicht, auch wenn Katrin sie vom Beifahrersitz aus zur Eile antrieb.

Lutz und Maxim hatten auf der Rückbank Platz genommen, Alexandra zwischen sich. Ihr Mund war mit einem Verband aus dem Erste-Hilfe-Kasten umwickelt, was sie daran hinderte, sich zu artikulieren, nicht aber, verzweifelte Töne von sich zu geben.

Mareike hatte keine Ahnung, was die beiden mit ihr vorhatten. Sie wusste nur, dass es nichts Gutes war. Ganz egal, ob die Geschichte mit der Vergewaltigung stimmte oder nicht, was sie gerade im Begriff waren, zu tun, würde alles nur noch schlimmer machen. Andererseits war ihr klar, dass ihr keine andere Wahl blieb, das hatten Maxim, Lutz und sogar Katrin ihr mehr als deutlich gemacht.

Zur Polizei konnte sie nicht gehen, schließlich war sie es gewesen, die die Drogen für den Abend besorgt hatte. Von einem Freund ihres Bruders. Die ganze Scheiße würde an ihr hängen bleiben und bei der nicht gerade geringen Menge wartete garantiert eine saftige Strafe auf sie. Wenn sie verurteilt wurde, konnte sie ihr Lehramtsstudium vergessen, denn für das Referendariat musste man ein erweitertes Führungszeugnis einreichen.

Außerdem wollte sie auf keinen Fall dafür verantwortlich sein, dass sie alle vor Gericht landeten. Wie würde ihr Leben danach aussehen? Nicht nur, dass sie womöglich ein paar Jahre ins Gefängnis musste – Maxim hatte etwas von bis zu fünf Jahren gesagt –, wenn sie wieder rauskam, wäre sie bei den Leuten aus ihrer Schule geächtet.

»Da vorn abbiegen«, sagte Lutz, der den Arm um die zappelnde Alex gelegt hatte.

Sie waren seit gefühlt einer Stunde unterwegs und Mareike fragte sich, ob Gerrit sich nicht längst wunderte, wo sie steckte. Ihre Handys hatten sie bei Katrin gelassen, Lutz hatte gemeint, so könnte später niemand anhand der Verbindungsdaten nachvollziehen, dass sie sich woanders als auf der Party aufgehalten hatten.

Mareike setzte mit zitternden Fingern den Blinker und nahm die Abzweigung. In einiger Entfernung kam ihnen ein Auto entgegen. *Was, wenn das die Bullen sind und sie uns anhalten?,* schoss es ihr durch den Kopf. Wie sollten sie erklären, dass sie auf der Rückbank eine geknebelte und zugedröhnte Minderjährige sitzen hatten? Sie ritten sich immer tiefer in die Scheiße, aus der sie nie wieder rauskommen würden, so viel war klar.

»Was habt ihr vor?«, wagte Mareike, zu fragen, nachdem sie den anderen Wagen passiert hatten. Sie schielte in den Rückspiegel und beobachtete die roten Lichter, die in der Dunkelheit verschwanden, während sie nun doch aufs Gas trat. Zum Glück wendete der Fahrer nicht.

»Frag nicht, fahr einfach«, sagte Maxim, dessen Gesichtszüge seit geraumer Zeit Kirmes feierten. Bevor sie losgefahren waren, hatte er sich noch schnell eine Line reingezogen.

Zu ihrer Rechten kam ein beleuchteter Parkplatz in Sicht, dahinter ein Gebäude mit einem grellen Neonschild. Mareike wusste jetzt, wo sie waren, denn sie hatte schon mit Freundinnen in dem Club gefeiert und auch ihr Bruder und dessen Freund, von dem sie die Drogen hatten, verkehrten dort regelmäßig. Also mussten sie knapp eine halbe Stunde gefahren sein. Kein Wunder, dass sie vor Anspannung langsam Nackenschmerzen bekam.

Alex zappelte immer mehr auf der Rückbank und trat von hinten gegen den Fahrersitz.

»Wenn du nicht endlich stillhältst, wirst du das bereuen«, zischte Katrin. Die Bedrohlichkeit in ihrer Stimme jagte selbst Mareike einen Schauer über den Rücken. So kannte sie ihre Freundin gar nicht.

Kurz nachdem sie an dem Club vorbei waren, lotste Lutz sie rechts ran. Sie bog in einen Waldweg und stellte den Motor ab.

»Schalt die Lichter aus, du Vollhorst«, motzte Maxim, als er die Tür aufstieß und es zu piepen anfing.

»Hier, halt das mal«, sagte Katrin und reichte Mareike eine CD-Hülle. Dann verteilte sie Speed darauf und rollte einen Schein zusammen. »Bring sie nach vorn«, forderte sie schließlich Lutz und Maxim auf, während sie Mareike die Hülle wieder abnahm.

Die beiden schleiften Alex zur Beifahrertür, wobei die nicht aufgab, sich verzweifelt losreißen zu wollen.

»Was macht ihr denn?«, fragte Mareike erneut, doch wie vorhin bekam sie keine Antwort.

Lutz packte Alex im Nacken, wartete, bis sie ausgeatmet hatte, und hielt ihr dann die Nase zu, sodass sie keine Luft holen konnte. Schließlich drückte er ihren Kopf nach unten und gab eines der Nasenlöcher frei, in das Katrin sofort den Schein rammte. Dann führte sie das andere Ende des Scheins auf die CD-Hülle, wobei Maxim und Lutz dafür sorgten, dass ihr Opfer nicht wegkonnte. Es dauerte nicht lang, bis Alex zwangsweise einatmen musste und einen Großteil der riesigen Line dabei aufsaugte.

Fast sofort erstarb ihre Gegenwehr. Wie ein gut erzogener Hund ließ sie sich von den beiden Jungs leicht schwankend vom Wagen wegführen. Die Dosis war hoch gewesen und ihr Körper wurde gerade vermutlich von Endorphinen und Dopamin geflutet. Jetzt ahnte Mareike, was sie vorhatten.

Sie wollten ihr eine Überdosis verpassen, sodass sie vergaß, was sich in der Nacht zugetragen hatte. Das war ihr selbst schon mal passiert, als sie zu viel Speed in Kombination mit Alkohol genommen hatte. Eigentlich ein guter Plan, aber wie wollten sie sicherstellen, dass Alex sich tatsächlich nicht erinnerte, auch später nicht? Außerdem war doch ihre Freundin mit auf der Party gewesen, der würde doch irgendwann auffallen, dass Alex verschwunden war.

»Wenigstens hat sie sich in den letzten Minuten ihres Lebens noch mal richtig geil gefühlt«, sagte Katrin, die mittlerweile ausgestiegen war und den dreien hinterherschaute.

Mareike glaubte, sich verhört zu haben. »Was sagst du da?«, fragte sie und sprang ebenfalls aus dem Auto. »Das kannst du doch nicht ernst meinen.«

»Natürlich ist das mein Ernst. Wir können nicht riskieren, dass sie quatscht. Unfälle passieren eben. Hört man doch immer wieder, dass irgendwelche Leute unachtsam über die Bahnschienen laufen und dann vom Zug erwischt werden.« Sie zuckte im schwachen Licht der Innenbeleuchtung mit den Schultern.

Mareike blieb vor Bestürzung der Mund offen stehen. »Das könnt ihr doch nicht machen«, sagte sie. »Das ist Mord.«

»Uns bleibt sogar nichts anderes übrig«, entgegnete Katrin kühl. »Sie würde uns alle bei den Bullen verpfeifen, willst du das?«

»Aber deshalb können wir doch niemanden umbringen! Bist du denn völlig wahnsinnig?«

»Also, ich für meinen Teil bringe niemanden um. Ich stehe nur hier und hab keine Ahnung, was genau Lutz und Maxim da machen. Du vielleicht?«

»Und ihre Freundin? Sie war doch mit einer Freundin da.« Mareike biss sich vor Schreck auf die Lippe. Keinesfalls wollte sie dafür verantwortlich sein, dass die drei auch noch das andere Mädchen ins Visier nahmen.

»Wir sorgen schon dafür, dass sie dichthält, immerhin hat sie ihre Freundin auf die Party geschleppt und ihr Drogen verabreicht, wegen denen sich die gute Alex umgebracht hat. Dafür will sie sich bestimmt nicht verantworten, oder wie siehst du das?«

Mareike gab ihr keine Antwort, sondern rannte los. Sie musste das unbedingt verhindern. Nach ein paar Metern verlangsamte sie ihren Schritt, da sie in der Dunkelheit kaum etwas erkennen konnte. In der Nähe hörte sie das Rauschen eines herannahenden Zuges. »Nein! Maxim, Lutz, hört auf«, rief sie, da ertönte eine lang gezogene Hupe und sie wusste, sie war zu spät.

42. Kapitel

Als Helga und Thomas nach der Befragung in ihr Büro kamen, wartete dort schon Kommissariatsleiter Peitsch auf sie. Er saß an Fabians Schreibtisch und schaute sie erwartungsvoll an.

»Dann mal her mit den guten Nachrichten, die kann ich vor der Pressekonferenz heute Nachmittag dringend gebrauchen.« Er schien tatsächlich zu erwarten, dass sie ihm hier und jetzt die Lösung des Falls präsentierten.

»Wir sind dem Motiv des Täters ein ganzes Stück näher gekommen und wissen außerdem mit ziemlicher Sicherheit, dass es sich bei der Botschaft um ein Akronym handelt und woraus es zusammengesetzt ist«, antwortete Helga.

Die Begeisterung wich aus Peitschs Gesicht. »Nichts weiter? Kein Geständnis oder einen Hinweis darauf, wo er die Kinder festhält?« Er schüttelte den Kopf wie ein enttäuschter Vater, dessen Sohn mal wieder eine Fünf in Mathe nach Hause gebracht hatte. »Nun ja, immerhin haben wir einen Tatverdächtigen in Gewahrsam, den wir der Presse präsentieren können. In der Zelle hat er ja jetzt genug Zeit, darüber nachzudenken, ob es nicht besser wäre, uns das Versteck zu verraten.«

Thomas und Helga warfen sich einen Blick zu. »Warum in Gewahrsam?«, fragte Thomas. »Herr Prior befindet sich auf dem Weg nach Hause. Die Befragung hat ergeben, dass es erhebliche Zweifel an seiner Schuld gibt.«

Helga war überrascht. Sie hatten sich nach dem Gespräch noch nicht abstimmen können und bislang war sie davon ausgegangen, dass sich für Thomas der Verdacht nicht entkräftet hatte.

»Sind Sie denn von allen guten Geistern verlassen? Wie kommen Sie dazu, ihn einfach laufen zu lassen?«, polterte Peitsch und donnerte mit seiner Faust auf die Tischplatte, woraufhin er leicht die Mundwinkel nach unten zog. Anscheinend hatte er sich wehgetan.

»Sie haben uns nicht darüber in Kenntnis gesetzt, dass es einen Haftbefehl gibt«, sagte Helga betont gelassen. Nur weil ihr Chef durchdrehte, musste sich das nicht auf sie übertragen.

Peitsch rieb sich die linke Hand. »Weil es keinen gibt. Aber ich muss Ihnen wohl nicht erzählen, dass Sie bei hinreichendem Anfangsverdacht den Verdächtigen bis zu 48 Stunden festsetzen können.«

»Wie von Herrn Wendtner bereits erwähnt, hat sich der Verdacht für uns eher zerstreut. Herr Prior hat uns eindeutige Hinweise zu einem möglichen Motiv geliefert ...«

»Ach ja? Und das fällt ihm jetzt ein, nachdem sich Amelie Siebenäuger seit vier Tagen in der Gewalt des Täters befindet, ein weiteres Kind verschwunden ist und obendrein ein weiterer Mord begangen wurde?«, unterbrach Peitsch Helga.

Die ließ sich nicht aus dem Konzept bringen. »Außerdem hatte er eine Nachricht des Täters in seinem Briefkasten, die zeigt, dass die Vorfälle aller Wahrscheinlichkeit nach mit der Vergangenheit der Geschädigten zusammenhängen.« Sie entnahm der Akte den Beweismittelbeutel mit dem Zettel und schob ihn Peitsch hin. »Des Weiteren haben wir die Ortungsdaten von Herrn Priors Mobilfunkanbieter erhalten. Zu keiner der fraglichen Zeiten war das Handy in einem Funkmast in der Nähe der Tatorte eingeloggt.«

Der Kommissariatsleiter warf lediglich einen flüchtigen Blick auf den Zettel und schnaufte durch die Nase. »Ach, das ist schon Beweis genug für Sie? Das Handy kann er genauso gut zu Hause gelassen haben, als er die Taten begangen hat. Und wer sagt Ihnen, dass er diesen Wisch nicht selbst geschrieben hat? Was ist mit all den anderen Indizien, die gegen ihn sprechen? Haben Sie die vergessen oder wollen Sie die nicht in Ihre Beurteilung mit einbeziehen?«

»Selbstverständlich haben wir eine Handschriftenprobe, um diese mit den Botschaften bei den Opfern und der in seinem Briefkasten vergleichen zu lassen. Für mich sieht es nicht so aus, als stamme die Nachricht von ihm selbst.« Normalerweise ließ Thomas sich von ihrem Vorgesetzten nicht so schnell aus der Ruhe bringen, doch mittlerweile wirkte selbst er genervt.

»Herr Wendtner, Sie wollen mir doch jetzt nicht erzählen, dass Sie plötzlich an die Unschuld von Herrn Prior glauben, weil seine Schriftprobe der Nachricht auf dem Zettel nicht ähnlich sieht! Jeder Affe hätte in so einem Fall wohl seine Schrift verstellt.«

»Der Forensiker dürfte uns mit an Sicherheit grenzender Wahrscheinlichkeit sagen können, ob die Botschaften und der Zettel von Herrn Prior stammen«, erinnerte Helga den Kommissariatsleiter daran, dass die Analyse noch ausstand. »Selbst wenn er sich bei der

Probe verstellt hat, wird Herr Prior wohl kaum auf Feinheiten wie die Strichrichtung und Richtungspräferenz, den Neigungswinkel oder Größenproportionen geachtet haben. Es gehört schon viel dazu, eine Schrift so zu verstellen, dass ein Experte es nicht aufdecken würde.« Helga hatte sich zum Thema forensische Schriftuntersuchung belesen und genoss es, Peitsch ihr Wissen unter die Nase zu reiben.

Ihm hingegen schien die Belehrung überhaupt nicht zu schmecken. »Wenn Sie glauben, die beiden entführten Mädchen hätten so viel Zeit, darauf zu warten, bis das Gutachten fertiggestellt ist, bitte schön«, sagte er und stand mit so viel Schwung auf, dass der Schreibtischstuhl, auf dem er gesessen hatte, gegen das Regal an der Wand dahinter knallte. Der Kommissariatsleiter ging zur Tür, legte seine Hand auf die Klinke und drehte sich noch einmal um. »Lassen Sie sich eines von mir gesagt sein: Wenn Sie aufgrund Ihrer Befindlichkeiten gegenüber Ihrem Kollegen Prior unseren Hauptverdächtigen haben laufen lassen und deshalb diesen Kindern etwas zustößt, dann mache ich Sie persönlich dafür verantwortlich.« Damit rauschte er aus dem Büro und knallte die Tür hinter sich zu.

Thomas pustete die Wangen auf und imitierte das Geräusch einer Explosion, welches er mit einer Geste untermalte. »Meine Fresse, der hat heute aber ein HB-Männchen gefrühstückt.«

Obwohl ihr so gar nicht danach zumute war, musste Helga grinsen. »Glaubst du, er hat recht damit?«, fragte sie dann ernst. »Dass wir den Tatsachen nicht ins Auge blicken wollen, weil Fabian unser Kollege und Freund ist?«

»Jetzt lass dich mal von dem nicht verunsichern«, sagte Thomas kopfschüttelnd. »Nur weil er ein bisschen zu früh die Pressemeute eingeladen hat und nun nichts präsentieren kann, müssen wir uns doch nicht hetzen lassen. Bis zur Befragung hatte ich keine Probleme damit, Gerrit als Tatverdächtigen zu betrachten, aber wie ich Peitsch gesagt habe, hat seine Aussage bei mir erhebliche Zweifel geweckt. Wir leiten die Ermittlungen und wir kennen die ganzen Fakten, die er sich nicht mal anhören wollte.«

»Du hast ja recht. Den Kindern ist auch nicht geholfen, wenn wir uns auf die falsche Person einschießen.«

»Exakt. Deshalb lass uns fokussiert bleiben und noch einmal ganz systematisch an die Sache rangehen.«

Helga nickte, auch um sich selbst zu überzeugen. Sie würden Peitsch schon zeigen, dass er sich irrte. »Was denkst du, hat es mit der Nachricht auf sich?«, fragte sie.

»*Lügen und Schweigen töten. Lust.* Ich glaube, irgendjemand muss damals die Vertuschungsaktion mitbekommen haben. Vielleicht will diese Person die Beteiligten jetzt erpressen.«

Darüber hatte Helga auch schon nachgedacht, aber sie hatte ihre Zweifel. »Hätte Lutz Siebenäuger uns dann nicht längst davon erzählt? Immerhin geht es hier um das Leben seiner Tochter, da hätte er doch längst auspacken sollen.«

»Möglicherweise steckt da mehr als ein verschleierter Selbstmord dahinter«, vermutete Thomas.

»Denkst du, Lutz Siebenäuger hat etwas mit dem Tod von Alexandra Enders zu tun und verschweigt uns deshalb etwas?«

»Ich würde sagen, wir fühlen Mareike Knott noch mal auf den Zahn«, schlug Thomas vor. »Angenommen, Gerrit sagt die Wahrheit, was den Schlüssel betrifft und er hat ihn wirklich aus Versehen bei ihr eingesteckt, macht sie das doch irgendwie verdächtig. Nicht nur, dass sie die Adressen sämtlicher Beteiligter hatte, weil sie in die Organisation des Jahrgangstreffens involviert war.«

»Du glaubst, sie könnte da mit drinhängen?«

»Ich denke, wir könnten es in Wirklichkeit mit einer Täterin zu tun haben.«

Als Helga und Thomas in der Kaulbachstraße in der Nähe des Südbahnhofs ankamen, traute Helga ihren Augen kaum. Auf dem Bürgersteig vor dem Wohnhaus von Mareike Knott stand Gerrit Prior und hämmerte auf die Klingel ein.

»Na sieh mal einer an, wen wir da haben«, murmelte Thomas.

»Das gibt's ja nicht. Der ist doch nicht etwa hier, um zu Ende zu bringen, was er begonnen hat.« Helga schüttelte den Kopf. Sollten sie sich wirklich derart getäuscht haben? Es wäre schon ziemlich vermessen von ihm, direkt den nächsten Mord zu begehen, keine zwei Stunden, nachdem sie ihn hatten laufen lassen. Das konnte sie sich beim besten Willen nicht vorstellen. Andererseits gab es nichts, was es nicht gab, das hatte sie während ihrer Zeit als Kommissarin gelernt.

Sie stiegen aus und näherten sich ihm von hinten.

»Sind Sie von allen guten Geistern verlassen?«, fragte Helga so laut, dass er erschrocken zusammenzuckte.

Gehetzt drehte er sich zu ihnen um, seine Augen wurden groß, als er erkannte, wer da vor ihm stand. »O Gott, was für ein Glück, dass Sie hier sind. Mareike, sie macht nicht auf. Ich glaube, sie hat sich was angetan oder ist gerade dabei. Sie müssen sofort in die Wohnung!«

»Ganz ruhig«, sagte Thomas, wirkte allerdings selbst nicht gerade so. Helga konnte die Anspannung in seinen Kiefermuskeln sehen, die zuckten. »Wie kommen Sie darauf, dass Frau Knott sich etwas antun würde?«

»Weil sie mich gerade angerufen hat und total seltsam war. Ich glaube, sie hat getrunken und am Ende sagte sie etwas wie, dass ich sie in guter Erinnerung behalten solle. Ich habe alles auf Band, aber bitte! Wir dürfen keine Zeit verlieren.«

»*Sie* machen hier schon mal gar nichts, außer vielleicht nach Hause zu gehen und darauf zu warten, dass Sie von uns hören«, sagte Helga und sah ihn eindringlich an, während Thomas probehalber an der Haustür rüttelte, die jedoch geschlossen blieb.

Gerrit Prior rang verzweifelt die Hände und schaute abwechselnd auf das Smartphone in seiner Hand und zu Helga. Zuerst wirkte es, als wolle er weiter mit ihnen diskutieren, doch dann ließ er den Kopf hängen und setzte sich in Bewegung.

»Gefahr im Verzug?«, fragte Helga, als Fabians Bruder außer Sichtweite war.

»Definitiv.« Thomas legte seine Hand auf sämtliche Klingeln im Haus und drückte. Nur wenige Augenblicke später ertönte der Türsummer und es meldeten sich vereinzelte Bewohner über die Sprechanlage.

Auf dem Weg durchs Treppenhaus wiesen Thomas und Helga sich an den geöffneten Wohnungstüren als Kripobeamte aus. Oben angekommen, klingelte Helga bei Mareike Knott.

»Hier ist Kannengießer von der Kripo, öffnen Sie bitte«, rief sie. Sie wartete einen Moment, dann klingelte sie noch einmal. »Frau Knott, wir wollen uns davon überzeugen, dass es Ihnen gut geht. Herr Prior hat uns von einem beunruhigenden Anruf erzählt. Machen Sie die Tür auf.«

»Lass mich mal«, sagte Thomas und begutachtete das Schloss. Nachdem er sich ein Paar Latexhandschuhe übergezogen hatte, holte er eine Payback Karte aus seinem Geldbeutel und drückte mit der Schulter fest gegen das Türblatt. In den entstandenen Schlitz führte er auf Höhe des Schnappers die Karte ein, ruckte daran herum und nach wenigen Sekunden war die Tür offen.

»Ich wusste gar nicht, dass du solche einbrecherischen Fähigkeiten hast«, sagte Helga beeindruckt.

»Für so eine Tür muss man kein Profi sein«, entgegnete er. »Deshalb, immer schön abschließen, wenn du nicht zu Hause bist.«

Helga zeigte ihm den Mittelfinger. »Danke für den Tipp, aber falls du es noch nicht wusstest, ich arbeite bei der Polizei.« Sie streifte sich ebenfalls ein Paar Handschuhe über und drückte die Tür auf. »Wir kommen jetzt rein, um nach Ihnen zu sehen«, rief sie, obwohl in der Wohnung alles still war.

Hintereinander betraten sie die Diele, Helga ging vorweg. Sie steuerte das Wohnzimmer an und ein tiefroter Blutfleck, der das beigefarbene Sofa verunzierte, kam in ihr Blickfeld. Auf dem Couchtisch stand eine fast leere Flasche Rotwein, daneben lagen ein leerer Blister irgendwelcher Tabletten und ein paar handgeschriebene Seiten Papier in einer Blutlache. Unter dem Tisch schaute eine blutverschmierte Hand hervor.

»Scheiße, ruf einen Krankenwagen«, sagte sie zu Thomas und stürmte in das Zimmer. »Die stirbt uns hier weg!«

Vor dem Sofa lag der zusammengesackte Körper von Mareike Knott. Ihre Augen waren geschlossen. Anscheinend war sie bewusstlos von den Polstern gerutscht und zur Seite gekippt. An ihrem Handgelenk zeichneten sich tiefe Schnitte ab, das blutverschmierte Messer, mit dem sie sich die wohl zugefügt hatte, hielt sie noch in der anderen Hand. Helga fühlte am Hals der Frau nach dem Puls. Thomas half ihr, den Tisch zur Seite zu schieben, damit sie Wiederbelebungsmaßnahmen einleiten konnten.

Während er sich um die Herzmassage kümmerte, rannte Helga ins Bad, um nach einem Verbandskasten zu suchen. Da sie keinen fand, begnügte sie sich mit einer Rolle Klopapier und einem Handtuch, woraus sie Mareike Knott einen Druckverband um das Handgelenk legte, um die Blutung zu stoppen. Wenn sie sich die Menge anschaute, die auf Polstern und Boden verteilt war, erschien ihr diese Aktion jedoch sinnlos. Sie bezweifelte, dass sie die Frau noch retten konnten.

43. Kapitel

»Ich kann das nicht mehr tun, was du von mir verlangst, deshalb nehme ich dir die Arbeit ab und beende mein Leben.«

Würde sie das wirklich tun? Die ganze Zeit war es ihr nur darum gegangen, sich selbst als möglichst unschuldig darzustellen. Sie würde doch nicht riskieren, sich umzubringen und somit anderen zu überlassen, was man nach ihrem Tod mit der Wahrheit anstellte. Falls sie es allerdings doch getan haben sollte, mussten unbedingt ein paar Nachrichten von dem Telefon gelöscht werden. Sie hatte kein Problem damit, wenn man sie irgendwann als Schuldige ausmachte, aber momentan war es zu früh dafür.

Sie parkte ihren Wagen etwas entfernt und lief auf das Haus zu, in dem Mareike wohnte. Als sie es beinahe erreicht hatte, kam ihr ein Mann entgegen, das Handy am Ohr. Er blieb direkt davor stehen, steckte sein Handy weg und klingelte. Sie verlangsamte ihren Schritt und betrachtete ihn genau, während sie ihn passierte.

Von der Seite sah er aus wie Gerrit. Als sie an ihm vorbei war, drehte sie sich noch mal um. Ja, das war er, ganz sicher.

Nur mit Mühe gelang es ihr, ihre Wut zu unterdrücken. Am liebsten hätte sie ihn gepackt und angespuckt. Zum ersten Mal seit 15 Jahren sah sie ihn vor sich und sofort hatte sie das Bild davon im Kopf, wie er auf der

Beerdigung vor ihr gestanden und ihr beim Kondolieren dreist ins Gesicht gelogen hatte. Sogar ein paar Tränen hatte er verdrückt. Und sie hatte sich wie eine Idiotin darüber gefreut, dass er zu Alex' Abschied gekommen war. Wie naiv und dumm sie in ihrem Schmerz doch gewesen war!

Glücklicherweise schaffte sie es, ihre Gefühle unter Kontrolle zu halten, und schlenderte wie unbeteiligt weiter. Sie wechselte die Straßenseite und stellte sich in ausreichendem Abstand an eine Bushaltestelle. Mittlerweile hatten sich zwei weitere Personen zu Gerrit gesellt und redeten auf ihn ein. Kurz darauf verzog er sich mit hängenden Schultern wie ein geprügeltes Kind. Die beiden anderen, ein Mann und eine Frau, betraten das Gebäude. Sie hatte die starke Vermutung, dass es sich um Polizisten handelte, wahrscheinlich von der Kripo, da sie in Zivil unterwegs waren.

Hoffnung keimte in ihr auf, dass Mareike sich doch dazu entschlossen hatte, ihr Versprechen zu halten und gegen Gerrit auszusagen, um so den Verdacht gegen ihn endgültig zu erhärten. Wie sie das glaubhaft hinbekam, war ihr Problem, sie hatte die Sache mit den Schuhen versaut und sich die Konsequenzen selbst eingebrockt. Ihr Versprechen, sie danach in Ruhe zu lassen, würde sie dennoch nicht einhalten. Wie die anderen hatte Mareike eine Strafe verdient, auch wenn sie letztendlich diejenige gewesen war, die nach vielen Jahren der Zweifel die Wahrheit ans Licht gebracht hatte.

Sie setzte sich auf die Bank der Bushaltestelle, um zu warten, bis die Beamten wieder rauskamen. Nach einer Weile hörte sie Sirenen, die sich aus der Ferne näherten.

Ein Rettungswagen hielt vor dem Haus, Sanitäter stürmten vollgepackt in das Gebäude, ein Notarzt folgte.

»Verdammt, du bescheuerte Kuh! Das hast du nicht wirklich gemacht«, zischte sie. Dabei war sie doch so kurz vor dem Ziel gewesen, und dann hätte sie Mareike erledigt. So wurde es ihr aus der Hand genommen, denn bestimmt hatte sie sich nicht umgebracht, ohne vorher dafür zu sorgen, dass sie am Ende möglichst gut dastand.

Ein beängstigender Gedanke kam ihr. Sie überlegte, ob sie Mareike je verraten hatte, wo sie die Kinder gefangen hielt. Ausschließen konnte sie es nicht, obwohl sie nicht glaubte, dass sie so unvorsichtig gewesen war. Um ganz sicherzugehen, dass jetzt nicht doch noch alles scheiterte, musste sie dem Leben der Mädchen wohl ein Ende bereiten, auch wenn es ihr um die Kinder selbst unendlich leidtat.

44. Kapitel

Fabian betrat das Gelände zwischen den Wohnblocks im Ben-Gurion-Ring. Nur wenige Bäume am Rand spendeten Schatten für die aufgeheizten Betonflächen, sodass man das Gefühl bekam, die Luft zwischen den Häusern würde brennen. Neben einem Haufen Sperrmüll und aufgestapelten Gelben Säcken spielten ein paar Kinder Basketball. Als Korb nutzten sie einen Mülleimer, neben dem sich der Unrat stapelte. Ob sie ihn für ihren Zweck ausgeräumt hatten oder ihn ohnehin niemand nutzte, konnte Fabian nicht sagen, aber er tippte auf die zweite Variante. Jedes Mal, wenn der Ball auf dem Beton aufdotzte, gab es einen dumpfen Knall. Im Gegensatz zu Fabian, den das Geräusch schon im Vorbeigehen stresste, schien sich keiner der Anwohner daran zu stören.

Kein Wunder, die Leute waren hier vermutlich Schlimmeres gewohnt und abgesehen von dem Lärm, den die Kinder mit dem Ball verursachten, herrschte hier eine nervtötende Kakofonie. Aus einigen der geöffneten Fenster drang lautstarke Musik der verschiedensten Genres nach draußen, im Erdgeschoss stritt ein Paar und irgendwo weinte ein Baby. Von einem der Balkone, die vom Treppenhaus abgingen und zu den Wohneinheiten führten, stieg schwarzer Rauch auf, einige Leute standen laut schwatzend um die Wolke herum. Anscheinend wurde dort gegrillt.

Fabian musste in einen der anderen Blöcke, wo das Treppenhaus im Innenbereich lag. Zu seiner Verwunderung war es dort, bis auf die obligatorischen Schmierereien an der Wand, relativ sauber. Ein Investor hatte den Wohnblock vor Kurzem gekauft und vermutlich war es nur eine Frage der Zeit, bis die Wohnungsbaugesellschaft damit begann, die Sozialwohnungen luxussanieren zu lassen und die Bewohner nach und nach zu vertreiben.

Es dauerte einen Moment, bis Fabian unter den knapp 80 Klingelschildern das mit dem richtigen Namen gefunden hatte. Er drückte darauf und wartete. Nichts passierte. Nach kurzer Wartezeit versuchte er es erneut, musste sich aber eingestehen, dass er bei diesem Wetter vermutlich auch nicht in einer winzigen Wohnung ohne Balkon herumsitzen würde, selbst wenn er nicht unbedingt der Typ war, den es ständig ins Freie zog. Zu dumm, dass er keine Telefonnummer hatte, um sich auf diesem Weg mit Sina Schlett in Verbindung zu setzen.

Er überlegte, was er nun tun sollte. Vermutlich wäre es das Vernünftigste, wenn er Thomas oder Helga anrief. Sicherlich waren die beiden mittlerweile mit der Befragung seines Bruders durch und er konnte sie über das informieren, was er herausgefunden hatte. Der Gedanke, das weitere Vorgehen erneut aus der Hand zu geben, gefiel ihm gar nicht, aber so war das nun mal in seinem Beruf. Es gab Dienstvorschriften, an die man sich zu halten hatte, wenn man in der Hackordnung nicht ganz unten landen wollte. Seine Möglichkeiten, inoffiziell zu ermitteln, waren begrenzt und es war bereits genug Zeit verloren gegangen.

Wut auf Gerrit machte sich in ihm breit. Ja, es war sein gutes Recht, sich erst einen Anwalt zu suchen und sich beraten zu lassen, aber dadurch war fast ein ganzer Tag verstrichen. Ein Tag, der zwei kleine Mädchen das Leben kosten könnte. Und selbst wenn nicht, mussten sie einen Tag länger in der Gewalt ihres Entführers verbringen, nur weil sein Bruder hatte sicherstellen wollen, dass ihn keine Strafe erwartete.

Im Nachhinein ärgerte Fabian sich, dass er nicht vorher zu dieser Erkenntnis gekommen war. Die Sorge um Gerrit hatte ihn vergessen lassen, dass es hier um mehr ging als um ein Vergehen, das längst verjährt war. Eine Mutter hatte in jener Nacht ihre Tochter verloren und nie erfahren, was ihr wirklich zugestoßen war. Wie hatte sich Gerrit nur auf so eine miese Nummer einlassen können? Bloß weil er Angst vor rechtlichen Konsequenzen wegen der Drogen gehabt hatte? Wenigstens Fabian hätte er sich anvertrauen können.

Gerade wollte Fabian kehrtmachen und zurück zu seinem Auto gehen, um Thomas und Helga anzurufen, da kam eine junge Frau auf den Hauseingang zugelaufen. Er blieb stehen und musterte sie. Von Sina Schlett hatte er nur ein älteres Foto in der Datenbank gesehen. Zum Zeitpunkt der Aufnahme hatte sie noch Drogen genommen. Könnte sie mittlerweile so aussehen, falls sie die letzten Monate drogenfrei geblieben war?

Die Frage erübrigte sich, denn anstatt die Tür aufzuschließen, klingelte die Frau. Fabian schielte auf die Schilder, konnte aber nicht erkennen, welchen Knopf sie gedrückt hatte. Betont langsam ging er weiter und bekam mit, wie sie, da ihr niemand öffnete, ihr Handy herausholte und telefonierte. Er blieb stehen, bückte sich und tat so, als würde er seinen Schuh binden, um mitzubekommen, was sie sagte.

»Hallo Sina, hier ist noch mal Jasmin. Ich stehe vor deiner Tür und so langsam mache ich mir Sorgen. Seit einer Woche erreiche ich dich nicht. Bitte melde dich doch endlich.« Sie legte auf und steckte das Handy zurück in ihre Tasche.

Fabian richtete sich auf und wandte sich ihr zu. Das hier war ein eindeutiges Zeichen, dass er noch nicht aufgeben sollte. »Entschuldigen Sie«, sprach er die Frau an. »Ich habe zufällig mitbekommen, dass Sie ebenfalls auf der Suche nach Sina Schlett sind.«

Die Frau schaute ihn skeptisch an. »Zufällig, hm? Ich hab schon gemerkt, dass Sie sich hier rumdrücken.«

»Tut mir leid, besonders unauffällig war ich wohl nicht. Sind Sie eine Freundin von Frau Schlett? Ich müsste dringend mit ihr sprechen.«

»Tja. Wie Sie wohl mitbekommen haben, kriege ich sie seit einer Woche weder ans Telefon noch zu Gesicht. Keine Ahnung, wie ich Ihnen da jetzt behilflich sein soll.« Sie drückte ihre Tasche eng an sich und machte Anstalten, Fabian stehen zu lassen.

Er ging ihr hinterher, wobei er sich zusammenreißen musste, sie nicht an der Schulter zu packen, um sie aufzuhalten. »Haben Sie eine Ahnung, wo sie stecken könnte? Es ist wirklich wichtig.«

»Hören Sie, ich weiß nicht, wer Sie sind und was Sie von Sina wollen.« Sie funkelte ihn wütend an. »Aber selbst wenn ich wüsste, wo ich sie aufstöbern kann, würde ich es nicht irgendeinem Fremden auf der Straße erzählen.«

Fabian griff in seine Hosentasche und zog seinen Dienstausweis hervor. Er war nicht in seiner Funktion als Kriminalhauptkommissar hier, aber das musste die Frau ja nicht erfahren.

»Kripo?«, fragte sie und ihre Stirn legte sich in Falten. »Was hat Sina denn ausgefressen, dass Sie nach ihr suchen?«

»Selbstverständlich darf ich Ihnen keine Details nennen, ich kann nur sagen, dass ...«

»Moment«, unterbrach die Frau ihn. Sie wühlte in ihrer Tasche und hielt ihm eine Visitenkarte vor die Nase. »Mein Name ist Jasmin Priester und ich bin seit knapp drei Jahren die rechtliche Betreuung von Frau Schlett und handle als ihre gesetzliche Vertreterin. Sie können also offen sprechen.«

Fabian schluckte. Das war wirklich alles andere als optimal. Aber nun hatte er sich in diese Situation hineinmanövriert und musste die Geschichte weiter durchziehen. Wenn er jetzt einfach ging, würde die Frau womöglich bei der Polizei anrufen, um sich zu erkundigen, warum nach ihrer Klientin gesucht wurde. Außerdem wollte er Informationen von ihr, da musste er wohl selbst auch welche rausrücken. »Also schön. Ich kann Sie insofern beruhigen, dass Frau Schlett nichts verbrochen hat. Vielmehr möchte ich sie als Zeugin befragen. Es geht um einen Vorfall, der sich vor fünfzehn Jahren ereignet hat, und möglicherweise befindet sie sich in Gefahr.«

Die Betreuerin zog die Augenbrauen hoch. »Meinen Sie etwa den Selbstmord ihrer besten Freundin?«

»Sie wissen von Alexandra Enders?«, fragte Fabian überrascht. Vielleicht würde er hier doch noch ein Stück weiterkommen.

»Sina und ich haben sehr häufig darüber gesprochen. Der Suizid war laut ihr mit dafür verantwortlich, dass sie nicht von den Drogen loskam. Warum glauben Sie, dass sie sich deswegen in Gefahr befinden sollte?«

»Hat sie Ihnen auch erzählt, was damals wirklich geschehen ist?«

Die Betreuerin zögerte mit der Antwort. Schließlich nickte sie kaum merklich. »Das schlechte Gewissen hat sie förmlich aufgefressen. Wann immer sie versucht hat, nüchtern zu bleiben, holte sie alles wieder ein. Ohne Alkohol oder Drogen hielt sie es einfach nicht aus, darüber nachzudenken. In letzter Zeit hat sie sich sogar eingebildet, ständig die Mutter der verstorbenen Freundin zu sehen. Sie fühlte sich regelrecht verfolgt, vermutlich eine Auswirkung des jahrelangen Konsums.«

Fabian war wie elektrisiert. Hatte das Gewissen von Sina Schlett sie so weit in den Wahnsinn getrieben, dass sie den Tod ihrer besten Freundin rächen wollte, um sich davon zu befreien? Andererseits war es fraglich, ob sie körperlich und geistig überhaupt in der Lage war, die Taten begangen zu haben. Jemand, der unter Drogen stand, wäre wohl kaum fähig, zwei Kinder zu entführen, sie tagelang versteckt zu halten und einen Menschen zu ermorden, ohne dabei erwischt zu werden. Ganz zu schweigen davon, das Ganze auch noch so glaubhaft einer anderen Person unterzuschieben. Oder hatte sie einen Komplizen?

Plötzlich lief es ihm eiskalt den Rücken herunter. Sein Bruder und Sina, die beiden waren als Einzige auf der fraglichen Party mit Alexandra Enders befreundet gewesen. Steckte Gerrit etwa gemeinsam mit ihr hinter diesen fürchterlichen Verbrechen?

»Verdammt, ich mache mir wirklich Sorgen, dass sie sich etwas angetan hat«, riss Jasmin Priester Fabian aus seinen Gedanken.

»Wie kommen Sie darauf? Hat sie etwas in der Art angedeutet?«

»Nein, aber möglicherweise habe ich ihr einen richtig dummen Ratschlag gegeben.« Sie senkte geknickt den Blick.

»Und der wäre?« *Vielleicht sich mit all denen, die ebenfalls mit drinhängen, auseinanderzusetzen, was sie dann auf ihre eigene Art und Weise umgesetzt hat?*

»Na ja, Sina konnte meiner Meinung nach nie mit der Sache abschließen, weil sie immer nur versucht hat, es zu verdrängen, es aber nicht zu verarbeiten. Auf der Beerdigung ihrer Freundin konnte sie sich vor lauter Gewissensbissen nicht richtig verabschieden. Und sie hat seitdem auch nicht mehr das Grab besucht, weil sie Angst hatte, der Mutter zu begegnen. Irgendwie hielt ich es für eine gute Idee, ihr vorzuschlagen, dass sie doch mal die Stelle besucht, an der Alexandra sich vor den Zug geworfen hat. Ihr ein paar Blumen bringt, ein paar Worte mit ihr wechselt.« Die Betreuerin sackte immer mehr in sich zusammen. »Damit habe ich eindeutig meinen Kompetenzbereich überschritten, ich bin keine Psychotherapeutin.«

»Wie stand Frau Schlett dieser Idee gegenüber?«

»Aufgeschlossen. Letzte Woche wollte sie das angehen und seitdem erreiche ich sie nicht mehr. Ich durchforste schon sämtliche Nachrichten nach Zugunfällen, weil ich Angst habe, dass sie sich ebenfalls ...« Sie schüttelte traurig den Kopf, dann schaute sie auf die Uhr. »Tut mir leid, ich habe gleich mit einer Klientin einen Termin vor Gericht und wollte vorher nur kurz nach Sina schauen. Ich hoffe wirklich sehr, dass Sie sie finden«, sagte sie und ließ Fabian stehen.

Der ging zu seinem Auto, um Thomas und Helga über seine neuesten Erkenntnisse zu informieren und sich dann endlich rauszuhalten. Momentan konnte er nichts weiter für seinen Bruder tun.

45. Kapitel

Der Notarzt hatte Mareike Knott nicht mehr retten können. Als er eintraf, hatte sie bereits zu viel Blut verloren und allem Anschein nach zuvor auch eine Überdosis eines Beruhigungsmittels genommen. Es gab keine Hinweise auf Fremdeinwirkung, anscheinend hatte sie sich selbst umgebracht und wollte dabei ganz sichergehen, nicht gerettet zu werden.

Während sie mit dem Leichnam inmitten des Wohnzimmers auf das Eintreffen der Bestatter und der Spurensicherung warteten, schaute sich Helga die blutdurchtränkten Papiere auf dem Tisch genauer an. Mit behandschuhten Fingern nahm sie die erste von Hand beschriebene Seite auf, die noch einigermaßen verschont geblieben war. Es handelte sich offenbar um einen Abschiedsbrief, der mit der Überschrift *»Geständnis«* versehen war.

Gespannt überflog Helga die Zeilen, doch was sie dort zu lesen bekam, beinhaltete nichts als Selbstmitleid.

»Was hast du da?«, fragte Thomas, der aus dem Bad kam, wo er sich die Arme von dem Blut befreit hatte, das er bei seinem Wiederbelebungsversuch abbekommen hatte.

»Mareike Knott hat uns da etwas hinterlassen, damit uns beim Warten nicht langweilig wird«, sagte sie.

Thomas schaute ihr über die Schulter und stieß einen Pfiff aus. »Geständnis, aha. Sieht so aus, als hätte ich wohl mit meiner Spürnase ganz richtig gelegen, dass wir es mit einer Täterin zu tun haben. Hoffentlich verrät sie uns auch, wo sie die Kinder hingebracht hat.«

»Nicht so voreilig«, sagte Helga. »Bisher wurden die nicht erwähnt, und auch, dass sie die Taten begangen hat, geht hieraus nicht hervor.«

»Was gesteht sie denn dann?«

Helga reichte ihm die erste Seite. »Hauptsächlich lamentiert sie darüber, wie sehr sie ihr Gewissen all die Jahre geplagt hat. Die Gedanken an die Nacht vor fünfzehn Jahren haben der Armen den Schlaf geraubt, obwohl sie sich einer Therapie unterzogen hat.«

»Ach, die Ärmste. Alexandra Enders würde sie sicher trösten, wenn sie noch könnte«, sagte Thomas mit Verbitterung in der Stimme und warf einen Seitenblick auf die Leiche von Mareike Knott.

Ja, es war vielleicht pietätlos, so über jemanden zu sprechen, der sich gerade das Leben genommen hatte, aber Helga fiel es schwer, Mitleid zu empfinden. Vor allem in Anbetracht dessen, dass sie sich zu ihrer Hauptverdächtigen gemausert hatte. Wenn sie wirklich schuld an der Entführung der beiden Mädchen und dem Mord an Bobrow war und auch noch versucht hatte, das alles Gerrit Prior in die Schuhe zu schieben, dann war es eine Schande, dass sie sich mit ihrem Selbstmord der Verantwortung entzogen hatte.

Sie nahm sich die zweite Seite vor, die bereits von einem Blutfleck verschmiert war. Insgesamt konnte man dennoch den Sinn verstehen.

»Hier klingt das, was damals auf der Party passiert ist, ein wenig anders«, sagte Helga. Zu Beginn glichen sich ihre und Gerrit Priors Schilderungen noch, doch dann gab es eine erste Abweichung.

»Inwiefern?«, fragte Thomas.

»Alexandra Enders ist wohl nicht auf dem Weg zu ihr nach Hause aus dem Auto gesprungen, um sich anschließend vor den Zug zu werfen. Ich bekomme den Zusammenhang nicht ganz hin, aber hier steht etwas davon, dass sie vergewaltigt wurde und es Mareike Knott erzählt hat. So wie ich das verstehe, waren Siebenäuger und Bobrow die Täter, aber haben alles bestritten.«

»Nicht dein Ernst. Sie hat sich also umgebracht, weil ihr niemand geglaubt hat?«

Helga schüttelte den Kopf. Ihr wurde übel. Wie es aussah, war in dieser Nacht wesentlich mehr passiert, als Gerrit ihnen erzählt hatte. An dieser Stelle des Abschiedsbriefes, die vollständig vom Blut verschont geblieben war, folgte wieder etwas, das eher nach Selbstmitleid klang als nach Reue.

»›Ich war unsicher, ob sie lügt, es waren doch meine Freunde‹«, las Helga vor. »›Was hätte ich denn tun sollen? Sie war ja irgendwie auch selbst dran schuld, hätte sie sich vorher nicht so benommen ...‹«

Thomas machte ein gequältes Gesicht. »Ach komm, das darf ja wohl nicht wahr sein. Alles, was ich höre, sind Ausflüchte und Versuche, sich zu rechtfertigen.«

»Victimblaming«, sagte Helga traurig. »Ist doch auch heute noch ganz groß in Mode. Eine Frau, die sexuelle Gewalt erfährt, muss immer damit rechnen, als erste Frage gestellt zu bekommen, was sie denn anhatte. Ich darf gar nicht darüber nachdenken, sonst patze ich vor Wut.« Beinahe hätte Helga den Brief in ihrer Hand zerknüllt. Es war unfassbar, dass es selbst im 21. Jahrhundert bei den wenigsten Anzeigen einer Vergewaltigung zu einer Verurteilung kam. Wie sollte man als Opfer auch beweisen, dass man deutlich genug »Nein« gesagt hatte? »Im Zweifel für den Angeklagten« war nicht immer eine gute Sache, da man in Fällen von sexueller Gewalt erst mal die meisten Frauen unter Generalverdacht stellte, zu lügen. Deshalb trauten sich auch viele Opfer nicht, einen solchen Fall überhaupt zur Anzeige zu bringen. Ganz abgesehen davon, dass eine Vergewaltigung schambehaftet war.

»Scheiße, das arme Mädchen. Mareike hat sich auf die Seite ihrer Freunde geschlagen«, sagte Thomas, der weitergelesen hatte. Er nahm Helga das zweite Blatt aus der Hand. »Alexandra Enders wollte trotzdem zur Polizei gehen, aber dazu ist es ja offensichtlich nie gekommen.«

Die dritte Seite war kaum noch lesbar. Nicht nur, dass die Handschrift immer unordentlicher wurde, anscheinend hatte die Wirkung der Beruhigungsmittel langsam eingesetzt, das meiste war durch das Blut unkenntlich gemacht worden.

»... haben mich gezwungen ... Angst gehabt ... Drogen ... niemand durfte davon erfahren ...«

Drei Namen tauchten zwischen den Fragmenten immer wieder auf: Lutz, Maxim und Katrin.

»Was soll das da heißen?«, fragte Helga und deutete auf ein Wort.

Thomas kniff die Augen zusammen und legte den Kopf schief. »Lehramtsstudium?«

»Ah. Sie war Lehrerin? Wusste ich gar nicht. Hoffentlich hat sie ihren Schülern mehr Empathie entgegengebracht als Alexandra Enders.«

Sie schauten sich die restlichen Satzbruchstücke an und versuchten, sich einen Reim darauf zu machen, was in der Nacht wirklich passiert war.

»Denkst du, was ich denke?«, fragte Helga, als sie glaubte, einigermaßen durchgestiegen zu sein.

Thomas zuckte die Achseln. »Das war damals kein Unfall, sondern Mord?«

»Exakt das lese ich da auch raus«, antwortete Helga.

Sie schwiegen einen Moment und ließen die Erkenntnis sacken. Als wäre die Geschichte nicht so schon tragisch genug, setzte diese Vermutung den Vorkommnissen die Krone auf.

»Glaubst du, Gerrit wusste davon?«, fragte Thomas. »Immerhin hat er uns nur gestanden, was bereits verjährt war. Gut möglich, dass er die schrecklichen Details ausgelassen hat, um sich selbst zu schützen.«

»Kann schon sein, aber im Endeffekt glaube ich das nicht. Sein Name taucht hier auf dieser Seite kein einziges Mal auf«, entgegnete Helga. »Für mich liest sich das so, als hätte Mareike sich ebenfalls als Opfer gesehen und nach all den Jahren beschlossen, sich an denjenigen zu rächen, die in ihren Augen ihr Leben mit dieser abscheulichen Tat versaut haben. Du erinnerst dich, die Arme konnte jahrelang nicht richtig schlafen.«

Thomas schnaubte verächtlich durch die Nase. »Na schön, gehen wir mal von dieser verqueren Logik aus ...«

»Hey«, rief Helga. »Ich versuche doch nur, so zu denken, wie Mareike Knott es getan hat.«

»Schon klar. Also gehen wir davon aus, du hast recht. Warum wollte sie die Taten ausgerechnet Gerrit in die Schuhe schieben, wenn er im Endeffekt gar nicht wirklich mit drin hing?«

»Tja, das ist wohl die Preisfrage, die es zu beantworten gilt.« Helga betrachtete die letzte Seite des Briefes, in der Hoffnung, einen Hinweis auf die Antwort zu entdecken. Diese war allerdings so blutverschmiert, dass man nur noch einzelne Worte lesen konnte. Gerrit war keines davon. Stattdessen konnte Helga *»Friedhof«* entziffern, *»Mutter«* und *»endlich die Wahrheit gestanden«*. Weiter unten las sie *»Mädchen«* und *»Eltern genauso leiden«*.

»Ich glaube, wir sind da schon auf der richtigen Spur«, sagte Thomas. »Wahrscheinlich wollte sie Gerrit einfach mitbestrafen, weil er in ihren Augen eine Mitschuld trägt. Alexandra Enders war wegen ihm auf der Party und hat dort versucht, mit ihm zu flirten, was Mareike Knott nicht gepasst hat. Da sie nur deswegen mit Katrin Rauh ausgemacht hat, dass Siebenäuger und Bobrow das Mädchen nach Hause bringen, war der Auslöser für all das in ihren Augen Gerrit.«

»Klingt für mich plausibel, aber sicher können wir uns da nicht sein. Auch nicht, was den Ablauf der Nacht damals betrifft, wir haben hier nur frei interpretiert. Peitsch wird das wahrscheinlich wenig überzeugend finden«, sagte Helga. Es klingelte. Helga drehte ihren Kopf und sah aus dem Fenster. Die Kollegen waren endlich eingetroffen. Thomas ging in den Flur, um die Tür zu öffnen.

Währenddessen schaute sie sich noch einmal die letzte Seite an. »*Mutter, Friedhof, Wahrheit gestanden*« Meinte Mareike Knott womöglich die Mutter von Alexandra Enders, der sie die ganze Wahrheit gestanden hatte, bevor sie ihrem Leben ein Ende setzte? Da es die meiste Zeit in dem Brief um ihr Gewissen ging, war es gut möglich, dass sie sich dadurch eine Art Erlösung erhofft hatte. Um der Wahrheit noch ein Stück näherzukommen, sollten sie unbedingt Frau Enders ausfindig machen.

46. Kapitel

Fabian bekam weder Helga noch Thomas ans Telefon. Anscheinend hatte er sich getäuscht und die beiden saßen immer noch mit Gerrit in der Befragung. Ein mulmiges Gefühl stieg in ihm auf. Dass es so lang dauerte, war kein gutes Zeichen. Zumal er eine Rundmail bekommen hatte, dass Peitsch und der Staatsanwalt für den Nachmittag eine Pressekonferenz einberufen hatten. Wollten sie bei diesem Anlass seinen Bruder etwa der Öffentlichkeit als Hauptverdächtigen präsentieren?

Das bedeutete, seine Mutter würde spätestens morgen in der Zeitung oder schon heute Abend in der Hessenschau davon erfahren, dass einer ihrer Söhne unter Mordverdacht stand und der andere, der Polizist war, ihr nichts davon erzählt hatte. Fabian wollte sich das Theater gar nicht erst ausmalen, das darauf folgen würde. Auch Josi hatte er noch nichts gesagt und sie wäre vermutlich gleichermaßen geschockt. Er verfluchte Thomas und Helga dafür, dass sie ihn nicht wenigstens vorgewarnt hatten, wenngleich er nichts tun konnte, um diese Katastrophe abzuwenden.

Fabian startete den Motor und machte sich auf den Weg zurück in die Adickesallee. Auf halber Strecke überlegte er es sich an einer roten Ampel anders und wendete. Er konnte sich unmöglich ins Büro setzen und dort stupide Akten sortieren, während ein paar Anzugträger das Schicksal seines Bruders besiegelten.

Selbst wenn sich später herausstellen sollte, dass er doch unschuldig gewesen war, würde das die Pressemeute nicht interessieren. Niemand würde auf der Titelseite einen Artikel über den Irrtum der Polizei abdrucken, um Gerrit zu rehabilitieren. Dieser Verdacht würde für immer an ihm kleben. Sogar Fabian konnte sich davon nicht freimachen, immer wieder stiegen die Zweifel in ihm auf, ob Gerrit ihn nicht doch getäuscht hatte. Wie musste es da erst Menschen gehen, die ihm nicht so nahestanden?

Eine ganze Weile fuhr Fabian ziellos durch die Gegend und hing seinen Gedanken nach. Er überlegte hin und her, was er noch für Gerrit tun konnte, kam aber immer wieder zu dem Schluss, dass er ihm nicht helfen konnte. Wenn er allerdings schon Gerrit sich selbst überlassen musste, konnte er zumindest versuchen, die Mädchen zu finden. Immerhin ging es doch letztendlich darum, deren Leben zu retten. Aber wo sollte er ansetzen? Sosehr er es auch versuchte, es gelang ihm einfach nicht, den Knoten in seinem Kopf zu entwirren.

Er dachte an die Aussage der Sozialarbeiterin von Sina Schlett. Sie hatte ihre Klientin zu dem Ort geschickt, an dem Alexandra Enders ums Leben gekommen war und ihr geraten, dort Blumen abzulegen. Sina Schlett hatte das offenbar in die Tat umsetzen wollen und war seitdem verschwunden.

Ohne lange zu fackeln, entschied Fabian, zu dieser Bahnstrecke zu fahren. Er könnte überprüfen, ob irgendwo ein Blumenstrauß lag, und Rückschlüsse darauf ziehen, ob und wann ungefähr Sina Schlett dort gewesen war.

So genau wusste er zwar auch nicht, was ihm diese Erkenntnis dann bringen sollte, aber ein Waldspaziergang war immerhin eine hervorragende Möglichkeit, den Kopf freizubekommen. Und vielleicht bekam er sogar ein Gefühl für die Geschehnisse von damals, das ihm eine neue Perspektive eröffnete. Es war immer von Vorteil für Ermittlungen, sich persönlich am Ort des Vorfalles umzusehen.

Die Bahnstrecke lag etwas außerhalb von Frankfurt mitten in einem Waldgebiet. Fabian parkte auf einem Feldweg und stieg aus. Die Nachmittagssonne strahlte von einem wolkenlosen Himmel und Grillen zirpten am Wegrand. Lumpi hätte es bestimmt gefallen, hier durchs Gebüsch zu streifen und irgendwelche Wildhasen aufzustöbern und durchs Unterholz zu jagen. Gab es hier überhaupt Hasen? Lumpi hier von der Leine zu lassen, wäre wahrscheinlich keine gute Idee. Was es auf jeden Fall gab, waren Zecken. Fabian durfte später nicht vergessen, Josi zu bitten, ihn nach den Biestern abzusuchen.

Seine Tante hatte nach einem Zeckenbiss Borreliose bekommen, die sich die ersten Wochen lediglich durch starke Kopfschmerzen geäußert hatte. Als die immer schlimmer wurden, war sie zum Arzt gegangen, aber niemand hatte die Ursache gefunden. Erst als ihr Gesicht rechtsseitig gelähmt war, kam ein Arzt aus der Uniklinik auf die Lösung. Sie musste wochenlang Antibiotika einnehmen, bis sie wieder fähig war, ihr rechtes Auge eigenständig zu öffnen und zu schließen oder mit beiden Mundwinkeln zu lächeln. Darauf konnte Fabian gut und gern verzichten.

Mit einem unguten Gefühl stapfte er durch das hohe Gras und erreichte die Bahnschienen. Ein Zug rauschte heran, und als der Lokführer ihn entdeckte, drückte er auf die Hupe, bei deren lautem Kreischen Fabian dachte, sein Trommelfell müsse jeden Moment platzen. Er fragte sich, ob man das noch mitbekam, bevor man von einem Zug überrollt wurde. Keine schöne Vorstellung, dass dieses Geräusch das letzte war, das man in seinem Leben hörte.

Nachdem der Güterzug, der kein Ende nehmen wollte, ihn passiert hatte, überquerte Fabian schnellen Schrittes die Schienen und setzte seinen Weg auf der anderen Seite fort. In einiger Entfernung entdeckte er einen Bauzaun und dahinter einen überwucherten Parkplatz, der zu einem Betonklotz gehörte. Das musste der ehemalige Techno-Club sein. Mittlerweile wurden diese Lokalitäten in und um Frankfurt herum seltener, nur wenige schafften es noch, sich zu halten. Vor rund 15 Jahren hatte es Dutzende davon gegeben. Fabian erinnerte sich, dass er in einem Praxissemester während seines Studiums hier mal einen Einsatz gehabt hatte, um ein paar Drogendealer hochgehen zu lassen.

Er fragte sich, ob er die Stelle schon passiert hatte, an der Alexandra Enders vor den Zug gelaufen war. Am richtigen Ort war er zumindest, so viel stand fest, doch etwas kam ihm merkwürdig vor. Katrin Rauh hatte damals, soweit er sich an die Akte erinnerte, in einer völlig anderen Ecke von Frankfurt gewohnt und Neu-

Isenburg, wohin Siebenäuger und Bobrow das Mädchen angeblich hatten bringen wollen, lag ebenfalls nicht annähernd in der Nähe. Auch auf dem Weg dorthin kam man nicht hier vorbei.

Fabian schaute sich um und nahm die Eindrücke der Umgebung in sich auf. Dabei stellte er sich vor, wie es hier wohl mitten in der Nacht aussehen würde. Bis auf den Club gab es keinerlei Lichtquellen. Nachts war es hier garantiert stockfinster gewesen, wenn man sich vom Parkplatz entfernt hatte.

Hatte er vorhin diese Möglichkeit nur in Betracht gezogen, war Fabian sich nun ziemlich sicher, dass Alexandra Enders den Tod nicht selbst gewählt hatte. Gerrits Version der Geschehnisse klang für ihn äußerst unwahrscheinlich. Dass sie irgendwo in der Nähe aus dem Auto von Siebenäuger gesprungen war, glaubte er einfach nicht. Überzeugt hingegen war er davon, dass sie nicht mitten in der Nacht hier in der Dunkelheit herumgerannt wäre. Wenn man sich wirklich umbringen wollte, aus welchem Grund auch immer, konnte man das leichter haben, als kilometerweit durch den Wald zu laufen und dann ein Bahngleis zu suchen.

Da er bislang keine Blumen am Rand der Schienen entdeckt hatte, ging Fabian weiter auf die Ruine des Clubs zu. An dem Bauzaun hing ein großes Schild eines Investors, der darauf seine Pläne mit dem Gelände verriet. Es war mittlerweile verblasst, anscheinend war das Projekt ins Stocken geraten. Der Parkplatz hinter dem Zaun war überwuchert von jungen Birken, die sich durch den brüchigen Asphalt gekämpft hatten. An dem Gitter selbst rankten Brombeerbüsche hoch.

Fabian hätte sich zu gern ein paar der Früchte gepflückt, doch er erinnerte sich daran, was seine Mutter früher immer gesagt hatte. Beeren, die in freier Natur wuchsen, durfte man niemals essen, wenn man sich keinen Fuchsbandwurm einfangen wollte. Allein die Vorstellung, einen solchen Wurm in seinem Körper zu haben, war für Fabian Horror gewesen, weshalb er sich penibel daran gehalten hatte. Auch heute verzichtete er lieber, statt zu riskieren, sich was einzufangen. Außerdem waren die Brombeeren wahrscheinlich eh noch nicht richtig reif, sondern sauer.

Er seufzte und wollte sich gerade auf den Rückweg machen, da entdeckte er, dass jemand den Bauzaun an einer Stelle aus dem Betonfuß gehoben hatte, sodass eine Lücke entstanden war, durch die man sich durchdrücken konnte. Dort waren auch die Brombeersträucher niedergetrampelt. Fabian ging näher heran und schaute sich die Stelle genauer an.

Es schien noch nicht allzu lang her zu sein, dass sich jemand hier Zugang zu dem abgesperrten Gelände verschafft hatte, die abgeknickten Äste waren noch nicht verrottet.

Sofort kam ihm der Gedanke, dass es Sina Schlett gewesen sein könnte, die, anstatt ihrer verstorbenen Freundin Blumen an den Ort ihres Todes zu bringen, die Kinder ihrer Mörder in den Ruinen des Clubs festhielt. So abwegig die Idee auch war, er hätte keine ruhige Minute mehr, wenn er jetzt nicht nachschauen ging und sich selbst davon überzeugte, dass er daneben lag. Viel wahrscheinlicher erschien es ihm allerdings, dass sich hier irgendwelche gelangweilten Jugendlichen aufgehalten hatten, immerhin waren Sommerferien.

Er drückte sich durch den Zaun und ging über den Parkplatz auf das verfallene Gebäude zu. Nur wenige Graffiti prangten an der Außenwand, gut besucht war dieser verlassene Ort also nicht. Die Fenster des ehemaligen Clubs waren mit Brettern vernagelt, die den Blick nach drinnen versperrten. Fabian trat an eines heran und linste durch die Ritzen. Es war zu dunkel, als dass er irgendwas erkennen konnte.

Als er an der Fassade entlang schaute, entdeckte er eine Feuerschutztür, die einen Spalt breit offen stand. Er würde nur schnell einen Blick ins Innere des Gebäudes werfen und sich dann zufriedengeben und auf den Heimweg machen. Der Kies knirschte bei jedem Schritt unter seinen Füßen. Etwas raschelte im Gebüsch, vermutlich einer der Wildhasen, die man eigentlich Feldhasen nannte, jetzt fiel es ihm wieder ein.

Er erreichte die Tür und spähte in die Dunkelheit. Die feuchten Wände verströmten einen modrigen Geruch.

»Hallo«, rief er und seine Stimme hallte von den Betonmauern wider. Hinter ihm knackte ein Ast. Er fuhr herum, konnte aber niemanden entdecken.

Verdammte Hasen, die sind wirklich überall.

Einen Blick ins Innere, das hatte er sich vorgenommen, also schlüpfte er durch die Tür, immerhin hatte er bislang noch nicht viel von drinnen gesehen. Er stand am Rand der ehemaligen Tanzfläche und wartete, bis seine Augen sich an die Dunkelheit gewöhnt hatten, als die Tür hinter ihm mit einem Krachen ins Schloss fiel. Fabian fuhr herum. Eine Frau stand vor ihm. Sie hob blitzschnell den Arm, und noch bevor er reagieren konnte, spürte er ein schmerzhaftes Brennen an seinem Hals. Kurz darauf verlor er die Kontrolle über seine Muskeln und sackte zusammen.

47. Kapitel

Es war bereits später Nachmittag, als Helga und Thomas in Neu-Isenburg ankamen. Gabrielle Enders lebte noch immer in derselben Wohnung wie vor 15 Jahren mit ihrer Tochter. Auf ihr Klingeln öffnete ihnen eine weißhaarige Frau, die sich gebückt auf einem Rollator abstützte.

Helga war verwundert, sie hatte nicht damit gerechnet, dass Alexandras Mutter so alt sein würde.

»Guten Tag, Frau Enders. Erschrecken Sie nicht, mein Name ist Wendtner und das ist meine Kollegin Frau Kannengießer, wir kommen von der Kripo Frankfurt.« Thomas hielt ihr seinen Dienstausweis hin und Helga tat es ihm gleich.

Gabrielle Enders warf einen flüchtigen Blick darauf und winkte ab. »Ohne meine Brille kann ich da nichts erkennen. Worum geht es denn?«

»Dürften wir vielleicht kurz reinkommen, damit wir das nicht auf dem Hausflur besprechen müssen?«, fragte Helga.

Die ältere Frau zögerte kurz, willigte dann aber ein und ließ sie in die Wohnung. Behäbig ging sie vor ihnen her und führte sie die Diele entlang. Auf dem Weg entdeckte Helga auf der Kommode in der Diele zwei Kartons mit Capri-Sonne und fragte sich, wer hier im Haushalt wohl diese Trinkpäckchen mochte. Sie betraten hinter der Frau das Wohnzimmer, das wie ein Schrein wirkte. Überall waren Erinnerungsstücke an Alexandra Enders verteilt. Die Wände waren zugepflastert mit Bildern, die das Mädchen in verschiedenem Alter zeigten, von der Einschulung bis zum Teenageralter war alles dabei.

In der Vitrine der Wohnwand fanden sich weitere Bilderrahmen, darin ein Seepferdchenabzeichen und irgendwelche Urkunden sowie ein ausgeschnittener Zeitungsartikel und eine Traueranzeige. Außerdem standen dort ein Pokal, den Alexandra wohl beim Schwimmen gewonnen hatte, und ein klobiger Laptop.

Man erkannte deutlich, dass sie den Tod ihrer Tochter auch nach 15 Jahren noch nicht überwunden hatte. Helga hielt diese Form der Erinnerungskultur für ungesund, erinnerte man sich doch so ständig daran, was man verloren hatte. Trauern war nichts Verkehrtes, doch das Leben musste irgendwie weitergehen. Allerdings hatte Helga auch noch nie eine Tochter verloren, weshalb sie sich vermutlich kein Urteil erlauben durfte.

»Ich würde Ihnen ja etwas anbieten, aber ich bin nicht so gut zu Fuß und einen Kaffee oder ein Wasser zu bringen, wäre zu anstrengend für mich. Wenn Sie möchten, bedienen Sie sich gern in der Küche.«

»Machen Sie sich bitte keine Umstände«, sagte Thomas.

Helga hatte schon ein wenig Durst. »In der Diele habe ich Capri-Sonne entdeckt. Wenn Sie nichts dagegen haben, würde ich mir davon eine nehmen«, sagte sie. Die Trinkpäckchen hatte sie als Kind geliebt und immer von ihrer Mutter mit in die Schule bekommen. Sie war gespannt, ob sie noch genauso gut schmeckten wie in ihrer Erinnerung. Mittlerweile hießen die Teile Capri-Sun, doch Helga fand den Namen doof.

Gabrielle Enders schob ihren Rollator zu einem Sessel und setzte sich umständlich hinein. »Das tut mir leid, die gehören meiner Tochter«, sagte sie mit einem freundlichen Lächeln im Gesicht.

Dieses Festklammern an der Vergangenheit erschien Helga zwanghaft. Wer ließ denn eine bestimmte Sorte Trinkpäckchen für 15 Jahre in seiner Diele stehen, nur weil sie der verstorbenen Tochter gehört hatten? Erst dann fiel bei ihr der Groschen.

»Sie sind gar nicht Gabrielle Enders, oder?«, fragte sie.

Die Frau lachte nun. »Sehe ich wirklich so jung aus, dass man uns verwechseln könnte? Nein, Gabrielle ist meine Tochter. Sie wollten also zu ihr? Wie schade, ich bekomme nur selten Besuch.«

Helga empfand Mitleid für die ältere Dame. Wenn man sich über die Kripo im Haus freute, musste man wirklich einsam sein.

»Was wollen Sie denn von ihr, wenn ich fragen darf?«

»Es geht um eine Bekannte von ihr«, antwortete Helga. »Mareike Knott, sagt Ihnen der Name etwas?«

Frau Enders zog die Augenbrauen zusammen und schien zu überlegen, während sie ihre Finger knetete. »Da muss ich passen, von einer Mareike hab ich noch nie gehört«, sagte sie schließlich. »Sind Sie sicher, dass diese Dame mit Gabrielle bekannt ist?«

»Das sind wir. Wissen Sie denn, wann Ihre Tochter ungefähr zurückkommt?«, wollte Thomas wissen.

»Oh, tut mir leid, das kann ich leider nicht sagen. Sie ist in letzter Zeit sehr viel unterwegs und kommt manchmal erst spät in der Nacht nach Hause. Ich habe so einen leichten Schlaf, dass ich dann immer hochschrecke, wenn sie die Wohnungstür aufschließt, und dann kann ich stundenlang nicht mehr einschlafen. Ich bin schon völlig gerädert, weil das jetzt ein paarmal hintereinander vorkam.«

»Was für eine blöde Situation für Sie. Haben Sie denn schon mal mit ihr gesprochen und ihr gesagt, dass sie etwas leiser sein soll?« Die familieninternen Probleme interessierten Helga nur am Rande, aber sie hatte das Gefühl, dass die Frau einsam war und einen Seelentröster brauchte. Sie brachte es nicht übers Herz, das Gespräch abzuwürgen und sie einfach sitzenzulassen. Mit etwas Glück könnte außerdem Gabrielle Enders nach Hause kommen, wenn sie sich noch ein bisschen länger unterhielten.

»Ach, das hat doch keinen Zweck«, sagte Frau Enders und schüttelte den Kopf so heftig, dass ihre schlaffen Wangen ein wenig schlotterten und sich eine Strähne ihrer weißen Haare löste, die ihr in die Stirn fiel. »Seit einigen Wochen erkenne ich meine Tochter nicht mehr wieder. Sie bleibt nächtelang weg und ist ständig gereizt. Das ganze Wochenende war sie kaum hier, am Sonntag war es nach zwei, als sie nach Hause kam. Und am Freitag bin ich regelrecht mit ihr aneinandergeraten.«

Thomas rutschte neben ihr unruhig auf dem Sofa hin und her, anscheinend wollte er los. »Nun ja, vielen Dank für Ihre Zeit. Vielleicht könnten Sie ...«

»Was hältst du davon, wenn du uns einen Kaffee machst, Thomas?«, sagte Helga schnell, bevor er den Satz zu Ende führen konnte. Was Frau Enders gesagt hatte, ließ sie hellhörig werden und sie wollte noch ein paar Fragen dazu stellen. »Frau Enders, ist das in Ordnung, wenn mein Kollege in die Küche geht? Nehmen Sie auch einen?«

»Machen Sie ruhig, ich hab's ja angeboten. Die Maschine und die Dose mit dem Pulver stehen auf der Anrichte, die Tassen finden Sie im Schrank darüber. Bei Kaffee verzichte ich allerdings, sonst komme ich gar nicht mehr zur Ruhe. Macht es Ihnen zu viele Umstände, mir einen Tee zu kochen?«

»Natürlich nicht, kein Problem.« Thomas schaute Helga gequält an, stand aber auf und verzog sich in die Küche, wo er kurz darauf mit dem Geschirr klapperte.

»Was genau ist denn am Freitag passiert?«, fragte Helga.

»Das war wirklich eine blöde Situation. Um halb zehn stand Gabrielle plötzlich im Flur und wollte noch mal los. Ich habe sie gebeten, mich vorher bettfertig zu machen, aber sie wurde ganz schroff und sagte, sie habe dafür jetzt keine Zeit. Dabei wollte ich bald schlafen gehen und es hätte auch gar nicht lang gedauert.« Mit ihren arthritischen Fingern deutete sie auf ihre Beine. In ihren Augen sammelten sich Tränen. »Ich kann eben nicht mehr so, wie ich gern würde, aber es ist doch nicht meine Schuld, dass ich auf Hilfe angewiesen bin. Ist wohl nicht zu viel verlangt, wenn man die eigene Tochter darum bittet, oder? Sie geht ja immerhin nicht arbeiten.«

Helga legte der Frau tröstend die Hand auf den Arm. »Selbstverständlich fordern Sie da nicht zu viel. Was hatte Ihre Tochter am Freitagabend denn so Wichtiges vor, dass sie keine Zeit für Sie hatte?«

»Genau diese Frage habe ich ihr auch gestellt. Ich wollte wissen, wo sie so spät am Abend noch hinwill, da wurde sie richtig wütend und hat mich angeblafft, sie wäre erwachsen und müsste sich vor mir nicht rechtfertigen. Wenn das so weitergeht, muss ich wohl bald in ein Pflegeheim ziehen, schließlich bin ich bei ihr eingezogen, damit sie sich um mich kümmern kann und nicht, dass ich im Endeffekt doch alles allein machen muss.«

»Ist ja merkwürdig, dass sie anscheinend erst seit Kurzem keine Zeit mehr für Sie hat. Können Sie sich diese plötzliche Veränderung ihres Verhaltens erklären? Hat sie vielleicht eine Beziehung oder so?« Helga hoffte, dass ihre Fragerei nicht zu auffällig war, aber Frau Enders genoss es offensichtlich, jemandem ihr Herz ausschütten zu können.

Die alte Dame lächelte verbittert und winkte ab. »Das wage ich zu bezweifeln. Ist ja nicht so, als würde ich mir das nicht schon sehr lange für sie wünschen, aber seit dem Tod meiner Enkelin wollte sie nichts mehr von Männern wissen. Es ist jetzt fünfzehn Jahre her, dass die Alexandra sich umgebracht hat, und Gabrielle lebt wie eine Nonne.«

»Oh, das tut mir sehr leid um Ihre Enkelin«, stellte sich Helga unwissend. »Mein Beileid. Das muss ja schrecklich für sie gewesen sein.«

»Sicherlich war es das. Aber wissen Sie, man kann einen Menschen auch in Erinnerung behalten und sein Leben weiterführen. Meine Tochter hat das jedoch nie geschafft. Sehen Sie sich nur um.« Sie machte eine ausschweifende Geste und deutete auf die Erinnerungsstücke um sie herum. »Das hier ist das reinste Alexandra-Museum. Gabrielle kann einfach nicht loslassen und noch heute weint sie jeden Abend um den Tod ihrer Tochter, als wäre es erst gestern passiert. Das hätte meine Enkelin sicher nicht gewollt.«

»Anscheinend hat sie diesen tragischen Schicksalsschlag nie richtig verarbeiten können«, sagte Helga und gab sich nach außen mitfühlend. In ihr drin sah es allerdings ganz anders aus. Sie dachte an den Brief von Mareike Knott, in dem sie sich hauptsächlich selbst bemitleidet hatte.

Mit einem Mal hatte Helga nicht mehr das Gefühl, dass es sich dabei um das Geständnis einer Mörderin gehandelt hatte. Es schien doch unwahrscheinlich, dass Mareike Knott ihr Gewissen mit weiteren Taten belastet hätte, insbesondere mit einer zweifachen Kindesentführung. Das passte eher zu einer Frau, die ihr eigenes Kind verloren und nach vielen Jahren unverhofft eine entsetzliche Wahrheit erfahren hatte. Eine Frau, die nun bittere Rache an denen üben wollte, die für den Tod ihrer Tochter verantwortlich waren.

»Frau Enders, könnten Sie Ihre Tochter vielleicht für uns anrufen und sie bitten, nach Hause zu kommen? Das wäre sehr wichtig für uns«, sagte sie.

»Das kann ich gern versuchen. Sie müssen entschuldigen, dass ich Sie so lange hingehalten habe, Ihre Zeit ist sicher kostbar. Aber es hat gutgetan, mir das alles mal von der Seele zu reden«, sagte Frau Enders und griff nach dem Telefon auf dem Tisch. »Vielleicht sagen

Sie ihr lieber nichts davon, dass wir hier sind«, sagte Helga schnell. Sie durfte nicht riskieren, dass Gabrielle Enders die Flucht ergriff oder im Affekt etwas Unüberlegtes tat, falls sie die Kinder nicht bereits umgebracht hatte.

Frau Enders ließ ihren Finger über der Taste schweben und schaute Helga verwirrt an. »Aber … Warum das denn nicht?«

Fieberhaft überlegte Helga sich eine Ausrede. Eine Lüge würde sie schon nicht in Teufels Küche bringen, sie erschlich sich damit immerhin kein Geständnis. »Sie erinnern sich, dass wir uns vorhin nach Mareike Knott erkundigt haben?«

»Na, ich bin vielleicht nicht mehr gut zu Fuß, aber dement bin ich noch lange nicht.«

»Wir befürchten, dass Ihre Tochter dieser Bekannten unwissentlich bei einem Verbrechen geholfen hat. Wenn Frau Knott nun mitbekommt, dass Ihre Tochter von der Polizei befragt wird, könnte das gefährlich werden. Das wollen wir unter allen Umständen vermeiden.«

»Ein Verbrechen?«, wiederholte Frau Enders sichtlich erschrocken. »Wo hat sie sich da nur hineinmanövriert. Hat das was damit zu tun, dass sie in letzter Zeit so anders ist?«

Helga nickte traurig. Wie schlimm musste es für die Frau erst sein, wenn sie erfuhr, welches Ausmaß die Scheiße wirklich hatte, in der ihre Tochter steckte?

48. Kapitel

Die Muskeln in Fabians Nacken brannten, seine Schulter schmerzte und sein Kopf dröhnte. An seiner Wange spürte er etwas Hartes, Raues. Er merkte, dass er auf dem Boden lag. Mit einem Stöhnen rollte er sich auf den Rücken und hob den Arm, um seinen Hinterkopf zu betasten. Jetzt erinnerte er sich, dass ihn jemand von hinten angegriffen hatte, wahrscheinlich mit einem Elektroschocker. Er hatte die Kontrolle über seine Muskeln verloren und war ziemlich heftig auf dem Boden aufgeschlagen, woraufhin er für einen kurzen Moment bewusstlos geworden war.

Langsam rappelte er sich hoch und schaute sich in dem fahlen Licht um. Von seiner Angreiferin war zwischen den Überbleibseln aus ausgeschlachteten Boxentürmen, Lichtmasten und Barhockern nichts zu sehen. Fabian wuchtete sich auf die Füße und wankte mit steifen Muskeln zur Theke, auf der mit Staub bedeckte und wellig gewordene Flyer verteilt waren. Ihm wurde schwindelig und er musste sich abstützen. Hoffentlich hatte er keine Gehirnerschütterung.

Mit angehaltenem Atem lauschte er in die Dunkelheit. Die Fläche des Clubs maß mehr als 2000 Quadratmeter, wobei die Lagerräume nicht mit eingerechnet waren. Eine Menge Platz für seine Angreiferin, sich zu verstecken. Dass sich die Frau noch irgendwo hier drin aufhielt, davon war Fabian überzeugt und auch, dass er die entführten Mädchen hier finden würde. Bis auf das

Rauschen des Blutes in seinen Ohren und ein paar Vögeln von draußen war jedoch nichts zu hören.

Er setzte sich wieder in Bewegung. Wo sollte er nur zu suchen anfangen? Kurz überlegte er, ob er auf sich aufmerksam machen sollte, um so möglicherweise den Übergriff auf die Mädchen zu verhindern, oder ob er dadurch nur alles beschleunigte. Er entschied sich dafür, die Täterin glauben zu lassen, er wäre noch bewusstlos, und sie zu überraschen. Um sich besser orientieren zu können, holte er das Handy aus seiner Hosentasche und schaltete die Taschenlampe ein. Das Display war gesprungen, da er bei seinem Sturz darauf gelandet war.

Links hinter der Theke war ein schmaler dunkler Gang, der zur Garderobe und den Toiletten führte, wie ein Schild über dem Durchgang verkündete. Rechts ging es zu einer weiteren Tanzfläche, dazwischen gab es eine Abzweigung zu den Lagerräumen.

Plötzlich nahm Fabian das leise Klingeln eines Handys wahr. Es verstummte zu schnell, als dass er hätte orten können, woher es gekommen war. Kurz darauf setzte es wieder ein und eine Frauenstimme schimpfte wütend mit dem Anrufer.

»Wenn ich deinen Anruf ablehne, heißt das, ich habe keine Zeit ... Nein, Mutter, es geht nicht ... Du wirst wohl ein paar Stunden ohne mich auskommen ... Es reicht! In letzter Zeit bist du unerträglich.«

Fabian folgte der Stimme nach rechts. Nach wenigen Schritten wurde das Gespräch abgelöst durch Kampfgeräusche. Beinahe zeitgleich begannen zwei Kinder, ein Lied aus dem Disneyfilm *Die Eiskönigin* zu singen, den Fabian nur wegen Josi kannte. Nein, das war kein Singen, das war ein angsterfülltes Schreien der Textzeilen. Und es kam eindeutig aus einem der Lagerräume.

Fabian rannte los, das Handy stopfte er zurück in seine Tasche. Er erreichte eine Eisentür, packte die Klinke und warf sich dagegen. Der panische Gesang wurde lauter, als die Tür nach innen aufschwang. Er hatte Amelie und die Tochter von Katrin Rauh gefunden. Zu seiner Linken nahm Fabian eine Bewegung wahr. Ein dunkles Knäuel auf dem Boden, das wild um sich schlug, eine Gestalt beugte sich darüber.

»Sofort runter da«, rief er. »Polizei! Nehmen Sie die Hände hoch, stehen Sie auf und drehen sich langsam um.«

Die Mädchen begannen den Refrain von vorn, unterbrochen von verzweifelten Schluchzern.

Die Gestalt sprang von dem Knäuel am Boden auf. »Nein«, kreischte sie und hechtete auf Fabian zu. Der Elektroschocker blitzte bläulich in der Dunkelheit auf.

Fabian gelang es, nach hinten auszuweichen und so nicht getroffen zu werden, doch die Angreiferin setzte ihm nach. Als die Hand mit der Waffe auf sein Gesicht zugeschossen kam, packte er das Handgelenk und verdrehte ihr den Arm.

Die Frau brüllte schmerzerfüllt auf und der Elektroschocker fiel zu Boden. Schnell kickte Fabian ihn aus ihrer Reichweite. Währenddessen holte die Frau aus und schlug ihm mit dem freien Arm einen harten Gegenstand gegen den Kopf.

»Du hältst mich nicht auf, nicht jetzt, wo ich so kurz davor bin«, schrie sie ihn an.

Stöhnend wankte Fabian einen Schritt zurück. Trotz seiner Benommenheit ließ er die Angreiferin nicht los, die sich unter seinem Griff wand und erneut ausholte. Dieses Mal war Fabian schneller. Er wich zur Seite aus und wehrte den Schlag ab. Gleichzeitig trat er der Frau heftig gegen den Knöchel, sodass sie vor Schmerzen das Bein wegzog und ins Straucheln geriet. Fabian packte nun auch ihr zweites Handgelenk und drehte ihr beide Arme auf den Rücken.

»Nein, nein!«, kreischte sie voller Frustration. »Sie müssen leiden, so wie ich all die Jahre gelitten habe!«

Fabian drückte ihr schwer atmend sein Knie zwischen die Schulterblätter und fesselte ihr die Handgelenke mit einem Kabelbinder aus seiner Hosentasche aneinander. Die Mädchen sangen immer noch, das Bündel in der anderen Ecke bewegte sich allerdings nicht mehr.

»Alles wird gut, ihr seid in Sicherheit. Ihr müsst keine Angst mehr haben, ich bin von der Polizei«, rief er den beiden Mädchen zu und nahm sein Handy, um die Kollegen zu informieren.

Das Kreischen der Frau wurde zu einem hemmungslosen Weinen. »So darf es nicht enden, das darf nicht sein.« Ihr Körper unter seinem Knie erschlaffte. Sie hatte aufgegeben.

Epilog

Das Klingeln an der Tür wurde fast vom Donnergrollen des Sommergewitters übertönt. Nur einen Atemzug danach setzte sintflutartiger Regen ein.

»Ich gehe schon«, rief Josi aus der Küche.

Fabian war im Wohnzimmer damit beschäftigt, den Kuchen anzuschneiden. Neben seinem geliebten Schokoladenkuchen hatte er für die Babyparty eine Käsetorte gekauft. Ein ganz normaler Käsekuchen in Kuchenfarbe, nicht giftgrün. Wobei er zugeben musste, dass ihm der Matcha-Cheesecake auch einigermaßen geschmeckt hatte. Und das, obwohl er Tee hasste. Für ihn war das nichts weiter als heißes Wasser mit Geschmack, der meist noch bitter war.

»Ihr seid doch nicht etwa mit dem Motorrad gekommen?«, hörte er Josi fragen.

Also mussten Helga und Mona eingetroffen sein. Es war ungewöhnlich für Helga, unter den ersten Gästen zu sein. Freudestrahlend kamen die beiden ins Wohnzimmer.

Helga deutete mit dem Daumen hinter sich. »Das Geschenk hat Thomas, wir haben zusammen was besorgt«, sagte sie, als hätte Fabian irgendwas erwartet. Dann kam sie zu ihm, um ihn zu umarmen, und Mona klopfte ihm freundschaftlich auf die Schulter. Sie war nicht der Typ, der gern viel Körperkontakt hatte.

»Dass ihr beide da seid, ist schon das größte Geschenk«, sagte Fabian pathetisch und musste lachen. Er war froh, dass seine Kollegen ihm wegen seines Alleingangs nicht mehr böse waren, im Gegensatz zu Peitsch. Zum Glück war er die Woche krankgeschrieben, so konnten sich die Gemüter ein wenig beruhigen.

Mona schaute ihn pikiert an, stimmte dann aber in sein Lachen ein.

»Peitsch hat übrigens ebenfalls was dazugegeben«, sagte Helga, als hätte sie seine Gedanken gelesen.

Fabian zog überrascht die Augenbrauen hoch. »Nicht im Ernst. Ich dachte, für den wäre ich jetzt eine Persona non grata.«

»Na komm, du wirst wohl einsehen, dass er keine andere Wahl hatte, als dir eine Abmahnung zu verpassen. Immerhin hast du sämtliche Dienstvorschriften übertreten.«

»Und dabei das Leben von Amelie Siebenäuger und Mariella Rauh gerettet.« Als er bei dem Club ankam, war er quasi direkt in Gabrielle Enders gerannt, die gerade ihre sogenannte Mission zu Ende bringen wollte. Nur ein bisschen später, und er hätte nur noch drei Leichen gefunden.

»Das kann dir niemand absprechen, du warst zur richtigen Zeit am richtigen Ort«, sagte Thomas, der mit einem riesigen Geschenk auf dem Arm in der Tür auftauchte. Das Papier war vom Regen ganz aufgeweicht und riss an einer Stelle bereits auseinander.

»Sina Schlett würde das vermutlich anders sehen«, erwiderte Fabian traurig. Für sie war jegliche Hilfe zu spät gekommen. Gabrielle Enders, die inzwischen ein umfangreiches Geständnis abgelegt hatte, hatte die junge Frau bereits vor über einer Woche überfallen und in die Club-Ruine verschleppt. Dass sie von der Mutter ihrer verstorbenen besten Freundin verfolgt wurde, war keine Drogen-Einbildung gewesen, aber die junge Frau hatte ihren eigenen Sinnen nicht getraut. Nach der langen Gefangenschaft, während der sie nur sporadisch etwas zu trinken und nichts zu essen bekommen hatte, hatte sie dem Angriff von Gabrielle Enders nichts mehr entgegenzusetzen gehabt.

Thomas legte das Geschenk auf dem Sofa ab und wischte sich den Regen aus der Stirn. »Sie würde dennoch sicher würdigen, dass du es zumindest versucht hast, auch wenn du erst sie in Verdacht hattest.«

Helga zog einen Stuhl an der Stirnseite des Tisches zurück und ließ sich mit einem Seufzer darauf fallen. »Die armen Mädchen«, sagte sie. »Nicht nur, dass sie Schreckliches durchmachen mussten, über kurz oder lang werden sie sich für eine ganze Weile von einem ihrer Elternteile verabschieden müssen. Der Staatsanwalt wird gegen Lutz Siebenäuger und Katrin Rauh Anklage wegen Mordes erheben.«

»Sorry, aber von mir gibt's da kein Mitleid«, ließ Thomas verlauten.

»Na, für die beiden bestimmt nicht, aber die Kinder können einem doch wohl leidtun«, sagte Mona und erntete von Helga ein zustimmendes Nicken.

»Mir tut ja auch die Mutter von Alexandra Enders leid«, sagte Thomas. »Ja, was sie getan hat, ist mit nichts zu entschuldigen, aber habt ihr euch mal in sie hineinversetzt? Nach all den Jahren kommt am Grab deiner Tochter eine wildfremde Frau auf dich zu und erzählt dir, dass dein Kind von zwei Arschlöchern vergewaltigt und vor den Zug geworfen wurde. Wer würde da nicht komplett ausrasten.«

Fabian nickte nachdenklich. Es lag außerhalb seiner Vorstellungskraft, wie er reagieren würde, wenn seinem noch ungeborenen Kind etwas Derartiges zustoßen würde. Möglicherweise würde er nicht hingehen und sich persönlich an allen Beteiligten rächen, aber mit dem Gedanken würde er sehr wahrscheinlich schon spielen. Gabrielle Enders hatte sich schlechter unter Kontrolle gehabt. Verstehen konnte er sie schon, auch wenn sie nach einer kruden Logik gehandelt hatte: die Kinder der damaligen Täter gegen ihres. Sie hatte Mareike Knott erpresst, nachdem diese ihr nach einer zufälligen Begegnung auf dem Friedhof die Wahrheit über die damaligen Vorfälle gestanden hatte, und so zu ihrer Komplizin gemacht, damit diese die Taten Fabians Bruder in die Schuhe schieben sollte. Gerrit war allerdings auch nur deshalb so »glimpflich« davongekommen, weil seine Ex-Freundin Gabrielle Enders glaubhaft versichert hatte, dass er in die wahren Ereignisse nicht eingeweiht war.

Josi trug ein Tablett mit Apfelweingläsern rein, als es erneut klingelte.

Das musste Gerrit sein. Fabian hatte sich zunächst dagegen gesperrt, ihn ebenfalls zu der Babyparty einzuladen. Im Gegensatz zu Josi hatte er mehr daran zu knabbern, dass sein Bruder damals in diesen kolossalen Mist verwickelt gewesen war, auch wenn er nichts von dem Mord gewusst hatte. Allerdings konnte man sich seine Familie nicht aussuchen und Gerrit hatte in den letzten Tagen mehr als genug gelitten. Jetzt auch noch von seinem Bruder verstoßen zu werden, hatte er nicht verdient, und so hatte Fabian sich ein Herz gefasst und ihn doch angerufen.

Er ging zur Tür und öffnete. Sein Bruder stand etwas verunsichert davor und hielt ihm ein kleines Paket hin, das in Geschenkpapier mit bunten Luftballons eingewickelt war. Regentropfen liefen aus seinem nassen Haar über sein Gesicht. Fabian nahm ihn am Handgelenk, zog ihn in die Diele und umarmte ihn fest. Gerrit atmete hörbar erleichtert auf.

»Tut mir leid, dass ich so ein bescheuerter Idiot war«, sagte er, nachdem sie sich voneinander gelöst hatten.

Fabian musste grinsen. Das war zwar gehörig untertrieben, aber das hier war sein kleiner Bruder, der bald ein Onkel sein würde. »Das sind wir doch alle mal«, sagte er und führte Gerrit zu den anderen ins Wohnzimmer.

Eine Bitte

Liebe Leserinnen und Leser,

ich bedanke mich bei Ihnen dafür, dass Sie mein Buch gekauft und gelesen haben. Natürlich hoffe ich, dass es Ihnen gefallen hat. Sollte dies nicht der Fall sein, freue ich mich über Ihre Rückmeldung, denn nur durch Kritik können sich Autorinnen und Autoren weiterentwickeln und erkennen, was sie falsch gemacht haben.

Ebenso wichtig wie die ehrlichen Rückmeldungen der Leserinnen und Leser sind die Bewertungen auf den Verkaufsportalen. Sie sind Anreiz für die Kaufentscheidung vieler Menschen. Leider gibt es dort immer weniger Rückmeldungen von den Leserinnen und Lesern. Woran das liegt, kann ich nur mutmaßen. Ich weiß lediglich, dass es beinahe allen Autorinnen und Autoren so geht. Vielleicht glauben viele Leserinnen und Leser, dass ihre Meinung nicht von Interesse wäre oder nicht wichtig oder sie glauben, sie hätten nicht genug zu dem Buch zu sagen.

Das stimmt allerdings nicht. Auch eine kurze Bewertung, in der Sie ausdrücken, warum Ihnen das Buch gefallen hat (oder eben nicht), reicht aus, um anderen Leserinnen und Lesern die Kaufentscheidung zu erleichtern und außerdem dem Autor oder der Autorin eine Freude zu machen.

Denn nur für Sie schreiben wir, für die Leserinnen und Leser. Sie können mir glauben, dass ich mir jede einzelne Rezension durchlese und mich darüber freue.

Selbst wenn sie nicht so positiv ausfällt, wie man es sich erhofft, kann man doch meist daraus etwas lernen.

Ich würde Sie also bitten, sich doch die Zeit zu nehmen, kurz auf das Verkaufsportal zu gehen, auf dem Sie mein Buch erworben haben, und mir ein oder zwei Sätze zu meinem Buch zu schreiben. Denn mehr muss es gar nicht sein. Sie müssen keinen Roman verfassen, um Ihre Meinung auszudrücken, Sie müssen auch nicht den Inhalt nacherzählen oder sich etwas aus den Fingern saugen. Sagen Sie einfach kurz, ob es Ihnen gefallen hat und ob Sie mein Buch weiterempfehlen würden. Das genügt schon, wenn Ihnen nicht mehr einfallen sollte. Gerne erfahre ich aber auch, was genau Ihnen gefallen oder nicht gefallen hat, doch das liegt bei Ihnen.

Vielen Dank für Ihre Zeit.

Danksagung

Liebe Leserinnen und Leser, der erste Dank geht natürlich wie immer an Sie. Teil 9 der Fabian-Prior-Reihe, er war für mich ein ganz Besonderer und ich habe versucht, dieses Buch auf für Sie zu etwas Besonderem zu machen. Ich hoffe, es ist mir trotz widriger Umstände, die mich im Januar in meinem Privatleben ereilt haben, gelungen. Krebs ist ein Arschloch, erst recht, wenn es der Herzenskater wie aus dem Nichts bekommt.

Sollte Sie noch Fragen an mich oder Anmerkungen zum Buch haben, schreiben Sie mir gerne eine Mail, besuchen Sie mich auf meiner Homepage oder folgen Sie mir auf Facebook (es gibt dort immer mal wieder kleinere oder größere Gewinnspiele, melden Sie sich einfach in der Mailingliste auf meiner Homepage an, wenn Sie nichts mehr verpassen wollen):

melisa.schwermer@gmail.com
www.melisa-schwermer.com
https://www.facebook.com/melisa.schwermer

Ich bin immer bemüht, so schnell und ausführlich wie irgendwie möglich zu antworten, auch wenn es manchmal einige Tage dauern kann. Außerdem können Sie mir auf meiner Autorenseite auf Amazon folgen, dann verpassen Sie keine Neuerscheinung.

Meine Lektorin brauchte dieses Mal ein hohes Maß an Geduld, angesetzt war eigentlich ein Termin Anfang

März, geschafft haben wir dann wegen meiner privaten Sorgen den Mai. Vielen Dank dafür, dass du mir zur Seite gestanden hast und dass wir den 9. Prior zu einem so guten Buch gemacht haben, obwohl mir zwischendurch wirklich immer wieder der Kopf dafür gefehlt hat. Auch meine Korrektorinnen mussten etwas länger warten und haben mir trotzdem den Slot freigehalten. Vielen Dank.

Zum Schluss danke ich wie immer auch meinem Lebensgefährten. Januar und Februar haben uns gezeigt, wie wichtig es ist, dass wir uns haben und dass wir so gut zusammenstehen. Genau heute, wo ich diese Zeilen schreibe, sind wir 15 Jahre zusammen. Danke! Auf die nächsten 15 Jahre.

Bis zum nächsten Mal

Ihre Melisa Schwermer

Weitere Bücher der Reihe in der Reihenfolge des Erscheinens:

Printed in Poland
by Amazon Fulfillment
Poland Sp. z o.o., Wrocław

55053869R00206